トロッコ・一塊の土

芥川龍之介

目次

トロッコ*

小田原熱海《おだわらあたみ》間に、軽便《けいべん》鉄道敷設《ふせつ》*の工事が始まったのは、良平《りょうへい》の八つの年だった。良平は毎日村はずれへ、その工事を見物に行った。工事を——といったところが、ただトロッコで土を運搬する——それがおもしろさに見に行ったのである。

トロッコの上には土工が二人、土を積んだ後《うし》ろに佇《たたず》んでいる。トロッコは山を下《くだ》るのだから、人手を借りずに走って来る。煽《あお》るように車台が動いたり、土工の袢纏《はんてん》の裾《すそ》がひらついたり、細い線路がしなったり——良平はそんなけしきを眺めながら、土工になりたいと思うことがある。せめては一度でも土工といっしょに、トロッコへ乗りたいと思うこともある。トロッコは村はずれの平地へ来ると、自然とそこに止まってしまう。と同時に土工たちは、身軽にトロッコを飛び降りるが早いか、その線路の終点へ車の土をぶちまける。それから今度はトロッコを押し押し、もと来た山の方へ登り始める。良平はその時乗れないまでも、押すことさえできたらと思うのである。

ある夕方、――それは二月の初旬《しょじゅん》だった。良平は二つ下の弟や、弟と同じ年の隣の子供と、トロッコの置いてある村はずれへ行った。トロッコは泥だらけになったまま、薄明るい中に並んでいる。が、そのほかはどこを見ても、土工たちの姿は見えなかった。三人の子供は恐る恐る、いちばん端にあるトロッコを押した。トロッコは三人の力が揃うと、突然ごろりと車輪をまわした。良平はこの音にひやりとした。しかし二度目の車輪の音は、もう彼を驚かさなかった。ごろり、ごろり、――トロッコはそういう音とともに、三人の手に押されながら、そろそろ線路を登って行った。

そのうちにかれこれ十間《けん》ほど来ると、線路の勾配《こうばい》が急になり出した。トロッコも三人の力では、いくら押しても動かなくなった。どうかすれば車といっしょに、押し戻されそうにもなることがある。良平はもういいと思ったから、年下の二人に合図をした。

「さあ、乗ろう！」

彼らは一度に手をはなすと、トロッコの上へ飛び乗った。トロッコは最初徐《おもむろ》に、それから見る見る勢いよく、一息に線路を下り出した。そのとたんにつき当たりの風景は、たちまち両側へ分かれるように、ずんずん目の前へ展開して来る。――良平は顔に吹きつける日の暮れの風を感じながらほとんど有頂天になってしまった。

しかしトロッコは二、三分ののち、もうもとの終点に止まっていた。

「さあ、もう一度押すじゃあ」

良平は年下の二人といっしょに、またトロッコを押し上げにかかった。が、まだ車輪も動かないうちに、突然彼らの後ろには、誰かの足音が聞こえ出した。のみならずそれは聞こえ出したと思うと、急にこう言う怒鳴り声に変わった。

「この野郎！　誰に断わってトロに触った？」

そこには古い印袢纏《しるしばんてん》に、季節はずれの麦藁帽《むぎわらぼう》をかぶった、背の高い土工が佇んでいる。——そういう姿が目にはいった時、良平は年下の二人といっしょに、もう五、六間逃げ出していた。——それぎり良平は使いの帰りに、人気《ひとけ》のない工事場のトロッコを見ても、二度と乗ってみようと思ったことはない。ただその時の土工の姿は、今でも良平の頭のどこかに、はっきりした記憶を残している。薄明りの中に仄《ほの》めいた、小さい黄色の麦藁帽、——しかしその記憶さえも、年ごとに色彩は薄れるらしい。

そののち十日余りたってから、良平はまたたった一人、午過《ひるす》ぎの工事場に佇みながら、トロッコの来るのを眺めていた。すると土を積んだトロッコのほかに、枕木を積んだトロッコが一輛《りょう》、これは本線になるはずの、太い線路を登って来た。このトロッコを押しているのは、二人とも若い男だった。良平は彼らを見た時から、なんだか親しみやすいような気がした。「この人たちならば叱られない」——彼はそう思いながら、トロッコの側へ駈《か》けて行った。

「おじさん。押してやろうか？」

その中の一人、——縞《しま》のシャツを着ている男は、俯向《うつむ》きにトロッコを押したまま、思った通り快い返事をした。

「おお、押してくよう」

良平は二人の間にはいると、力いっぱい押し始めた。

「われはなかなか力があるな」

他《た》の一人、——耳に巻煙草を挟んだ男も、こう良平を褒めてくれた。

そのうちに線路の勾配は、だんだん楽になり始めた。「もう押さなくともいい」——良平は今にも言われるかと内心気がかりでならなかった。が、若い二人の土工は、前よりも腰を起こしたぎり、黙々と車を押し続けていた。良平はとうとうこらえ切れずに、怯《お》ず怯《お》ずこんなことを尋ねてみた。

「いつまでも押していていい？」

「いいとも」

二人は同時に返事をした。良平は「優しい人たちだ」と思った。
五、六町余り押し続けたら、線路はもう一度急勾配になった。そこには両側の蜜柑畑《みかんばたけ》に、黄色い実がいくつも日を受けている。
「登り路《みち》のほうがいい、いつまでも押させてくれるから」——良平はそんなことを考えながら、全身でトロッコを押すようにした。

蜜柑畑の間を登りつめると、急に線路は下りになった。縞のシャツを着ている男は、良平に「やい、乗れ」と言った。良平はすぐに飛び乗った。トロッコは三人が乗り移ると同時に、蜜柑畑の匂《におい》を煽りながら、ひた辷《すべ》りに線路を走り出した。「押すよりも乗るほうがずっといい」——良平は羽織に風を孕《はら》ませながら、あたりまえのことを考えた。「行きに押すところが多ければ、帰りにまた乗るところが多い」——そうもまた考えたりした。

竹藪《たけやぶ》のある所へ来ると、トロッコは静かに走るのを止めた。三人はまた前のように、重いトロッコを押し始めた。竹藪はいつか雑木林になった。爪先上《つまさきあ》がりの所々《ところどころ》には、赤錆《あかさび》の線路も見えないほど、落ち葉のたまっている場所もあった。その路をやっと登り切ったら、今度は高い崖《がけ》の向こうに、広々《ひろびろ》と薄ら寒い海が開けた。と同時に良平の頭には、あまり遠く来過ぎたことが、急にはっきりと感じられた。

三人はまたトロッコへ乗った。車は海を右にしながら、雑木の枝の下を走って行った。しかし良平はさっきのように、おもしろい気もちにはなれなかった。「もう帰ってくれればいい」——彼はそうも念じてみた。が、行くところまで行きつかなければ、トロッコも彼らも帰れないことは、もちろん彼にもわかり切っていた。

その次に車の止まったのは、切り崩した山を背負っている、藁屋根の茶店の前だった。二人の土工はその店へはいると、乳呑児《ちのみご》をおぶった上《かみ》さんを相手に、悠々と茶などを飲み始めた。良平は独りいらいらしながら、トロッコのまわりをまわってみた。トロッコには頑丈な車台の板に、跳ねかえった泥が乾いていた。

しばらくののち茶店を出て来しなに、巻煙草を耳に挟んだ男は、(その時はもう挟んでいなかったが)トロッコの側にいる良平に新聞紙《しんぶんがみ》に包んだ駄菓子をくれた。良平は冷淡に「ありがとう」と言った。が、すぐに冷淡にしては、相手にすまないと思い直した。彼はその冷淡さを取り繕うように、包み菓子の一つを口へ入れた。菓子には新聞紙にあったらしい、石油の匂がしみついていた。

三人はトロッコを押しながら緩い傾斜を登って行った。良平は車に手をかけていても、心はほかのことを考えていた。

その坂を向こうへ下り切ると、また同じような茶店があった。土工たちがその中へはいったあと、良平はトロッコに腰をかけながら、帰ることばかり気にしていた。茶店の前には花のさいた梅に、西日の光が消えかかっている。「もう日が暮れる」——彼はそう考えると、ぼんやり腰かけてもいられなかった。トロッコの車輪を蹴ってみたり、一人では動かないのを承知しながらうんうんそれを押してみたり、——そんなことに気もちを紛らせていた。

ところが土工たちは出て来ると、車の上の枕木に手をかけながら、むぞうさに彼にこう言った。

「われはもう帰んな。おれたちは今日は向こう泊まりだから」

「あんまり帰りが遅くなるとわれの家《うち》でも心配するずら」

良平は一瞬間あっけにとられた。もうかれこれ暗くなること、去年の暮れ母と岩村《いわむら》*まで来たが、今日の途《みち》はその三、四倍あること、それを今からたった一人、歩いて帰らなければならないこと、——そういうことが一時にわかったのである。良平はほとんど泣きそうになった。が、泣いてもしかたがないと思った。泣いている場合ではないとも思った。彼は若い二人の土工に、取って付けたようなお時宜《じぎ》をすると、どんどん線路伝いに走り出した。

良平はしばらく無我夢中に線路の側を走り続けた。そのうちに懐の菓子包みが、邪魔になることに気がついたから、それを路側《みちばた》へ抛《ほう》り出すついでに、板草履もそこへ脱ぎ捨ててしまった。すると薄い足袋《たび》の裏へじかに小石が食いこんだが、足だけは遥《はる》かに軽くなった。彼は左に海を感じながら、急な坂路《さかみち》を駈け登った。時々涙がこみ上げて来ると、自然に顔が歪《ゆが》んでくる。——それは無理に我慢しても、鼻だけは絶えずくうくう鳴った。

竹藪の側を駈け抜けると、夕焼けのした日金山《ひがねやま》*の空も、もう火照りが消えかかっていた。良平はいよいよ気が気でなかった。往きと返りと変わるせいか、景色の違うのも不安だった。すると今度は着物までも、汗の濡《ぬ》れ通ったのが気になったから、やはり必死に駈け続けたなり、羽織を路側へ脱いで捨てた。

蜜柑畑へ来るころには、あたりは暗くなる一方だった。「命さえ助かれば——」良平はそう思いながら、辷ってもつまずいても走って行った。

やっと遠い夕闇の中に、村はずれの工事場が見えた時、良平は一思いに泣きたくなった。しかしその時もべそはかいたが、とうとう泣かずに駈け続けた。

彼の村へはいってみると、もう両側の家々には、電灯の光がさし合っていた。良平はその電灯の光に頭から汗の湯気の立つのが、彼自身にもはっきりわかった。井戸端に水を汲《く》んでいる女衆《おんなしゅ》や、畑から帰って来る男衆《おとこしゅ》は、良平が喘《あえ》ぎ喘ぎ走るのを見ては、「おいどうしたね？」などと声をかけた。が、彼は無言のまま、雑貨屋《ざつかや》だの床屋だの、明るい家の前を走り過ぎた。

彼の家《うち》の門口へ駈けこんだ時、良平はとうとう大声に、わっと泣き出さずにはいられなかった。その泣き声は彼の周囲《まわり》へ、一時に父や母を集まらせた。ことに母はなんとか言いながら、良平の体を抱えるようにした。が、良平は手足をもがきながら、啜《すす》り上げ啜り上げ泣き続けた。その声があまり激しかったせいか、近所の女衆も三、四人、薄暗い門口へ集まって来た。父母はもちろんその人たちは、口々に彼の泣く訣《わけ》を尋ねた。しかし彼はなんと言われても泣きたてるよりほかにしかたがなかった。あの遠い路を駈け通して来た、今までの心細さをふり返ると、いくら大声に泣き続けても、足りない気もちに迫られながら、……

良平は二十六の年、妻子といっしょに東京へ出て来た。今ではある雑誌社の二階に、校正の朱筆《しゅふで》を握っている。が、彼はどうかすると、全然なんの理由もないのに、その時の彼を思い出すことがある。全然なんの理由もないのに？――塵労《じんろう》に疲れた彼の前には今でもやはりその時のように、薄暗い藪や坂のある路が、細々《ほそぼそ》と一すじ断続している。……

（大正十一年二月）

報恩記

阿媽港*甚内の話

　わたしは甚内《じんない》というものです。苗字《みょうじ》は――さあ、世間ではずっと前から、阿媽港甚内《あまかわじんない》と言っているようです。阿媽港甚内、――あなたもこの名は知っていますか？　いや、驚くには及びません。わたしはあなたの知っている通り、評判の高い盗人《ぬすびと》です。しかし今夜参ったのは、盗みにはいったのではありません。どうかそれだけは安心してください。あなたは日本《にほん》にいる伴天連《ばてれん》の中でも、道徳の高い人だと聞いています。してみれば盗人と名のついたものと、しばらくでもいっしょにいるということは、愉快ではないかも知れません。が、わたしも思いのほか、盗みばかりしてもいないのです。いつぞや聚楽《じゅらく》の御殿《ごてん》*へ召された呂宋助左衛門《るそんすけざえもん》*の手代の一人も、確か甚内と名のっていました。また利休居士《りきゅうこじ》の珍重していた「赤がしら」と称《とな》える水さしも、それを贈った連歌師《れんがし》の本名は、甚内とか言ったと聞いています。そう言えばつい二、三年以前、阿媽港日記《あまかわにっき》という本を書いた、大村《おおむら》あたりの通辞の名前も、甚内と言うのではなかったでしょうか？　そのほか三条河原《さんじょうがわら》の喧《けん》嘩《か》に、甲比丹《カピタン》*「まるどなど」を救った虚無僧《こむそう》、堺《さかい》の妙国寺《みょうこくじ》門前に、南蛮の薬を売っていた商人、……そういうものも名前を明かせば、何がし甚内だったのに違いありません。いや、それよりも大事なのは、去年この「さん・ふらんしすこ」の御寺《みてら》へ、おん母「まりや」の爪を収めた、黄金《おうごん》の舎利塔《しゃりとう》を献じているのも、やはり甚内という信徒だったはずです。しかし今夜は残念ながら、いちいちそういう行状を話している暇《ひま》はありません。ただどうか阿媽港甚内は、世間一般の人間とあまり変わりのないことを信じてください。そうですか？　ではできるだけ手短《てみじか》に、わたしの用向きを述べることにしましょう。わたしはある男の魂のために、「みさ」のお祈りを願いに来たのです。いや、わたしの血縁のものではありません。と言ってもまたわたしの刃金《はがね》に、血を塗ったものでもないのです。名前ですか？　名前は、——さあ、それは明かしていいかどうか、わたしにも判断はつきません。ある男の魂のために、——あるいは「ぽうろ」という日本人のために、冥福《めいふく》を祈ってやりたいのです。いけませんか？——なるほど阿媽港甚内に、こういうことを頼まれたのでは、手軽に受け合う気にもなれますまい。ではとにかく一通り、事情だけは話してみることにしましょう。しかしそれには生死を問わず、他言しない約束が必要です。あなたはその胸の十字架《くるす》に懸けても、きっと約束を守りますか？　いや、——失礼は赦《ゆる》してください。（微笑）伴天連のあなたを疑うのは、盗人のわたしには僭上《せんじょう》でしょう。しかしこの約束を守らなければ、（突然まじめに）「いんへるの」*の猛火に焼かれずとも、現世《げんぜ》に罰《ばち》が下《くだ》るはずです。

もう二年あまり以前の話ですが、ちょうどある凩《こがらし》の真夜中です。わたしは雲水に姿を変えながら、京の町中《まちなか》をうろついていました。京の町中をうろついたのは、その夜《よ》に始まったのではありません。もうかれこれ五日ばかり、いつも初更《しょこう》を過ぎさえすれば、必ず人目に立たないように、そっと家々を窺《うかが》ったのです。もちろんなんのためだったかは、註《ちゅう》を入れるにも及びますまい。ことにそのころは摩利伽《まりか》*へでも、一時渡っているつもりでしたから、よけいに金の入用もあったのです。

町はもちろんとうの昔に人通りを絶っていましたが、星ばかりきらめいた空中には、小《お》やみもない風の音が、どよめいています。わたしは暗い軒通《のきづた》いに、小川通《おがわどお》りを下って来ると、ふと辻《つじ》を一つ曲がった所に、大きい角屋敷のあるのを見つけました。これは京でも名を知られた、北条屋《ほうじょうや》弥三右衛門《やそうえもん》*の本宅です。同じ渡海を渡世にしていても、北条屋はとうてい角倉《かどくら》*などと肩を並べることはできますまい。しかしとにかく沙室《しゃむろ》*や呂宋《るそん》*へ、船の一、二艘《そう》も出しているのですから、ひとかどの分限者《ぶげんしゃ》には違いありません。わたしは何もこの家《うち》を目当てに、うろついていたのではないのですが、ちょうどそこへ来合わせたのを幸い、一稼ぎする気を起こしました。その上前にも言った通り、夜は深いし風も出ている、——わたしの商売にとりかかるのには、万事もってこいの寸法《すんぽう》です。わたしは路《みち》ばたの天水桶《てんすいおけ》の後《うし》ろに、網代《あじろ》の笠《かさ》や杖《つえ》を隠した上、たちまち高塀を乗り越えました。

世間の噂を聞いてご覧なさい。阿媽港甚内は、忍術を使う、——誰でも皆そう言っています。しかしあなたは俗人のように、そんなことはほんとうと思いますまい。わたしは忍術も使わなければ、悪魔も味方にはしていないのです。ただ阿媽港にいた時分、葡萄牙《ポルトガル》の船の医者に、究理の学問*を教わりました。それを実地に役だてさえすれば、大きい錠前を扭《ね》じ切ったり、重い閂《かんぬき》をはずしたりするのは、格別むずかしいことではありません。（微笑）今までにない盗みのしかた、――それも日本《にっぽん》という未開の土地は、十字架《くるす》や鉄砲の渡来と同様、やはり西洋に教わったのです。

　わたしは一ときとたたないうちに、北条屋の家《うち》の中にはいっていました。が、暗い廊下をつき当たると、驚いたことにはこの夜更《よふ》けにも、まだ火影のさしているばかりか、話し声のする小座敷があります。それがあたりの容子《ようす》では、どうしても茶室に違いありません。「凩の茶*か」――わたしはそう苦笑しながら、そっとそこへ忍び寄りました。実際その時は人声のするのに、仕事の邪魔を思うよりも、数寄《すき》を凝らした囲いの中に、この家《や》の主人や客に来た仲間が、どんな風流を楽しんでいるか？――そんなことに心が惹《ひ》かれたのです。

　襖《ふすま》の外に身を寄せるが早いか、わたしの耳には思った通り、釜《かま》のたぎりがはいりました。が、その音がすると同時に、意外にも誰か話をしては、泣いている声が聞こえるのです。誰か、――というよりもそれは二度と聞かずに、女だということさえわかりました。こういう大家《たいけ》の茶座敷に、真夜中女の泣いているというのは、どうせただごとではありません。わたしは息をひそめたまま、幸い明《あ》いていた襖の隙から、茶室の中を覗《のぞ》きこみました。

　行灯《あんどん》の光に照らされた、古色紙《こしきし》らしい床の懸け物、懸け花入《はない》れの霜菊《しもぎく》の花。――囲《かこ》いの中にはお約束通り、物寂《ものさ》びた趣が漂っていました。その床の前――ちょうどわたしの真正面に坐った老人は、主人の弥三右衛門でしょう、何か細《こま》かい唐草《からくさ》の羽織に、じっと両腕を組んだまま、ほとんどよそ眼に見たのでは、釜の煮え音でも聞いているようです。弥三右衛門の下座には、品《ひん》のいい笄髷《こうがいまげ》の老女が一人、これは横顔を見せたまま、時々涙を拭《ぬぐ》っていました。

「いくら不自由がないようでも、やはり苦労だけはあると見える」――わたしはそう思いながら、自然と微笑を洩《も》らしたものです。微笑を、――こう言ってもそれは北条屋夫婦に、悪意があったのではありません。わたしのように四十年間、悪名《あくみょう》ばかり負っているものには、他人の、――ことに幸福らしい他人の不幸は、自然と微笑を浮かばせるのです。（残酷な表情）その時もわたしは夫婦の歎《なげ》きが、歌舞伎《かぶき》を見るように愉快だったのです。（皮肉な微笑）しかしこれはわたし一人に、限ったことではありますまい。誰にも好まれる草紙と言えば、悲しい話にきまっているようです。

弥三右衛門はしばらくののち、吐息をするようにこう言いました。

「もうこの羽目になった上は、泣いても喚《わめ》いても取り返しはつかない。わたしは明日にも店のものに、暇をやることに決心をした」

その時また烈しい風が、どっと茶室を揺すぶりました。それに声が紛れたのでしょう。弥三右衛門の内儀の言葉は、なんと言ったのだかわかりません。が、主人は頷《うなず》きながら、両手を膝《ひざ》の上に組み合わせると、網代の天井へ眼を上げました。太い眉《まゆ》、尖《とが》った頰骨、ことに切れの長い目尻《めじり》、――これは確かに見れば見るほど、いつか一度は会っている顔です。

「おん主《あるじ》、『えす・きりすと』様。なにとぞ我々夫婦の心に、あなた様のお力をお恵みください。……」

弥三右衛門は眼を閉じたまま、お祈りの言葉を呟《つぶや》き始めました。老女もやはり夫のように天帝の加護を乞うているようです。わたしはその間 瞬《またたき》もせず弥三右衛門の顔を見続けました。するとまた凩の渡った時、わたしの心に閃《ひらめ》いたのは、二十年以前の記憶です、わたしはこの記憶の中に、はっきり弥三右衛門の姿を捉《とら》えました。

その二十年以前の記憶というのは、——いや、それは話すには及びますまい。ただ手短に事実だけ言えば、わたしは阿媽港に渡っていた時、ある日本の船頭に危《あや》うい命を助けてもらいました。その時は互いに名乗りもせず、それなり別れてしまいましたが、今わたしの見た弥三右衛門は、当年の船頭に違いないのです。わたしは奇遇に驚きながら、やはりこの老人の顔を見守っていました。そう言えばいかつい肩のあたりや、指節の太い手の恰《かっ》好《こう》には、いまだに珊瑚礁《さんごしょう》の潮《しお》けむりや、白檀山《びゃくだんやま》の匂《におい》がしみているようです。

弥三右衛門は長いお祈りを終わると、静かに老女へこう言いました。

「あとはただ何ごとも、天主《てんしゅ》の御意《ぎょい》しだいと思うたがよい。——では釜のたぎっているのを幸い、茶でも一つ立ててもらおうか？」

しかし老女はいまさらのように、こみ上げる涙を堪《こら》えるように、消え入りそうな返事をしました。

「はい。——それでもまだ悔《く》やしいのは、——」

「さあ、それが愚痴というものじゃ。北条丸《ほうじょうまる》の沈んだのも、抛《な》げ銀《ぎん》*の皆倒れたのも、

「──」

「いえ、そんなことではございません。せめては倅《せがれ》の弥三郎《やさぶろう》でも、いてくれればと思うのでございますが、……」

わたしはこの話を聞いているうちに、もう一度微笑が浮かんできました。が、今度は北条屋の不運に、愉快を感じたのではありません。「昔の恩を返す時が来た」──そう思うことがうれしかったのです。わたしにも、お尋ね者の阿媽港甚内にも、りっぱに恩返しができる愉快さは、──いや、この愉快さを知るものは、わたしのほかにはありますまい。（皮肉に）世間の善人はかわいそうです。何一つ悪事を働かない代りに、どのくらい善行を施した時には、うれしい心もちになるものか、──そんなこともろくには知らないのですから。

「なに、ああいう人でなしは、おらぬだけにまだしもしあわせなくらいじゃ。……」

弥三右衛門は苦々しそうに、行灯へ眼を外《そ》らせました。

「あいつが使いおった金でもあれば、今度も急場だけは凌《しの》げたかも知れぬ。それを思えば勘当したのは、……」

弥三右衛門はこう言ったなり、驚いたようにわたしを眺めました。これは驚いたのも無理はありません。わたしはその時声もかけずに、堺の襖を明けたのですから。──しかもわたしの身なりと言えば、雲水に姿をやつした上、網代の笠を脱いだ代りに、南蛮頭巾《ずきん》をかぶっていたのですから。

「誰だ、おぬしは？」

弥三右衛門は年はとっていても、とっさに膝を起こしました。

「いや、お驚きになるには及びません。わたしは阿媽港甚内と言うものです。――まあ、お静かになすってください。阿媽港甚内は盗人ですが、今夜突然参上したのは、少しほかにも訣《わけ》があるのです。――」

わたしは頭巾を脱ぎながら、弥三右衛門の前に坐りました。

そののちのことは話さずとも、あなたには推察できるでしょう。わたしは北条屋の危急《ききゅう》を救うために、三日という日限《にちげん》を一日も違《たが》えず、六千貫《がん》の金を調達する、恩返しの約束を結んだのです。――おや、誰か戸の外に、足音が聞こえるではありませんか？　では今夜はご免ください。いずれ明日か明後日《あさって》の夜《よる》、もう一度ここへ忍んで来ます。あの大十字架《おおくるす》の星の光は阿媽港の空には輝いていても、日本の空には見られません。わたしもちょうどああいうように日本では姿を晦《くら》ませていないと、今夜「みさ」を願いに来た、「ぽうろ」の魂のためにもすまないのです。

なに、わたしの逃げ途《みち》ですか？　そんなことは心配に及びません。この高い天窓からでも、あの大きい暖炉からでも、自由自在に出て行かれます。ついてはどうかくれぐれも、恩人「ぽうろ」の魂のために、いっさい他言は慎んでください。

北条屋弥三右衛門の話

伴天連様。どうかわたしの懺悔《ざんげ》をお聞きください。ご承知でもございましょうが、このごろ世上に噂の高い、阿媽港甚内という盗人がございます。根来寺《ねごろでら》*の塔に住んでいたのも、殺生関白*の太刀《たち》を盗んだのも、また遠い海の外《そと》では、呂宋の太守*を襲ったのも、皆あの男だとか聞き及びました。それがとうとう搦《から》めとられた上、今度一条戻《いちじょうもど》り橋《ばし》のほとりに、曝《さら》し首《くび》になったということも、あるいはお耳にはいっておりましょう。わたしはあの阿媽港甚内にひとかたならぬ大恩を蒙《こうむ》りました。が、また大恩を蒙っただけに、ただいまではなんとも申しようのない、悲しい目にも遇《あ》ったのでございます。どうかその仔細《しさい》をお聞きの上、罪びと北条屋弥三右衛門にも、天帝のご愛憐《あいれん》をお祈りください。

ちょうど今から二年ばかり以前の、冬のことでございます。ずっとしけばかり続いたために、持ち船の北条丸は沈みますし、抛げ銀は皆倒れますし、――それやこれやの重なったあげく、北条屋一家は分散のほかに、しかたのない羽目になってしまいました。ご承知の通り町人には取引き先はございましても、友だちと申すものはございません。こうなればもう我々の家業は、うず潮に吸われた大船も同様、まっさかさまに奈落《ならく》の底へ、落ちこむばかりなのでございます。するとある夜、――今でもこの夜のことは忘れません。ある凩の烈しい夜でございましたが、わたしども夫婦はご存知の囲いに、夜の更けるのも知らず話しておりました。そこへ突然はいって参ったのは、雲水の姿に南蛮頭巾をかぶった、あの阿媽港甚内でございます。わたしはもちろん驚きもすれば、また怒りもいたしました。が、甚内の話を聞いてみますと、あの男はやはり盗みを働きに、わたしの宅へ忍びこみましたが、茶室にはいまだに火影ばかりか、人の話し声が聞こえている、そこで襖越《ふすまご》しに、覗《のぞ》いてみると、この北条屋弥三右衛門は、甚内の命を助けたことのある、二十年以前の恩人だったと、こういう次第ではございませんか？

なるほどそう言われてみれば、かれこれ二十年にもなりましょうか、まだわたしが阿媽港通いの「ふすた」船*の船頭をいたしていたころ、あそこへ船がかりをしているうちに、髭《ひげ》さえろくにない日本人を一人、助けてやったことがございます。なんでもその時の話では、ふとした酒の上の喧嘩《けんか》から、唐人を一人殺したために、追《お》っ手《て》がかかったとか申しておりました。してみればそれが今日《こんにち》では、あの阿媽港甚内という、名代の盗人になったのでございましょう。わたしはとにかく甚内の言葉も嘘ではないことがわかりましたから、一家のものの寝ているのを幸い、まずその用向きを尋ねてみました。

すると甚内の申しますには、あの男の力に及ぶことなら、二十年以前の恩返しに、北条屋の危急を救ってやりたい、さしあたり入《い》り用《よう》の金子の高は、どのくらいだと尋ねるのでございます。わたしは思わず苦笑いたしました。盗人に金を調達してもらう、――それがおかしいばかりではございません。いかに阿媽港甚内でも、そういう金があるくらいならば、何もわざわざわたしの宅へ、盗みにはいるにもあたりますまい。しかしその金高《きんだか》を申しますと、甚内は小首《こくび》を傾けながら、今夜のうちにはむずかしいが、三日も待てば調達しようと、むぞうさに引き受けたのでございます。が、なにしろ入り用なのは、六千貫という大金でございますから、きっと調達できるかどうか、当てになるものではございません。いや、わたしの量見《りょうけん》では、まず賽《さい》の目をたのむよりも、おぼつかないと覚悟をきめていました。

甚内はその夜《よ》わたしの家内に、悠々と茶なぞ立てさせた上、凩の中を帰って行きました。が、その翌日になってみても、約束の金は届きません。二日めも同様でございました。三日めは、——この日は雪になりましたが、やはり夜に入ってしまったのちも、何一つ便りはありません。わたしは前に甚内の約束は、当てにしておらぬと申し上げました。が、店のものにも暇を出さず、成行きに任せていたところをみると、それでも幾分か心待ちには、待っていたのでございましょう。また実際三日めの夜《よ》には、囲いの行灯に向かっていても、雪折れの音のするたびごとに、聞き耳ばかり立てておりました。

ところが三更《さんこう》も過ぎた時分、突然茶室の外《そと》の庭に、何か人の組み合うらしい物音が聞こえるではございませんか？　わたしの心に閃いたのは、もちろん甚内の身の上でございます。もしや捕り手でもかかったのではないか？——わたしはとっさにこう思いましたから、庭に向いた障子《しょうじ》を明けるが早いか、行灯の火を掲げて見ました。雪の深い茶室の前には、大明竹《だいみんちく》の垂れ伏したあたりに、誰か二人摑《つか》み合っている——と思うとその一人は、飛びかかる相手を突き放したなり、庭木の陰をくぐるように、たちまち塀の方へ逃げ出しました。雪のはだれる音、塀に攀《よ》じ登る音、——それぎりひっそりしてしまったのは、もうどこか塀の外へ、無事に落ち延びたのでございましょう。が、突き放された相手の一人は、格別跡を追おうともせず、体の雪を払いながら、静かにわたしの前へ歩み寄りました。

「わたしです。阿媽港甚内ですよ」

わたしはあっけにとられたまま、甚内の姿を見守りました。甚内は今夜も南蛮頭巾に、袈裟法衣《けさころも》を着ているのでございます。

「いや、とんだ騒ぎをしました。誰もあの組打ちの音に、眼を覚さねばしあわせですが」

甚内は囲いへはいると同時に、ちらりと苦笑を洩らしました。

「なに、わたしが忍んで来ると、ちょうど誰かこの床の下へ、這《は》いこもうとするものがあるのです。そこで一つ手捕りにした上、顔を見てやろうと思ったのですが、とうとう逃げられてしまいました」

わたしはまださっきの通り、捕り手の心配がございましたから、役人ではないかと尋ねてみました。が、甚内は役人どころか、盗人だと申すのでございます。盗人が盗人を捉《とら》えようとした、――このくらい珍しいことはございますまい。今度は甚内よりもわたしの顔に、自然と苦笑が浮かびました。しかしそれはともかくも、調達の成否《せいひ》を聞かないうちは、わたしの心も安まりません。すると甚内は言わない先に、わたしの心を読んだのでございましょう、悠々と胴巻きをほどきながら、炉の前へ金包《かねづつ》みを並べました。

「ご安心なさい。六千貫の工面はつきましたから。――実はもう昨日のうちに、たいてい調達したのですが、まだ二百貫ほど不足でしたから、今夜はそれを持って来ました。どうかこの包みを受け取ってください。また昨日までに集めた金は、あなたがたご夫婦も知らないうちに、この茶室の床下へ隠しておきました。おおかた今夜の盗人のやつも、その金をかぎつけて来たのでしょう」

わたしは夢でも見ているように、そういう言葉を聞いていました。盗人に金を施してもらう、――それはあなたに伺わないでも、確かによいことではございますまい。しかし調達ができるかどうか、半信半疑の境にいた時は、善悪も考えずにおりましたし、また今となってみれば、むげに受け取らぬとも申されません。しかもその金を受け取らないとなれば、わたしばかりか一家のものも、路頭に迷うのでございます。どうかこの心もちに、せめてはご憐憫《れんびん》をお加えください。わたしはいつか甚内の前に、うやうやしく両手をついたまま、何も申さずに泣いておりました。……

そののちわたしは二年の間、甚内の噂を聞かずにおりました。が、とうとう分散もせずに恙《つつが》ないその日を送られるのは、皆甚内のお蔭《かげ》でございますから、いつでもあの男のしあわせのために、人知れずおん母「まりや」様へも、祈願をこめていたのでございます。ところがどうでございましょう、このごろ往来の話を聞けば、阿媽港甚内はお召し捕りの上、戻り橋に首を曝しているというではございませんか？　わたくしは驚きもいたしました。人知れず涙も落としました。しかし積悪の報いと思えば、これもいたしかたはございますまい。いや、むしろこの永年、天罰も受けずにおりましたのは、不思議だったくらいでございます。が、せめてもの恩返しに、陰ながら回向《えこう》をしてやりたい。――こう思ったものでございますから、わたしは今日伴もつれずに、さっそく一条戻り橋へ、その曝し首を見に参りました。

戻り橋のほとりへ参りますと、もうその首を曝した前には、大ぜい人がたかっております。罪状を記した白木《しらき》の札、首の番をする下役人——それはいつもと変わりません。が、三本組み合わせた、青竹の上に載せてある首は、——ああ、そのむごたらしい血まみれの首は、どうしたというのでございましょう？　わたしは騒々しい人だかりの中に、蒼《あお》ざめた首を見るが早いか、思わず立ちすくんでしまいました。この首はあの男ではございません。阿媽港甚内の首ではございません。この太い眉、この突き出た頰、この眉間《みけん》の刀創《かたなきず》、——何一つ甚内には似ておりません。しかし、——わたしは突然日の光も、わたしのまわりの人だかりも、竹の上に載せた曝し首も、皆どこか遠い世界へ、流れてしまったかと思うくらい、烈しい驚きに襲われました。この首は甚内ではございません。わたしの首でございます。二十年以前のわたし、——ちょうど甚内の命を助けた、そのころのわたしでございます。「弥三郎！」——わたしは舌さえ動かせたなら、こう叫んでいたかも知れません。が、声を揚げるどころかわたしの体は瘧《おこり》＊を病んだように、震えているばかりでございました。

弥三郎！　わたしはただ幻のように、倅の曝し首を眺めました。首はやや仰向《あおむ》いたまま半ば開《ひら》いた眶《まぶた》の下から、じっとわたしを見守っております。これはどうした訣でございましょう？　倅は何かの間違いから、甚内と思われたのでございましょうか？　しかしご吟《ぎん》味《み》も受けたとすれば、そういう間違いは起こりますまい。それとも阿媽港甚内というのは、伜だったのでございましょうか？　わたしの宅へ来た贋《にせ》雲水は、誰か甚内の名前を仮りた、別人だったのでございましょうか？　いや、そんなはずはございません。三日という日限を一日も違《たが》えず、六千貫の金を工面するものは、この広い日本の国にも、甚内のほかに誰がおりましょう？　してみると、――その時わたしの心の中には、二年以前雪の降った夜《よ》、甚内と庭に争っていた、誰とも知らぬ男の姿が、急にはっきり浮かんで参りました。あの男は誰だったのでございましょう？　もしや伜ではございますまいか？　そういえばあの男の姿かたちは、ちらりと一目見ただけでも、どうやら伜の弥三郎に、似ていたようでもございます。しかしこれはわたし一人の、心の迷いでございましょうか？　もし伜だったとすれば、――わたしは夢の覚めたように、しげしげ首を眺めました。するとその紫ばんだ、妙に緊《しま》りのない唇には、何か微笑《ほほえみ》に近いものが、ほんのり残っているのでございます。

曝し首に微笑が残っている、――あなたはそんなことをお聞きになると、お哂《わら》いになるかも知れません。わたしさえそれに気のついた時には、眼のせいかとも思いました。が、何度見直しても、その干からびた唇には、確かに微笑らしい明るみが、漂っているのでございます。わたしはこの不思議な微笑に、永い間見入っておりました。と、いつかわたしの顔にも、やはり微笑が浮かんで参りました。しかし微笑が浮かぶと同時に、眼には自然と熱い涙も、にじみ出してきたのでございます。

「お父さん、堪忍してください。――」

その微笑は無言のうちに、こう申していたのでございます。

「お父さん。不孝の罪は堪忍してください。わたしは二年以前の雪の夜、勘当のお詫《わ》びがしたいばかりに、そっと家へ忍んで行きました。昼間は店のものに見られるのさえ、恥ずかしいなりをしていましたから、わざわざ夜《よ》の更けるのを待った上、お父さんの寝間の戸を叩《たた》いても、お眼にかかるつもりでいたのです。ところがふと囲いの障子に、火影のさしているのを幸い、そこへ怯《お》ず怯《お》ず行きかけると、いきなり誰か後ろから、言葉もかけずに組みつきました。

「お父さん。それから先はどうなったか、あなたの知っている通りです。わたしはあまり不意だったため、お父さんの姿を見るが早いか、相手の曲者《くせもの》を突き放したなり、高塀の外へ逃げてしまいました。が、雪明りに見た相手の姿は、不思議にも雲水のようでしたから、誰も追う者のないのを確かめたのち、もう一度あの茶室の外へ、大胆にも忍んで行ったのです。わたしは囲いの障子越しに、いっさいの話を立ち聞きました。

「お父さん。北条屋を救った甚内は、わたしたち一家の恩人です。わたしは甚内の身に危急があれば、たとえ命は抛《なげう》っても、恩に報いたいと決心しました。またこの恩を返すことは、勘当を受けた浮浪人のわたしでなければできますまい。わたしはこの二年間、そういう機会を待っていました。そうして、——その機会が来たのです。どうか不孝の罪は堪忍してください。わたしは極道に生まれましたが、一家の大恩だけは返しました。それがせめてもの心やりです。……」

わたしは宅へ帰る途中も、同時に泣いたり笑ったりしながら、倅のけなげさを褒めてやりました。あなたはご存知になりますまいが、倅の弥三郎もわたしと同様、ご宗門に帰依しておりましたから、もとは「ぽうろ」と言う名前さえも、頂いておったものでございます。しかし、――しかし倅も不運なやつでございました。いや、倅ばかりではございません。わたしもあの阿媽港甚内に一家の没落さえ救われなければ、こんな嘆きはいたしますまいに。いくら未練だと思いましても、これればかりはせつのうございます。分散せずにいたほうがよいか、倅を殺さずにおいたほうがよいか、――（突然苦しそうに）どうかわたしをお救いください。わたしはこのまま生きていれば、大恩人の甚内を憎むようになるかも知れません。……（永い間の歔欷《すすりなき》）

「ぽうろ」弥三郎の話

ああ、おん母「まりや」様！　わたしは夜が明けしだい、首を打たれることになっています。わたしの首は地に落ちても、わたしの魂は小鳥のように、あなたのお側へ飛んで行くでしょう。いや、悪事ばかり働いたわたしは、「はらいそ」＊（天国）の荘厳《しょうごん》を拝する代りに、恐《おそ》ろしい「いんへるの」（地獄）の猛火の底へ、逆落としになるかも知れません。しかしわたしは満足です。わたしの心には二十年来、このくらいうれしい心もちは、宿ったことがないのです。

わたしは北条屋弥三郎です。が、わたしの曝し首は、阿媽港甚内と呼ばれるでしょう。

わたしがあの阿媽港甚内、――これほど愉快なことがあるでしょうか? 阿媽港甚内、――どうです? いい名前ではありませんか? わたしはその名前を口にするだけでも、この暗い牢《ろう》の中さえ、天上の薔薇《ばら》や百合《ゆり》の花に、満ち渡るような心もちがします。

忘れもしない二年前《ぜん》の冬、ちょうどある大雪の夜です。わたしは博奕《ばくち》の元手が欲しさに、父の本宅へ忍びこみました。ところがまだ囲いの障子に、火影がさしていましたから、そっとそこを窺おうとすると、いきなり誰か言葉もかけず、わたしの襟上を捉《とら》えたものがあります。振り払う、また摑みかかる、――相手は誰だか知らないのですが、その力の逞《たくま》しいことは、とうていただものとは思われません。のみならず二、三度揉《も》み合ううちに、茶室の障子が明いたと思うと、庭へ行灯をさし出したのは、紛れもない父の弥三右衛門です。わたしはいっしょうけんめいに、摑まれた胸倉を振り切りながら、高塀の外へ逃げ出しました。

しかし半町ほど逃げ延びると、わたしはある軒下に隠れながら、往来の前後を見廻《みまわ》しました。往来には夜目にも白々《しらじら》と、時々雪煙が揚がるほかには、どこにも動いているものは見えません。相手は諦めてしまったのか、もう追いかけても来ないようです。が、あの男は何ものでしょう? とっさの間《あいだ》に見たところでは、確かに僧形《そうぎょう》をしていました。が、さっきの腕の強さを見れば、――ことに兵法にも精《くわ》しいのを見れば、世の常の坊主《ぼうず》ではありますまい。第一こういう大雪の夜《よ》に、庭先へ誰か坊主が来ている、――それが不思議ではありませんか? わたしはしばらく思案したのち、たとい危い芸当にしても、とにかくもう一度茶室の外へ、忍び寄ることに決心しました。

それから一時《いっとき》ばかりたったころです。あの怪しい行脚の坊主は、ちょうど雪の止んだのを幸い、小川通りを下って行きました。これが阿媽港甚内なのです。侍、連歌師《れんがし》、町人、虚無僧、――何にでも姿を変えるという、洛中《らくちゅう》に名高い盗人なのです。わたしはあとから見え隠れに甚内の跡《あと》をつけて行きました。その時ほど妙にうれしかったことは、一度もなかったのに違いありません。阿媽港甚内！　阿媽港甚内！　わたしはどのくらい夢のうちにも、あの男の姿を慕《した》っていたでしょう。殺生関白《せっしょうかんぱく》の太刀を盗んだのも甚内です。沙室屋《しゃむろや》*の珊瑚樹《さんごじゅ》を詐《かた》ったのも甚内です。備前宰相《びぜんさいしょう》*の伽羅《きゃら》を切ったのも、甲比丹《カピタン》「ぺれいら」の時計を奪ったのも、一夜《いちや》に五つの土蔵を破ったのも、八人の参河侍《みかわざむらい》*を斬《き》り倒したのも、――そのほか末代にも伝わるような、稀有《けう》の悪事を働いたのは、いつでも阿媽港甚内です。その甚内は今わたしの前に、網代の笠を傾けながら、薄明るい雪路《ゆきみち》を歩いている。――こういう姿を眺められるのは、それだけでもしあわせではありませんか？　が、わたしはこの上にも、もっとしあわせになりたかったのです。

わたしは浄厳寺《じょうごんじ》の裏へ来ると、いっさんに甚内へ追いつきました。ここはずっと町家のない土塀続きになっていますから、たとい昼でも人目を避けるには、いちばんお誂《あつら》えの場所なのですが、甚内はわたしを見ても、格別驚いた気色は見せず、静かにそこへ足を止めました。しかも杖《つえ》をついたなり、わたしの言葉を待つように、一言も口を利かないのです。

わたしは実際恐る恐る、甚内の前に手をつきました。しかしその落ち着いた顔を見ると、思うように声さえ出て来ません。

「どうか失礼はご免ください。わたしは北条屋弥三右衛門の倅弥三郎と申すものです。――」

わたしは顔を火照らせながら、やっとこう口を切りました。

「実は少しお願いがあって、あなたの跡を慕って来たのですが、……」

甚内はただ頷きました。それだけでも気の小さいわたしには、どのくらいありがたい気がしたでしょう。わたしは勇気も出て来ましたから、やはり雪の中に手をついたなり、父の勘当を受けていること、今はあぶれものの仲間にはいっていること、今夜父の家へ盗みにはいったところが、はからず甚内にめぐり合ったこと、なおまた父と甚内との密談も一つ残らず聞いたこと、――そんなことを手短に話しました。が、甚内は相変わらず、黙然と口を噤《つぐ》んだまま、ひややかにわたしを見ているのです。わたしはその話をしてしまうと、いっそう膝を進ませながら、甚内の顔を覗きこみました。

「北条一家の蒙った恩は、わたしにもまたかかっています。わたしはその恩を忘れないしるしに、あなたの手下になる決心をしました。どうかわたしを使ってください。わたしは盗みも知っています。火をつける術《すべ》も知っています。そのほか一通りの悪事だけは、人に劣《おと》らず知っています。――」

しかし甚内は黙っています。わたしは胸を躍らせながら、いよいよ熱心に説き立てました。

「どうかわたしを使ってください。わたしは必ず働きます。京、伏見《ふしみ》、堺《さかい》、大坂、――わたしの知らない土地はありません。わたしは一日に十五里歩きます。力も四斗俵《しとびょう》は片手に挙がります。人も二、三人は殺してみました。どうかわたしを使ってください。わたしはあなたのためならば、どんな仕事でもしてみせます。伏見の城の白孔雀《しろくじゃく》も、盗めと言えば、盗んで来ます。『さん・ふらんしすこ』の寺の鐘楼《しゅろう》も、焼けと言えば焼いて来ます。右大臣家《うだいじんけ》の姫君も、拐《かどわか》せと言えば拐かして来ます。奉行の首も取れと言えば、――」

わたしはこう言いかけた時、いきなり雪の中へ蹴倒《けたお》されました。

「ばかめ！」

甚内は一声叱ったまま、元の通り歩いて行きそうにします。わたしはほとんど気違いのように法衣の裾《すそ》へ縋《すが》りつきました。

「どうかわたしを使ってください。わたしはどんな場合にも、きっとあなたを離れません。あなたのためには水火にも入ります。あの『えそぽ』*の話の獅子王《ししおう》さえ、鼠《ねずみ》に救われるではありませんか？　わたしはその鼠になります。わたしは、――」

「黙れ。甚内は貴様なぞの恩は受けぬ」

甚内はわたしを振り放すと、もう一度そこへ蹴倒しました。

「白癩《びゃくらい》めが！　親孝行でもしろ！」

わたしは二度めに蹴倒された時、急に口惜《くや》しさがこみ上げて来ました。

「よし！　きっと恩になるな！」

しかし甚内は見返りもせず、さっさと雪路を急いで行きます。いつかさし始めた月の光に網代の笠を仄《ほの》めかせながら、……それぎりわたしは二年の間、ずっと甚内を見ずにいるのです。（突然笑う）「甚内は貴様なぞの恩は受けぬ」……あの男はこう言いました。しかしわたしは夜の明けしだい、甚内の代りに殺されるのです。

ああ、おん母「まりや様！」わたしはこの二年間、甚内の恩を返したさに、どのくらい苦しんだか知れません。恩を返したさに？——いや、恩と言うよりも、むしろ恨みを返したさにです。しかし甚内はどこにいるか？　甚内は何をしているか？——誰にそれがわかりましょう？　第一甚内はどんな男か？——それさえ知っているものはありません。わたしが遇った贋雲水は四十前後の小男です。が、柳町《やなぎまち》の廓《くるわ》にいたのは、まだ三十を越えていない、赧《あか》ら顔《がお》に鬚《ひげ》の生えた、浪人だというではありませんか？　歌舞伎の小屋を擾《さわ》がしたという、腰の曲がった紅毛人、妙国寺《みょうこくじ》の財宝を掠《かす》めたという、前髪の垂れた若侍、——そういうのを皆甚内とすれば、あの男の正体《しょうたい》を見分けることさえ、とうてい人力には及ばないはずです。そこへわたしは去年の末から、吐血の病に罹《かか》ってしまいました。

どうか恨みを返してやりたい、——わたしは日ごとに痩《や》せ細りながら、そのことばかりを考えていました。するとある夜わたしの心に、突然閃《ひらめ》いた一策があります。「まりや」様！「まりや」様！　この一策をお教えくだすったのは、あなたのお恵みに違いありません。ただわたしの体を捨てる、吐血の病に衰え果てた、骨と皮ばかりの体を捨てる、——それだけの覚悟をしさえすれば、わたしの本望は遂げられるのです。わたしはその夜うれしさのあまり、いつまでも独り笑いながら、同じ言葉を繰り返していました。――「甚内の身代《みがわ》りに首を打たれる。甚内の身代りに首を打たれる。……」

甚内の身代りに首を打たれる――なんとすばらしいことではありませんか？　そうすればもちろんわたしといっしょに、甚内の罪も亡んでしまう。――甚内は広い日本国じゅう、どこでも大威張りに歩けるのです。その代り（再び笑う）――その代りわたしは一夜のうちに、稀代《きだい》の大賊になれるのです。呂宋助左衛門の手代だったのも、備前宰相の伽羅を切ったのも、利休居士の友だちになったのも、沙室屋の珊瑚樹を詐ったのも、伏見の城の金蔵を破ったのも、八人の参河侍を斬り倒したのも、――ありとあらゆる甚内の名誉は、ことごとくわたしに奪われるのです。（三度笑う）いわば甚内を助けると同時に、甚内の名前を殺してしまう、一家の恩を返すと同時に、わたしの恨みも返してしまう、――このくらい愉快な返報《へんぽう》はありません。わたしがその夜うれしさのあまり、笑い続けたのも当然です。今でも、――この牢の中でも、これが笑わずにいられるでしょうか？

わたしはこの策を思いついたのち、内裏へ盗みにはいりました。宵闇の夜の浅いうちですから、御簾《みす》越しに火影がちらついたり、松の中に花だけ仄めいたり、――そんなことも見たように覚えています。が、長い廻廊《かいろう》の屋根から、人気のない庭へ飛び下りると、たちまち四、五人の警護の侍に、望みの通り搦《から》められました。その時です。わたしを組み伏せた鬚侍《ひげざむらい》は、いっしょうけんめいに縄をかけながら、「今度こそは甚内を手捕りにしたぞ」と、呟いていたではありませんか？　そうです。阿媽港甚内のほかに、誰が内裏なぞへ忍びこみましょう？　わたしはこの言葉を聞くと、必死にもがいている間でも、思わず微笑を洩らしたものです。

「甚内は貴様なぞの恩にはならぬ」——あの男はこう言いました。しかしわたしは夜の明けしだい、甚内の代りに殺されるのです。なんという気味のよい面当てでしょう。わたしは首を曝されたまま、あの男の来るのを待ってやります。甚内はきっとわたしの首に、声のない哄笑《こうしょう》を感ずるでしょう。『どうだ、弥三郎の恩返しは？』——その哄笑はこう言うのです。「お前はもう甚内ではない。阿媽港甚内はこの首なのだ、あの天下に噂の高い、日本第一の大盗人は！」（笑う）ああ、わたしは愉快です。このくらい愉快に思ったことは、一生にただ一度です。が、もし父の弥三右衛門に、わたしの曝し首を見られた時には、——（苦しそうに）堪忍してください。お父さん！　吐血の病に罹ったわたしは、たとい首を打たれずとも、三年とは命は続かないのです。どうか不孝は堪忍してください。わたしは極道に生まれましたが、とにかく一家の恩だけは返すことができたのですから、……

（大正十一年三月）

仙人

皆さん。

私は今大阪にいます、ですから大阪の話をしましょう。

昔、大阪の町へ奉公に来た男がありました。名はなんと言ったかわかりません。ただ飯炊き奉公に来た男ですから、権助《ごんすけ》とだけ伝わっています。

権助は口入れ屋の暖簾《のれん》をくぐると、煙管《きせる》を啣《くわ》えていた番頭に、こう口の世話を頼みました。

「番頭さん。私は仙人になりたいのだから、そういう所へ住みこませてください」

番頭はあっけにとられたように、しばらくは口も利かずにいました。

「番頭さん。聞こえませんか？　私は仙人になりたいのだから、そういう所へ住みこませてください」

「まことにおきのどく様ですが、――」

番頭はやっといつもの通り、煙草をすぱすぱ吸い始めました。

「手前の店ではまだ一度も、仙人なぞの口入れは引き受けたことはありませんから、どうかほかへお出《い》でなすってください」

すると権助は不服そうに、千草《ちくさ》の股引《ももひき》の膝《ひざ》をすすめながら、こんな理窟《りくつ》を言い出しました。

「それはちと話が違うでしょう。お前さんの店の暖簾には、なんと書いてあるとお思いなさる？　万口入れ所《よろずくちいれどころ》と書いてあるじゃありませんか？　万というからは何事でも、口入れをするのがほんとうです。それともお前さんの店では暖簾の上に、嘘を書いておいたつもりなのですか？」

なるほどこう言われてみると、権助が怒るのももっともです。

「いえ、暖簾に嘘がある次第ではありません。なんでも仙人になれるような奉公口を探せと仰有《おっしゃ》るのなら、明日《あした》またお出でください。今日じゅうに心当たりを尋ねておいてみますから」

番頭はとにかく一時逃れに、権助の頼みを引き受けてやりました。が、どこへ奉公させたら、仙人になる修業ができるか、もとよりそんなことなぞはわかるはずがありません。ですからひとまず権助を返すと、さっそく番頭は近所にある医者の所へ出かけて行きました。そうして権助のことを話してから、

「いかがでしょう？　先生。仙人になる修業をするには、どこへ奉公するのが近路《ちかみち》でしょう？」と、心配そうに尋ねました。

これには医者も困ったのでしょう。しばらくはぼんやり腕組みをしながら、庭の松ばかり眺めていました。が番頭の話を聞くと、すぐに横から口を出したのは、古狐という渾名《あだな》

のある、狡猾《こうかつ》な医者の女房です。

「それはうちへおよこしよ。うちにいれば二、三年うちには、きっと仙人にしてみせるから」

「さようですか？　それはよいことを伺《うかが》いました。ではなにぶん願います。どうも仙人とお医者様とは、どこか縁が近いような心もちがいたしておりましたよ」

何も知らない番頭は、しきりにお時宜《じぎ》を重ねながら、大喜びで帰りました。

医者は苦い顔をしたまま、そのあとを見送っていましたが、やがて女房に向かいながら、

「お前はなんというばかなことを言うのだ？　もしその田舎者が何年いても、いっこう仙術を教えてくれぬなぞと、不平でも言い出したら、どうする気だ？」といまいましそうに小言を言いました。

しかし女房はあやまるどころか、鼻の先でふふんと笑いながら、

「まあ、あなたは黙っていらっしゃい。あなたのようにばか正直では、このせち辛い世の中に、ご飯を食べることもできはしません」と、あべこべに医者をやりこめるのです。

さて明くる日になると約束通り、田舎者の権助は番頭といっしょにやって来ました。今日はさすがに権助も、初のお目見えだと思ったせいか、紋付きの羽織を着ていますが、見たところはただの百姓と少しも違った容子《ようす》はありません。それがかえって案外だったのでしょう。医者はまるで天竺《てんじく》から来た麝香獣《じゃこうじゅう》*でも見る時のように、じろじろその顔を眺めながら、

「お前は仙人になりたいのだそうだが、いったいどういうところから、そんな望みを起こしたのだ？」と、不審そうに尋ねました。すると権助が答えるには、

「別にこれという訣《わけ》もございませんが、ただあの大阪のお城を見たら、太閤様《たいこうさま》のように偉い人でも、いつか一度は死んでしまう。してみれば人間というものは、いくら栄耀《えよう》栄華をしても、はかないものだと思ったのです」

「では仙人になれさえすれば、どんな仕事でもするだろうね？」

狡猾《こうかつ》な医者の女房は、すかさず口を入れました。

「はい。仙人になれさえすれば、どんな仕事でもいたします」

「それでは今日から私のところに、二十年の間奉公おし。そうすればきっと二十年めに、仙人になる術を教えてやるから」

「さようでございますか？ それは何よりありがとうございます」

「その代り向こう二十年の間は、一文もお給金はやらないからね」

「はい。はい。承知いたしました」

それから権助は二十年間、その医者の家に使われていました。水を汲《く》む。薪《まき》を割る。飯を炊く。拭《ふ》き掃除をする。おまけに医者が外へ出る時は、薬箱を背負って伴をする。――その上給金は一文でも、くれと言ったことがないのですから、このくらい重宝な奉公人は、日本じゅう探してもありますまい。

が、とうとう二十年たつと、権助はまた来た時のように、紋付きの羽織をひっかけなが

ら、主人夫婦の前へ出ました。そうして慇懃《いんぎん》に二十年間、世話になった礼を述べました。

「ついてはかねがねお約束の通り、今日は一つ私にも、不老不死になる仙人の術を教えてもらいたいと思いますが」

権助にこう言われると、閉口したのは主人の医者です。なにしろ一文も給金をやらずに、二十年間も使ったあとですから、いまさら仙術は知らぬなぞとは、言えた義理ではありません。医者はそこでしかたなしに、

「仙人になる術を知っているのは、おれの女房のほうだから、女房に教えてもらうがいい」と、そっけなく横を向いてしまいました。

しかし女房は平気なものです。

「では仙術を教えてやるから、その代りどんなむずかしいことでも、私の言う通りにするのだよ。さもないと仙人になれないばかりか、また向こう二十年の間、お給金なしに奉公しないと、すぐに罰が当たって死んでしまうからね」

「はい。どんなむずかしいことでも、きっと仕遂げてご覧に入れます」

権助はほくほく喜びながら、女房の言いつけを待っていました。

「それではあの庭の松にお登り」

女房はこう言いつけました。もとより仙人になる術なぞは、知っているはずがありませんから、なんでも権助にできそうもない、むずかしいことを言いつけて、もしそれができない時には、また向こう二十年の間、ただで使おうと思ったのでしょう。しかし権助はそ

の言葉を聞くとすぐに庭の松へ登りました。

「もっと高く。もっとずっと高くお登り」

女房は縁先に佇《たたず》みながら、松の上の権助を見上げました。権助の着た紋付きの羽織は、もうその大きな庭の松でも、いちばん高い梢《こずえ》にひらめいています。

「今度は右の手をお放し」

権助は左手にしっかりと、松の太枝をおさえながら、そろそろ右の手を放しました。

「それから左の手も放しておしまい」

「おい。おい。左の手を放そうものなら、あの田舎者は落ちてしまうぜ。落ちれば下には石があるし、とても命はありゃしない」

医者もとうとう縁先へ、心配そうな顔を出しました。

「あなたの出る幕ではありませんよ。まあ、私に任せておおきなさい。——さあ、左の手を放すのだよ」

権助はその言葉が終わらないうちに、思い切って左手も放しました。なにしろ木の上に登ったまま、両手とも放してしまったのですから、落ちずにいる訣はありません。あっという間に権助の体は、権助の着ていた紋付きの羽織は、松の梢《こずえ》から離れました。が、離れたと思うと落ちもせずに、不思議にも昼間の中空《なかぞら》へ、まるで操り人形のように、ちゃんと立ち止まったではありませんか？

「どうもありがとうございます。おかげ様で私も一人前の仙人になれました」

権助はていねいにお時宜をすると、静かに青空を踏みながら、だんだん高い雲の中へ昇って行ってしまいました。

医者夫婦はどうしたか、それは誰も知っていません。ただその医者の庭の松は、ずっとあとまでも残っていました。なんでも淀屋《よどや》辰五郎《たつごろう》*は、この松の雪景色を眺めるために、四抱えにも余る大木をわざわざ庭へ引かせたそうです。

（大正十一年三月）

庭

上

それはこの宿《しゅく》の本陣*に当たる、中村という旧家の庭だった。

庭はご維新後十年ばかりの間は、どうにか旧態を保っていた。瓢簞《ひょうたん》なりの池も澄んでいれば、築山《つきやま》の松の枝もしだれていた。栖鶴軒《せいかくけん》、洗心亭《せんしんてい》、——そういう四阿《あずまや》も残っていた。池の窮《きわ》まる裏山の崖《がけ》には、白々《しろじろ》と滝も落ち続けていた。和《かず》の宮様《みやさま》ご下向《げこう》*の時、名を賜《たま》わったという石灯籠《いしどうろう》も、やはり年々《ねんねん》に拡がりがちな山吹きの中に立っていた。しかしそのどこかにある荒廃の感じは隠せなかった。ことに春さき、——庭の内外《うちそと》の大木の梢《こずえ》に、一度に若芽の萌《も》え立つころには、この明媚《めいび》な人工の景色の背後に、何か人間を不安にする、野蛮な力の迫って来たことが、いっそう露骨に感ぜられるのだった。

中村家の隠居、——伝法肌の老人は、その庭に面した母屋の炬燵《こたつ》に、頭瘡《ずそう》を病んだ老妻と、碁を打ったり花合わせをしたり、屈託のない日を暮らしていた。それでも時々は立て続けに、五、六番老妻に勝ち越されると、むきになって怒り出すこともあった。家督を継いだ長男は、従兄妹《いとこ》同志の新妻と、廊下続きになっている、手狭い離れに住んでいた。長男は表徳《ひょうとく》*を文室《ぶんしつ》という、癇癖《かんぺき》の強い男だった。病身な妻や弟たちはもちろん、隠居さえ彼には憚《はば》かっていた。ただそのころこの宿にいた、乞食宗匠《こじきそうしょう》の井月《せいげつ》*ばかりは、たびたび彼のところへ遊びに来た。長男も不思議に井月にだけは、酒を飲ませたり字を書かせたり、機嫌のいい顔を見せていた。「山はまだ花の香《か》もあり時鳥《ほととぎす》、井月。ところどころに滝のほめく、文室」——そんな付合《つけあい》*も残っている。そのほかにまだ弟が二人、——次男は縁家の穀屋へ養子に行き、三男は五、六里離れた町の、大きい造り酒屋に勤めていた。彼らは二人とも言い合わせたように、めったに本家には近づかなかった。三男は居どころが遠い上に、もともと当主とは気が合わなかったから。次男は放蕩《ほうとう》に身を持ち崩した結果、養家にもほとんど帰らなかったから。

庭は二年三年と、だんだん荒廃を加えていった。池には南京藻《なんきんも》が浮かび始め、植え込みには枯れ木が交じるようになった。そのうちに隠居の老人は、ある旱《ひで》りの烈しい夏、脳溢《のういっ》血《けつ》のために頓死《とんし》した。頓死する四、五日前、彼が焼酎を飲んでいると、池の向こうにある洗心亭へ、白い装束をした公卿《くげ》が一人、何度も出たりはいったりしていた。少なくとも彼には昼日なか、そんな幻が見えたのだった。翌年は次男が春の末に、養家の金をさらったなり、酌婦といっしょに駈落《かけお》ちをした。そのまた秋には長男の妻が、月足らずの男の子を産み落とした。

長男は父の死んだのち、母と母屋に住まっていた。その跡の離れを借りたのは、土地の小学校の校長だった。校長は福沢諭吉《ふくざわゆ》翁《きちおう》の実利の説を奉じていたから、庭にも果樹を植えるように、いつか長男を説き伏せていた。爾来《じらい》庭は春になると、見慣れた松や柳の間に、桃だの杏《あんず》だの李《すもも》だの、雑色の花を盛るようになった。校長は時々長男と、新しい果樹園を歩きながら、「この通りりっぱに花見もできる。一挙両得ですね」と批評したりした。しかし築山や池や四阿は、それだけにまた以前よりは、いっそう影が薄れ出した。いわば自然の荒廃のほかに、人工の荒廃も加わったのだった。

その秋はまた裏の山に、近年にない山火事があった。それ以来池に落ちていた滝は、ぱったり水が絶えてしまった。と思うと雪の降るころから、今度は当主が煩い出した。医者の見立てでは昔の癆症《ろうしょう》、今の肺病とかいうことだった。彼は寝たり起きたりしながら、だんだん癇《かん》ばかり昂《たかぶ》らせていった。現に翌年の正月には、年始に来た三男と激論の末、手炙《てあぶ》りを投げつけたことさえあった。三男はその時帰ったぎり、兄の死に目にも会わずにしまった。当主はそれから一年余りのち、夜伽《よとぎ》の妻に守られながら、蚊帳《かや》の中に息をひきとった。「蛙が啼《な》いているな。井月はどうしつら?」――これが最期の言葉だった。が、もう井月はとうの昔、この辺の風景にも飽きたのか、さっぱり乞食にも来なくなっていた。

三男は当主の一周忌をすますと、主人の末娘と結婚した。そうして離れを借りていた小学校長の転任を幸い、新妻とそこへ移って来た。離れには黒塗りの箪笥《たんす》が来たり、紅白の綿が飾られたりした。しかし母屋ではその間に、当主の妻が煩い出した。病名は夫と同じだった。父に別れた一粒種の子供、――廉一《れんいち》も母が血を吐いてからは、毎晩祖母と寝かせられた。祖母は床へはいる前に、必ず頭に手拭《てぬぐい》をかぶった。それでも頭瘡の臭気をたよりに、夜ふけには鼠《ねずみ》が近寄って来た。もちろん手拭を忘れでもすれば、鼠に頭を噛《か》まれることもあった。同じ年の暮れに当主の妻は、油火《あぶらび》の消えるように死んでいった。そのまた野辺送りの翌日には、築山の陰《かげ》の栖鶴軒が大雪のためにつぶされてしまった。

もう一度春がめぐって来た時、庭はただ濁った池のほとりに、洗心亭の茅屋根《かややね》を残じた、雑木原の木の芽に変わったのである。

中

ある雪曇りの日の暮れ方、駈落ちをしてから十年目に、次男は父の家へ帰って来た。父の家――と言ってもそれは事実上、三男の家と同様だった。三男は格別嫌な顔もせず、しかしまた格別喜びもせず、いわば何事もなかったように、道楽者の兄を迎え入れた。

爾来《じらい》次男は母屋の仏間に、悪疾のある体を横たえたなり、じっと炬燵《こたつ》を守っていた。仏間には大きい仏壇に、父や兄の位牌《いはい》が並んでいた。彼はその位牌の見えないように、仏壇の障子をじめ切っておいた。まして母や弟夫婦とは、三度の食事をともにするほかは、ほとんど顔も合わせなかった。ただみなし児の廉一だけは、時々彼の居間へ遊びに行った。彼は廉一の紙石板《かみせきばん》*へ、山や船を描いてやった。「向島《むこうじま》花ざかり、お茶屋の姐《ねえ》さんちょいとお出《い》で」――どうかするとそんな昔の唄が、おぼつかない筆蹟《ひっせき》を見せることもあった。

そのうちにまた春になった。庭には生い伸びた草木の中に、乏しい桃や杏が花咲き、どんより水光をさせた池にも、洗心亭の影が映り出した。しかし次男は相変わらず、たった一人仏間に閉じこもったぎり、昼でもたいていはうとうとしていた。するとある日彼の耳には、かすかな三味線《しゃみせん》の音が伝わって来た。と同時に唄の声も、とぎれとぎれに聞こえ始めた。「このたび諏訪《すわ》の戦い*に、松本《まつもと》身内の吉江《よしえ》様、大砲固《おおづつかた》めにおわします。……」次男は横になったまま、心もち首を擡《もた》げてみた。と、唄も三味線も、茶の間《ま》にいる母に違いなかった。「その日の出で立ち花やかに、勇み進みし働きは、あっぱれ勇士と見えにける。……」母は孫にでも聞かせているのか、大津絵《おおつえ》*の替え唄を唄い続けた。しかしそれは伝法肌の隠居が、どこかの花魁《おいらん》に習ったという、二、三十年以前の流行唄《はやりうた》だった。「敵の大玉《おおだま》身に受けて、是非もなや、惜しき命を豊橋《とよはし》に、草葉の露と消えぬとも、末世末代名は残る。……」次男は無精髭《ぶしょうひげ》の伸びた顔に、いつか妙な眼を輝かせていた。

それから二、三日たったのち、三男は蕗《ふき》の多い築山の陰に、土を掘っている兄を発見した。次男は息を切らせながら、不自由そうに鍬《くわ》を揮《ふる》っていた。その姿はどこかこっけいなうちに、真剣な意気組みもあるものだった。「あに様、何をしているだ？」――三男は巻煙草を啣《くわ》えたなり、後ろから兄へ声をかけた。「おれか？」――次男は眩《まぶ》しそうに弟を見上げた。「こけへ今せんげ*（小流れ）を造ろうと思う」「せんげを造って何しるだ？」「庭をもとのようにしっと思うだ」――三男はにやにや笑ったぎり、なんともその先は尋ねなかった。

次男は毎日鍬を持っては、熱心にせんげを造り続けた。が、病に弱った彼には、それだけでも容易な仕事ではなかった。彼は第一に疲れやすかった。その上慣れない仕事だけに、豆を拵《こしら》えたり、生爪を剝《は》いだり、何かと不自由も起こりがちだった。彼は時々鍬を捨てると、死んだようにそこへ横になった。しかし静かな何分かののち、彼はまた蹌踉《よろよろ》と立ち上がると、中に、花や若葉が煙っていた。彼のまわりにはいつになっても、庭をこめた陽炎《かげろう》の執拗《しつよう》に鍬を使い出すのだった。

しかし庭は幾日たっても、はかばかしい変化を示さなかった。池には相変わらず草が茂り、植込みにも雑木が枝を張っていた。ことに果樹の花の散ったあとは、前よりも荒れたかと思うくらいだった。のみならず一家の老若も、次男の仕事には同情がなかった。山気《やまぎ》に富んだ三男は、米相場や蚕に没頭した。三男の妻は次男の病に、女らしい嫌悪を感じていた。母も、――母は彼の体のために、土いじりの過ぎるのを惧《おそ》れていた。次男はそれでも剛情に、人間と自然とへ背を向けながら、少しずつ庭を造り変えていった。

そのうちにある雨上がりの朝、彼は庭へ出かけてみると、蕗《ふき》の垂れかかったせんげの縁に、石を並べている廉一を見つけた。「叔父《おじ》さん」――廉一はうれしそうに彼を見上げた。「おれにも今日から手伝わせておくりゃ」「うん、手伝ってくりゃ」次男もこの時は久しぶりに、晴れ晴れした微笑《びしょう》を浮かべていた。それ以来廉一は、外へも出ずにせっせと叔父の手伝いをし出した。――次男はまた甥《おい》を慰めるために、木かげに息を入れる時には、海とか東京とか鉄道とか、廉一の知らない話をして聞かせた。廉一は青梅を嚙《か》じりながら、まるで催眠術にでもかかったように、じっとその話に聞き入っていた。

その年の梅雨は空梅雨だった。彼ら、――年とった廃人と童子とは、烈しい日光や草いきれにもめげず、池を掘ったり木を伐《き》ったり、だんだん仕事を拡げていった。が、外界の障害にはどうにかこうにか打ち克《か》っていっても、内面の障害だけはしかたがなかった。次男はほとんど幻のように昔の庭を見ることができた。しかし庭木の配りとか、あるいは径《みち》のつけ方とか、細かい部分の記憶になると、はっきりしたことはわからなかった。彼は時々仕事の最中、突然鍬を杖《つえ》にしたまま、ぼんやりあたりを見廻《みまわ》すことがあった。「何しただい?」——廉一は必ず叔父の顔へ、不安らしい目付きを挙げるのだった。「ここはもとどうなっていつらなあ?」——汗になった叔父はうろうろしながら、いつもまた独語《ひとりごと》しか言わなかった。「この楓《かえで》はここになかつらと思うがなあ」廉一はただ泥まみれの手に、蟻《あり》でも殺すよりほかはなかった。

　内面の障害はそればかりではなかった。しだいに夏も深まってくると、次男は絶え間ない過労のためか頭もいつか混乱してきた。一度掘った池を埋めたり、松を抜いた跡へ松を植えたり、——そういうこともたびたびあった。ことに廉一を怒らせたのは、池の杭《くい》を造るために、水ぎわの柳を伐ったことだった。「この柳はこの間植えたばっかだに」——廉一は叔父を睨《にら》みつけた。「そうだったかなあ。おれにはなんだかわからなくなってしまった」——叔父は憂鬱《ゆううつ》な目をしながら、日盛りの池を見つめていた。

　それでも秋が来た時には、草や木の簇《むら》がった中から、朧《おぼろ》げに庭も浮き上がってきた。もちろん昔に比べれば、栖鶴軒も見えなかったし、滝の水も落ちてはいなかった。いや、名高い庭師の造った、優美な昔の趣は、ほとんどどこにも見えなかった。しかし「庭」はそこにあった。池はもう一度澄んだ水に、円い築山を映していた。松ももう一度洗心亭の前に、悠々と枝をさしのべていた。が、庭ができると同時に、次男は床につき切りになった。熱も毎日下がらなければ、体の節々も痛むのだった。「あんまり無理ばっかしるせいじゃ」――枕もとに坐った母は、何度も同じ愚痴を繰り返した。しかし次男は幸福だった。庭にはもちろん何箇所でも、直したいところが残っていた。が、それはしかたがなかった。とにかく骨を折った甲斐《かい》だけはある。――そこに彼は満足していた。十年の苦労は諦《あきら》めを教え、諦めは彼を救ったのだった。

その秋の末、次男は誰も気づかないうちに、いつか息を引きとっていた。それを見つけたのは廉一だった。彼は大声を挙げながら、縁続きの離れへ走って行った。一家はすぐに死人のまわりへ、驚《おどろ》いた顔を集めていた。「見ましよ。兄様は笑っているようだに」――三男は母をふり返った。「おや、今日は仏様の障子が明いている」――三男の妻は死人を見ずに、大きい仏壇を気にしていた。

次男の野辺送りをすませたのち、廉一はひとり洗心亭に、坐っていることが多くなった。いつも途方に暮れたように、晩秋の水や木を見ながら、……

下

それはこの宿の本陣に当たる、中村という旧家の庭だった。それが旧に復したのち、まだ十年とたたないうちに、今度は家ぐるみ破壊された。破壊された跡には停車場が建ち、停車場の前には小料理屋ができた。

中村の本家はもうそのころ、誰も残っていなかった。母はもちろんとうの昔、亡い人の数にはいっていた。三男も事業に失敗したあげく、大阪へ行ったとかいうことだった。

汽車は毎日停車場へ来ては、また停車場を去って行った。停車場には若い駅長が一人、大きい机に向かっていた。彼は閑散な事務の合い間に、青い山々を眺めやったり、土地ものの駅員と話したりした。しかしその話の中にも、中村家の噂は上らなかった。いわんや彼らのいるところに、築山の四阿のあったことは、誰一人考えもしないのだった。

が、その間に廉一は、東京赤坂《あかさか》のある洋画研究所に、油画の画架に向かっていた。天窓の光、油絵の具の匂《におい》、桃割れに結ったモデルの娘、——研究所の空気は故郷の家庭と、なんの連絡もないものだった。しかしブラッシュを動かしていると、時々彼の心に浮かぶ、寂しい老人の顔があった。その顔はまた微笑しながら、不断の制作に疲れた彼へ、きっとこう声をかけるのだった。「お前はまだ子供の時に、おれの仕事を手伝ってくれた。今度はおれに手伝わせてくれ」……

廉一は今でも貧しい中に、毎日油画を描き続けている。三男の噂は誰も聞かない。

(大正十一年六月)

一夕話

「なにしろこのごろは油断がならない。和田《わだ》さえ芸者を知っているんだから」

藤井《ふじい》という弁護士は、老酒《ラオチュ》の盃《さかずき》を干してから、大仰に一同の顔を見まわした。円卓《テエブル》のまわりを囲んでいるのは同じ学校の寄宿舎にいた、我々六人の中年者《ちゅうねんもの》である。場所は日比谷《ひびや》の陶々亭《とうとうてい》*の二階、時は六月のある雨の夜、——もちろん藤井のこういったのは、もうそろそろ我々の顔にも、酔色の見え出した時分である。

「僕はそいつを見せつけられた時には、実際今昔の感に堪えなかったね。——」

藤井はおもしろそうに弁じ続けた。

「医科の和田といった日には、柔道の選手で、賄征伐《まかないせいばつ》*の大将で、リヴィングストンの崇拝家で、寒中一重物で通した男で、——一言《いちごん》にいえば豪傑《ごうけつ》だったじゃないか？　それが君、芸者を知っているんだ。しかも柳橋《やなぎばし》の小《こ》えんという、——」

「君はこのごろ河岸《かし》を変えたのかい？」

突然横槍《よこやり》を入れたのは、飯沼《いいぬま》という銀行の支店長だった。

「河岸を変えた？　なぜ？」

「君がつれて行った時なんだろう、和田がその芸者に遇《あ》ったというのは？」

「早まっちゃいけない。誰が和田なんぞをつれて行くもんか。——」

藤井は昂然《こうぜん》と眉《まゆ》を挙《あ》げた。

「あれは先月の幾日だったかな？　なんでも月曜か火曜だったがね。久しぶりに和田と顔を合わせると、浅草《あさくさ》へ行こうというじゃないか？　浅草はあんまりぞっとしないが、親愛なる旧友のいうことだから、僕もすなおに賛成してさ。真っ昼間六区へ出かけたんだ。——」

「すると活動写真の中にでもい合わせたのか？」

今度はわたしが先くぐりをした。

「活動写真ならばまだいいが、メリイ・ゴオ・ラウンドときているんだ。おまけに二人とも木馬の上へ、ちゃんと跨《また》がっていたんだからな。今考えてもばかばかしいしだいさ。しかしそれも僕の発議《ほつぎ》じゃない。あんまり和田が乗りたがるから、おつき合いにちょいと乗ってみたんだ。——だがあいつは楽じゃないぜ。野口《のぐち》のような胃弱は乗らないがいい」

「子供じゃあるまいし。木馬になんぞ乗るやつがあるもんか？」

野口という大学教授は、青黒い松花《スンホア》*を頰張ったなり、蔑《さげす》むような笑い方をした。が、藤井はむとんじゃくに、時々和田へ目をやっては、得々と話を続けていった。

「和田の乗ったのは白い木馬、僕の乗ったのは赤い木馬なんだが、楽隊といっしょにまわり出された時には、どうなることかと思ったね。尻は躍るし、目はまわるし、振り落とされないだけが見っけものなんだ。が、その中でも目についたのは、欄干の外の見物の間に、芸者らしい女が交じっている。色の蒼白《あおじろ》い、目の沾《うる》んだ、どこか妙な憂鬱《ゆううつ》な、──」

「それだけわかっていればだいじょうぶだ。目がまわったも怪しいもんだぜ」

飯沼はもう一度口を挟んだ。

「だからその中でもといっているじゃないか？　髪はもちろん銀杏返《いちょうがえ》し、なりは薄青い縞《しま》のセルに、何か更紗《さらさ》の帯だったかと思う、とにかく花柳《かりゅう》小説の挿絵のような、楚々《そそ》たる女が立っているんだ。するとその女が、──どうしたと思う？　僕の顔をちらりと見るなり、正に嫣然《えんぜん》と一笑したんだ。おやと思ったがまにあわない。こっちは木馬に乗っているんだから、たちまち女の前は通りすぎてしまう。誰だったかなと思う時には、もうわが赤い木馬の前へ、楽隊の連中が現われている。──」

我々は皆笑い出した。

「二度めもやはり同じことさ。また女がにっこりする。と思うと見えなくなる。あとはただ前後左右に、木馬が跳ねたり、馬車が躍ったり、然《しか》らずんば喇叭《らっぱ》がぶかぶかいったり、太鼓がどんどん鳴っているだけなんだ。──僕はつらつらそう思ったね。これは人生の象徴だ。我々は皆同じように実生活の木馬に乗せられているから、時たま『幸福』にめぐり遇っても、摑《つか》まえないうちにすれ違ってしまう。もし『幸福』を摑まえる気ならば、一思いに木馬を飛び下りるがよい。──」

「まさかほんとうに飛び下りはしまいな？」

からかうようにこういったのは、木村《きむら》という電気会社の技師長だった。

「冗談いっちゃいけない。哲学は哲学、人生は人生さ。――ところがそんなことを考えているうちに、三度めになったと思い給《たま》え。その時ふと気がついてみると、――これには僕も驚いたね。あの女が笑顔を見せていたのは、残念ながら僕にじゃない。賄征伐の大将、リヴィングストンの崇拝家、ETC.ETC.……ドクタア和田良平にだったんだ」

「しかしまあ哲学《てつがく》通りに、飛び下りなかっただけしあわせだったよ」

無口な野口も冗談をいった。しかし藤井は相変わらず話を続けるのに熱中していた。

「和田のやつも女の前へ来ると、きっとうれしそうにお時宜《じぎ》をしている。それがまたこう及び腰に、白い木馬に跨ったまま、ネクタイだけ前へぶらさげてね。――」

「嘘をつけ」

和田もとうとう沈黙を破った。彼はさっきから苦笑をしては、老酒ばかりひっかけていたのである。

「なに、嘘なんぞつくもんか。――が、その時はまだいいんだ。いよいよメリイ・ゴオ・ラウンドを出たとなると、和田は僕も忘れたように、女とばかりしゃべっているじゃないか？　女も先生先生といっている。埋まらない役まわりは僕一人さ。――」

「なるほど、これは珍談だな。――おい、君、こうなればもう今夜の会費は、そっくり君に持ってもらうぜ」

飯沼は大きい魚翅《イウツウ》*の鉢へ、銀の匙《さじ》を突きこみながら、隣にいる和田をふり返った。

「ばかな。あの女は友だちの囲《かこ》いものなんだ」

和田は両肘をついたまま、ぶっきらぼうにいい放った。彼の顔は見渡したところ、一座の誰よりも日に焼けている。目鼻だちもはなはだ都会じみていない。その上五分刈りに刈りこんだ頭は、ほとんど岩石のようにじょうぶそうである。彼は昔ある対校試合に、左の臂《ひじ》を挫《くじ》きながら、五人までも敵を投げたことがあった。――そういう往年の豪傑ぶりは、黒い背広に縞《しま》のズボンという、当世流行のなりはしていても、どこかにありありと残っている。

「飯沼！　君の囲い者じゃないか？」

藤井は額越しに相手を見ると、にやりと酔った人の微笑を洩《も》らした。

「そうかも知れない」

飯沼は冷然と受け流してから、もう一度和田をふり返った。

「誰だい、その友だちというのは？」

「若槻《わかつき》という実業家だが、――この中でも誰か知っていはしないか？　慶応《けいおう》か何か卒業してから、今じゃ自分の銀行へ出ている、年配も我々と同じくらいの男だ。色の白い、優しい目をした、短い髭《ひげ》を生やしている、――そうさな、まあ一言にいえば、風流愛すべき好男子だろう」

「若槻峯太郎《みねたろう》、俳号は青蓋《せいがい》じゃないか？」

わたしは横合いから口を挟んだ。その若槻という実業家とは、わたしもつい四、五日前、いっしょに芝居を見ていたからである。

「そうだ。青蓋句集というのを出している、――あの男が小えんの檀那《だんな》なんだ。いや、二月ほど前までは檀那だったんだ。今じゃ全然手を切っているが、――」

「へええ、じゃあの若槻という人は、――」

「僕の中学時代の同窓なんだ」

「これはいよいよ穏やかじゃない」

藤井はまた陽気な声を出した。

「君は我々が知らない間に、その中学時代の同窓なるものと、花を折り柳に攀《よ》じ、――」

「ばかをいえ。僕があの女に会ったのは、大学病院へやって来た時に、若槻にもちょいと頼まれていたから、便宜を図ってやっただけなんだ。蓄膿症《ちくのうしょう》か何かの手術だったが、――」

和田は老酒をぐいとやってから、妙に考え深い目つきになった。

「しかしあの女はおもしろいやつだ」

「惚《ほ》れたかね？」

木村は静かにひやかした。

「それはあるいは惚れたかも知れない。あるいはまたちっとも惚れなかったかも知れないが、そんなことよりも話したいのは、あの女と若槻との関係なんだ。――」

和田はこう前置きをしてから、いつにない雄弁を振《ふる》い出した。

「僕は藤井の話した通り、この間偶然小えんに遇った。ところが遇って話してみると、小えんはもう二月ほど前に、若槻と別れたというじゃないか？　なぜ別れたと訊《き》いてみても、返事らしい返事は何もしない。ただ寂しそうに笑いながら、もともとわたしはあの人のように、風流人じゃないんですというんだ。

「僕もその時は立ち入っても訊かず、それなり別れてしまったんだが、つい昨日、——昨日は午過《ひるす》ぎは雨が降っていたろう。あの雨の最中に若槻から、飯を食いに来ないかという手紙なんだ。ちょうど僕も暇だったし、早めに若槻の家へ行ってみると、先生は気の利いた六畳の書斎に、相変わらず悠々と読書をしている。僕はこの通り野蛮人だから、風流の何たるかは全然知らない。しかし若槻の書斎へはいると、芸術的とかなんとかいうのは、こういう暮らしだろうという気がするんだ。まず床の間にはいつ行っても、古い懸物《かけもの》が懸《かか》っている。花もしじゅう絶やしたことはない。書物も和書の本箱のほかに、洋書の書棚も並べてある。おまけにきゃしゃな机の側には、三味線《しゃみせん》も時々は出してあるんだ。その上そこにいる若槻自身も、どこか当世の浮世絵じみた、通人らしいなりをしている。昨日も妙な着物を着ているから、それはなんだねと訊いてみると、占城《チャンパ》*という物だと答えるじゃないか？　僕の友だち多しといえども、占城なぞという着物を着ているものは、若槻を除いては一人もあるまい。——まずあの男の暮らしぶりといえば、万事こういった調子なんだ。

「僕はその日膳を前に、若槻と献酬を重ねながら、小えんとのいきさつを聞かされたんだ。小えんにはほかに男がある。それはまあ格別驚かずともよい。が、その相手は何かと思えば、浪花節語《なにわぶしかた》りの下っぱなんだそうだ。君たちもこんな話を聞いたら、小えんの愚を嗤《わら》わずにはいられないだろう。僕も実際その時には、苦笑さえできないくらいだった。

「君たちはもちろん知らないが、小えんは若槻に三年このかた、ずいぶん尽くしてもらっている。若槻は小えんの母親ばかりか、妹の面倒も見てやっていた。そのまた小えん自身にも、読み書きといわず芸事といわず、なんでも好きなことを仕込ませていた。小えんは踊りも名を取っている。長唄も柳橋では指折りだそうだ。そのほか発句もできるというし、千蔭流《ちかげりゅう》*とかの仮名も上手だという。それも皆若槻のおかげなんだ。そういう消息を知っている僕は、君たちさえ笑止に思う以上、呆れ返らざるを得ないじゃないか？

「若槻は僕にこういうんだ。なに、あの女と別れるくらいは、別になんとも思ってはいません。が、わたしはできる限り、あの女の教育に尽くしてきました。どうか何事にも理解の届いた、趣味の広い女に仕立ててやりたい、──そういう希望を持っていたのです。それだけに今度はがっかりしました。何も男を拵《こしら》えるのなら、浪花節語りには限らないものを。あんなに芸事には身を入れていても、根性の卑しさは直らないかと思うと、実際苦々しい気がするのです。……

「若槻はまたこうもいうんだ。あの女はこの半年ばかり、多少ヒステリックにもなっていたのでしょう。一時はほとんど毎日のように、今日限り三味線を持たないとかいっては、子供のように泣いていました。それがまたなぜだと訊《たず》ねてみると、わたしはあの女を好いていない、遊芸を習わせるのもそのためだなぞと、妙な理窟《りくつ》をいい出すのです。そんな時はわたしがなんといっても、耳にかける気色さえありません。ただもうわたしは薄情だと、そればかり口惜《くや》しそうに繰り返すのです。もっとも発作さえすんでしまえば、いつも笑い話になるのですが、……

「若槻はまたこうもいうんだ。なんでも相手の浪花節語りは、始末におえない乱暴者だそうです。前に馴染《なじみ》だった鳥屋の女中に、男か何かできた時には、その女中と立ち廻《まわ》りの喧《けん》嘩《か》をした上、大怪我《おおけが》をさせたというじゃありませんか？　このほかにもまだあの男には、無理心中をしかけたことだの、師匠の娘と駈落《かけお》ちをしたことだの、いろいろ悪い噂も聞いています。そんな男に引っ懸るというのはいったいどういう量見《りょうけん》なのでしょう。……

「僕は小えんのふしだらには、呆れ返らざるを得ないと言った。しかし若槻の話を聞いているうちに、だんだん僕を動かしてきたのは、小えんに対する同情なんだ。なるほど若槻は檀那としては、当世まれに見る通人かも知れない。が、あの女と別れるくらいは、なんでもありませんといっているじゃないか？　たといそれは辞令にしても、猛烈な執着はないに違いない。猛烈な、──たとえばその浪花節語りは、女の薄情を憎むあまり、大怪我をさせたということだろう。僕は小えんの身になってみれば、上品でも冷淡な若槻よりも、下品でも猛烈な浪花節語りに、打ち込むのが自然だと考えるんだ。小えんは諸芸を仕込ませるのも、若槻に愛のない証拠だといった。僕はこの言葉の中にも、ヒステリイばかりを見ようとはしない。小えんはやはり若槻との間に、ギャップのあることを知っていたんだ。

「しかし僕も小えんのために、浪花節語りとできたことを祝福しようとは思っていない。幸福になるか不幸になるか、それはどちらともいわれないだろう。──が、もし不幸になるとすれば、呪わるべきものは男じゃない。小えんをそこに至らしめた、通人若槻青蓋だと思う。若槻は――いや、当世の通人はいずれも個人として考えれば、愛すべき人間に相違あるまい。彼らは芭蕉《ばしょう》を理解している。レオ・トルストイを理解している。池大雅《いけのたいが》を理解している。武者小路実篤《むしゃのこうじさねあつ》を理解している。カアル・マルクスを理解している。しかしそれが何になるんだ？　彼らは猛烈な恋愛を知らない。猛烈な創造の歓喜を知らない。猛烈な道徳的情熱を知らない。猛烈な、――およそこの地球を荘厳にすべき、猛烈な何物も知らずにいるんだ。そこに彼らの致命傷もあれば、彼らの害毒も潜んでいると思う。害毒の一つは能動的に、他人をも通人に変わらせてしまう。害毒の二つは反動的に、いっそう他人を俗にすることだ。小えんのごときはその例じゃないか？　昔から喉《のど》の渇いているものは、泥水でも飲むときまっている。小えんも若槻に囲《かこ》われていなければ、浪花節語りとはできなかったかもしれない。

「もしまた幸福になるとすれば、――いや、あるいは若槻の代りに、浪花節語りを得たことだけでも、幸福は確かに幸福だろう。さっき藤井がいったじゃないか？　我々は皆同じように、実生活の木馬に乗せられているから、時たま『幸福』にめぐり遇っても、摑まえないうちにすれ違ってしまう。もし『幸福』を摑まえる気ならば、一思いに木馬を飛び下りるがよい。――いわば小えんも一思いに、実生活の木馬を飛び下りたんだ。この猛烈な歓喜や苦痛は、若槻ごとき通人の知るところじゃない。僕は人生の価値を思うと、百の若槻には唾を吐いても、一つの小えんを尊びたいんだ。

「君たちはそう思わないか？」

和田は酔眼を輝かせながら、声のない一座を見まわした。が、藤井はいつの間にか、円卓に首を垂らしたなり、気楽そうにぐっすり眠《ね》こんでいた。

（大正十一年六月）

六の宮の姫君*

一

六《ろく》の宮《みや》の姫君の父は、古い宮腹《みやばら》の生まれだった。が、時勢にも遅れがちな、昔気質《むかしかたぎ》の人だったから、官も兵部大輔《ひょうぶのだいふ》*より昇らなかった。姫君はそういう父母《ちちはは》といっしょに、六の宮のほとりにある、木高い屋形に住まっていた。六の宮の姫君というのは、その土地の名前に拠《よ》ったのだった。

父母は姫君を寵愛《ちょうあい》した。しかしやはり昔ふうに、進んでは誰にもめあわせなかった。誰か言い寄る人があればと、心待ちに待つばかりだった。姫君も父母の教え通り、つつましい朝夕を送っていた。それは悲しみも知らないと同時に、喜びも知らない生涯だった。が、世間見ずの姫君は、格別不満も感じなかった。「父母さえ達者でいてくれればいい」――姫君はそう思っていた。

古い池に枝垂れた桜は、年《とし》ごとに乏しい花を開いた。そのうちに姫君もいつのまにか、大人《おとな》寂びた美しさを具《そな》え出した。が、頼みに思った父は、年ごろ酒を過ごしたために、突然故人になってしまった。のみならず母も半年ほどのうちに、返らない歎《なげ》きを重ねたあげく、とうとう父の跡を追って行った。姫君は悲しいというよりも、途方に暮れずにはいられなかった。実際ふところ子《ご》の姫君にはたった一人の乳母のほかに、たよるものは何もないのだった。

乳母はけなげにも姫君のために、骨身を惜しまず働き続けた。が、家に持ち伝えた螺鈿《らでん》の手筥《てばこ》や白がねの香炉は、いつか一つずつ失われていった。と同時に召使の男女も、誰からか暇をとり始めた。姫君にも暮らしの辛《つら》いことは、だんだんはっきりわかるようになった。しかしそれをどうすることも、姫君の力には及ばなかった。姫君は寂しい屋形の対に、やはり昔と少しも変わらず、琴を引いたり歌を詠《よ》んだり、単調な遊びを繰り返していた。

するとある秋の夕ぐれ、乳母は姫君の前へ出ると、考え考えこんなことを言った。

「甥《おい》の法師の頼みますには、丹波《たんば》の前司《ぜんじ》*なにがしの殿が、あなた様に会わせていただきたいとか申しているそうでございます。前司はかたちも美しい上、心ばえもよいそうでございますし、前司の父も受領《ずりょう》*とは申せ、近い上達部《かんだちめ》*の子でもございますから、お会いになってはいかがでございましょう？　かように心細い暮らしをなさいますよりも、少しはましかと存じますが。……」

姫君は忍び音に泣き初めた。その男に肌身を任せるのは、不如意な暮らしを扶《たす》けるために、体を売るのも同様だった。もちろんそれも世の中には多いということは承知していた。が、現在そうなってみると、悲しさはまた格別だった。姫君は乳母と向き合ったまま、葛《くず》の葉を吹き返す風の中に、いつまでも袖《そで》を顔にしていた。……

二

しかし姫君はいつの間にか、夜《よ》ごとに男と会うようになった。男は乳母の言葉通りやさしい心の持ち主だった。顔かたちもさすがにみやびていた。その上姫君の美しさに、何もかも忘れていることは、ほとんど誰の目にも明らかだった。姫君ももちろんこの男に、悪い心は持たなかった。時には頼もしいと思うこともあった。が、蝶鳥《ちょうとり》の几帳《きちょう》を立てた陰に、灯台の光を眩《まぶ》しがりながら、男と二人むつびあう時にも、うれしいとは一夜《ひとよ》も思わなかった。

そのうちに屋形は少しずつ、はなやかな空気を加え初めた。黒棚や簾《すだれ》も新たになり、召使の数も殖《ふ》えたのだった。乳母はもちろん以前よりも、活《い》き活《い》きと暮らしを取り賄った。しかし姫君はそういう変化も、寂しそうに見ているばかりだった。

ある時雨《しぐれ》の渡った夜、男は姫君と酒を酌みながら、丹波の国にあったという、気味の悪い話*をした。出雲路《いずもじ》へ下《くだ》る旅人が大江山《おおえやま》の麓《ふもと》に宿を借りた。宿の妻はちょうどその夜、無事に女の子を産み落とした。すると旅人は生家《うぶや》の中から、なんとも知れぬ大男が、急ぎ足に外へ出て来るのを見た。大男はただ「年は八歳、命《めい》は自害」と言い捨てたなり、たちまちどこかへ消えてしまった。旅人はそれから九年めに、今度は京へ上《のぼ》る途中、同じ家に宿ってみた。ところが実際女の子は、八つの年に変死していた。しかも木から落ちた拍子に、鎌《かま》を喉《のど》へ突き立てていた。——話はだいたいこういうのだった。姫君はそれを聞いた時に、宿命のせんなさに脅《おびや》かされた。その女の子に比べれば、この男を頼みに暮らしているのは、まだしもしあわせに違いなかった。

「なりゆきに任せるほかはない」——姫君はそう思いながら、顔だけはあでやかにほほ笑んでいた。

屋形の軒に当たった松は、何度も雪に枝を折られた。姫君は昼は昔のように、琴を引いたり双六《すごろく》を打ったりした。夜は男と一つ褥《しとね》に、水鳥の池に下りる音を聞いた。それは悲しみも少ないと同時に、喜びも少ない朝夕だった。が、姫君は相変わらず、この懶《ものう》い安らかさの中に、はかない満足を見出《みいだ》していた。

しかしその安らかさも、思いのほか急に尽きる時が来た。やっと春の返ったある夜、男は姫君と二人になると、「そなたに会うのも今宵《こよい》ぎりじゃ」と、言いにくそうに口を切った。男の父は今度の除目《じもく》*に、陸奥《むつ》の守《かみ》に任ぜられた。男はそのために雪の深い奥へ、いっしょに下らねばならなかった。もちろん姫君と別れるのは、何よりも男には悲しかった。が、姫君を妻にしたのは、父にも隠《かく》していたのだから、いまさら打ち明けることはできにくかった。男はため息をつきながら、長々とそういう事情を話した。

「しかし五年たてば任終《にんはて》じゃ。その時を楽しみに待ってたもれ」

姫君はもう泣き伏していた。たとい恋しいとは思わぬまでも、頼みにした男と別れるのは、言葉には尽くせない悲しさだった。男は姫君の背を撫《な》でては、いろいろ慰めたり励ましたりした。が、これも二言めには、涙に声を曇らせるのだった。

そこへ何も知らない乳母は、年の若い女房たちと、銚子《ちょうし》や高坏《たかつき》を運んで来た。古い池に枝垂れた桜も、蕾《つぼみ》を持ったことを話しながら。……

三

六年めの春は返って来た。が、奥へ下った男は、ついに都へは帰らなかった。その間に召使は一人も残らず、ちりぢりにどこかへ立ち退いてしまうし、姫君の住んでいた東の対もある年の大風に倒れてしまった。姫君はそれ以来乳母といっしょに侍の廊《ほそどの》を住居《すまい》にしていた。そこは住居とはいうものの、手狭でもあれば住み荒らしてもあり、わずかに雨露の凌《しの》げるだけだった。乳母はこの廊へ移った当座、いたわしい姫君の姿を見ると、涙を落とさずにはいられなかった。が、ある時は理由《わけ》もないのに、腹ばかりたてていることがあった。

暮らしのつらいのはもちろんだった。棚の厨子《ずし》はとうの昔、米や青菜に変わっていた。今では姫君の袿《うちぎ》や袴《はかま》も身についているほかは残らなかった。乳母は焚《た》き物《もの》にことを欠けば、立ち腐れになった寝殿へ、板を剥《は》ぎに出かけるくらいだった。しかし姫君は昔の通り、琴や歌に気を晴らしながら、じっと男を待ち続けていた。

するとその年の秋の月夜、乳母は姫君の前へ出ると、考え考えこんなことを言った。

「殿はもうお帰りにはなりますまい。あなた様も殿のことは、お忘れになってはいかがでございましょう。ついてはこのごろある典薬之助《てんやくのすけ》*が、あなた様にお会わせ申せと、責めたているのでございますが、……」

姫君はその話を聞きながら、六年以前《まえ》のことを思い出した。六年以前には、いくら泣いても、泣き足りないほど悲しかった。が、今は体も心もあまりにそれには疲れていた。

「ただ静かに老い朽ちたい」……そのほかは何も考えなかった。姫君は話を聞き終わると、白い月を眺めたなり、懶《ものう》げにやつれた顔を振った。

「わたしはもう何もいらぬ。生きようとも死のうとも一つことじゃ。……」

×　　×　　×

ちょうどこれと同じ時刻、男は遠い常陸《ひたち》の国の屋形に、新しい妻と酒を掛《く》んでいた。妻は父の目がねにかなった、この国の守《かみ》の娘だった。

「あの音はなんじゃ？」

男はふと驚いたように、静かな月明りの軒を見上げた。その時なぜか男の胸には、はっきり姫君の姿が浮かんでいた。

「栗の実が落ちたのでございましょう」

常陸の妻はそう答えながら、ふつつかに銚子の酒をさした。

四

男が京へ帰ったのは、ちょうど九年めの晩秋だった。男と常陸の妻の族《うから》と、――彼らは京へはいる途中、日がらの悪いのを避《さ》けるために、三、四日粟津《あわづ》に滞在した。それから京へはいる時も、昼の人目に立たないように、わざと日の暮れを選ぶことにした。男は鄙《ひな》にいる間も、二、三度京の妻のもとへ、懇《ねんご》ろな消息をことづけてやった。が、使《つかい》が帰らなかったり、幸い帰って来たと思えば、姫君の屋形がわからなかったり、一度も返事は手に入らなかった。それだけに京へはいったとなると、恋しさもまたひとしおだった。男は妻の父の屋形へ無事に妻を送りこむが早いか、旅仕度も解かずに六の宮へ行った。

六の宮へ行ってみると、昔あった四つ足の門*も、檜皮《ひわだぶ》葺きの寝殿や対も、ことごとく今はなくなっていた。その中にただ残っているのは、崩れ残りの築土《ついじ》だけだった。男は草の中に佇《たたず》んだまま、茫然《ぼうぜん》と庭の跡を眺めまわした。そこには半ば埋《うず》もれた池に、水葱《なぎ》が少し作ってあった。水葱はかすかな新月の光に、ひっそりと葉を簇《むらが》らせていた。

男は政所《まんどころ》と覚しいあたりに、傾いた板屋のあるのを見つけた。板屋の中には近寄って見ると、誰か人影もあるらしかった。男は闇を透かしながら、そっとその人影に声をかけた。すると月明りによろぼい出たのは、どこか見覚えのある老尼だった。

尼は男に名のられると、何も言わずに泣き続けた。そののちやっと途切れ途切れに、姫君の身の上を話し出した。

「お見忘れでもございましょうが、手前は御内《みうち》に仕《つか》えておった、はした女《め》の母でございます。殿がお下りになってからも、娘はまだ五年ばかり、ご奉公いたしておりました。が、そのうちに夫とともども、但馬《たじま》へ下ることになりましたから、手前もその節《せつ》娘といっしょに、お暇を頂いたのでございます。ところがこのごろ姫君のことが、何かと心にかかりますので、手前一人京へ上《のぼ》ってみますと、ご覧の通りお屋形も何もなくなっているのでございませんか？　姫君もどこへいらっしゃったことやら、――実は手前もさきごろから、途方に暮れているのでございます。殿はご存知もございますまいが、娘がご奉公申しておった間も、姫君のお暮らしのおいたわしさは、申しようもないくらいでございました。……」

男は一部始終を聞いたのち、この腰の曲がった尼に、下《した》の衣《ころも》を一枚脱いで渡した。それから頭《かしら》を垂れたまま、黙然と草の中を歩み去った。

五

男は翌日から姫君を探しに、洛中《らくちゅう》を方々歩きまわった。が、どこへどうしたのか、容易に行き方《がた》はわからなかった。

すると何日かのちの夕ぐれ、男はむら雨《さめ》を避けるために、朱雀門《すざくもん》の前にある、西の曲殿《まがりどの》の軒下に立った。そこにはまだ男のほかにも、物乞《ものご》いらしい法師が一人、やはり雨止《あまや》みを待ちわびていた。雨は丹《に》塗《ぬ》りの門の空に、寂しい音を立て続けた。男は法師を尻目《しりめ》にしながら、苛立《いらだ》たしい思いを紛らせたさに、あちこち石畳を歩いていた。そのうちにふと男の耳は、薄暗い窓の櫺子《れんじ》の中に、人のいるらしいけはいを捉《とら》えた。男はほとんど何の気なしに、ちらりと窓を覗《のぞ》いてみた。

窓の中には尼が一人、破れた筵《むしろ》をまといながら、病人らしい女を介抱していた。女は夕ぐれの薄明りにも、無気味なほど痩《や》せ枯れているらしかった。しかしその姫君に違いないことは、一目見ただけでも十分だった。男は声をかけようとした。が、あさましい姫君の姿を見ると、なぜかその声が出せなかった。姫君は男のいるのも知らず、破れ筵の上に寝反りを打つと、苦しそうにこんな歌を詠《よ》んだ。

「たまくらのすきまの風もさむかりき、身はならはしのものにざりける」*

男はこの声を聞いた時、思わず姫君の名前を呼んだ。姫君はさすがに枕を起こした。が、男を見るが早いか、何かかすかに叫んだきり、また筵の上に俯伏《うつぶ》してしまった。尼は、——あの忠実な乳母は、そこへ飛びこんだ男といっしょに、慌てて姫君を抱き起こした。しかし抱き起こした顔を見ると、乳母はもちろん男さえも、いっそう慌てずにはいられなかった。

乳母*はまるで気の狂《くる》ったように、乞食《こじき》法師のもとへ走り寄った。そうして、臨終の姫君のために、なんなりとも経を読んでくれと言った。法師は乳母の望み通り、姫君の枕もとへ座を占めた。が、経文を読誦《どくじゅ》する代りに、姫君へこう言葉をかけた。

「往生は人手にできるものではござらぬ。ただご自身怠らずに、阿弥陀仏《あみだぶつ》の御名《みな》をお唱えなされ」

姫君は男に抱かれたまま、細ぼそと仏名《ぶつみょう》を唱え出した。と思うと恐しそうに、じっと門の天井を見つめた。

「あれ、あそこに火の燃える車が。……」

「そのような物にお恐れなさるな。御仏さえ念ずればよろしゅうござる」

法師はやや声を励ました。すると姫君はしばらくののち、また夢うつつのように呟《つぶや》き出した。

「金色《こんじき》の蓮華《れんげ》が見えまする。天蓋《てんがい》のように大きい蓮華が。……」

法師は何か言おうとした。が、今度はそれよりもさきに、姫君が切れ切れに口を開いた。

「蓮華はもう見えませぬ。跡にはただ暗い中に、風ばかり吹いておりまする」

「一心に仏名をお唱えなされ。なぜ一心にお唱えなさらぬ？」

法師はほとんど叱るように言った。が、姫君は絶え入りそうに、同じことを繰りかえすばかりだった。

「何も、――何も見えませぬ。暗い中に風ばかり、――冷たい風ばかり吹いて参りまする」

男や乳母は涙を呑《の》みながら、口の内に弥陀を念じ続けた。法師ももちろん合掌したまま、姫君の念仏を扶けていた。そういう声の雨に交じる中に、破れ筵を敷いた姫君は、だんだん死に顔に変わっていった。……

六

それから何日かのちの月夜、姫君に念仏を勧めた法師は、やはり朱雀門の前の曲殿に、破《や》れ衣《ごろも》の膝《ひざ》を抱えていた。するとそこへ侍が一人、悠々と何か歌いながら、月明りの大路《おおじ》を歩いて来た。侍は法師の姿を見ると、草履《ぞうり》の足を止めたなり、さりげないように声をかけた。

「このごろこの朱雀門のほとりに、女の泣き声がするそうではないか？」

法師は石畳に蹲《うずく》まったまま、たった一言返事をした。

「お聞きなされ」

侍はちょっと耳を澄ませた。が、かすかな虫の音のほかは、何一つ聞こえるものもなかった。あたりにはただ松の匂《におい》が、夜気に漂っているだけだった。侍は口を動かそうとした。しかしまだ何も言わないうちに、突然どこからか女の声が、細ぼそと歎きを送って来た。

侍は太刀に手をかけた。が、声は曲殿の空に、ひとしきり長い尾を引いたのち、だんだんまたどこかへ消えて行った。

「御仏を念じておやりなされ。——」

法師は月光に顔を擡《もた》げた。

「あれは極楽も地獄も知らぬ、腑甲斐《ふがい》ない女の魂でござる。御仏を念じておやりなされ」

しかし侍は返事もせずに、法師の顔を覗きこんだ。と思うと驚いたように、その前へいきなり両手をついた。

「内記《ないき》の上人《しょうにん》*ではございませんか？　どうしてまたこのような所に――」

在俗《ざいぞく》の名は慶滋《よししげ》の保胤《やすたね》、*世に内記の上人というのは、空也《くうや》上人*の弟子の中にも、やんごとない高徳《こうとく》の沙門《しゃもん》だった。

（大正十一年七月）

魚河岸

去年の春の夜《よ》、——といってもまだ風の寒い、月の冴《さ》えた夜の九時ごろ、保吉《やすきち》*は三人の友だちと、魚河岸*の往来を歩いていた。三人の友だちとは、俳人の露柴《ろさい》*、洋画家の風中《ふうちゅう》*、蒔画《まきえ》師《し》の如丹《じょたん》*、——三人とも本名は明かさないが、その道では知られた腕《うで》っ扱《こ》きである。ことに露柴は年かさでもあり、新傾向の俳人としては、つとに名を馳《は》せた男だった。

我々は皆酔っていた。もっとも風中と保吉とは下戸、如丹は名代の酒豪だったから、三人はふだんと変わらなかった。ただ露柴はどうかすると、足もとも少々あぶなかった。我々は露柴を中にしながら、腥《なまぐさ》い月明りの吹かれる通りを、日本橋《にほんばし》の方へ歩いて行った。

露柴は生《き》っ粋《すい》の江戸《えど》っ児《こ》だった。曾祖父《そうそふ》は蜀山《しょくさん》*や文晁《ぶんちょう》*と交遊の厚かった人である。家も河岸の丸清《まるせい》といえば、あの界隈《かいわい》では知らぬものはない。それを露柴はずっと前から、家業はほとんど人任せにしたなり、自分は山谷《さんや》の露路の奥に、句と書と篆刻《てんこく》とを楽しんでいた。だから露柴には我々にない、どこかいなせな風格があった。下町気質《かたぎ》よりは伝法《でんぽう》な、山の手にはもちろん縁の遠い、——いわば河岸の鮪《まぐろ》の鮨《すし》と、一味相通ずる何物かがあった。

……

露柴はさも邪魔そうに、時々外套《がいとう》の袖をはねながら、快活に我々と話し続けた。如丹は静かに笑い笑い、話の相槌《あいづち》を打っていた。そのうちに我々はいつの間にか、河岸のとっつきへ来てしまった。このまま河岸を出抜けるのはみんな妙に物足りなかった。するとそこに洋食屋が一軒、片側を照らした月明りに白い暖簾《のれん》を垂らしていた。この店の噂は保吉さえも何度か聞かされたことがあった。「はいろうか？」「はいってもいいな」――そんなことを言い合ううちに、我々はもう風中を先に、狭い店のなかへなだれこんでいた。

店の中には客が二人、細長い卓に向かっていた。客の一人は河岸の若い衆《しゅ》、もう一人はどこかの職工らしかった。我々は二人ずつ向かい合いに、同じ卓に割りこませてもらった。それから平貝《たいらがい》のフライを肴《さかな》に、ちびちび正宗《まさむね》を嘗《な》め始めた。もちろん下戸の風中や保吉は二つと猪口《ちょく》は重ねなかった。その代り料理を平らげさすと、二人ともなかなか健啖《けんたん》だった。

この店は卓も腰掛けも、ニスを塗らない白木《しらき》だった。おまけに店を囲う物は、江戸伝来の葭簀《よしず》だった。だから洋食は食っていても、ほとんど洋食屋とは思われなかった。風中は誂《あつら》えたビフテキが来ると、これは切り味じゃないかと言ったりした。如丹はナイフの切れるのに、大いに敬意を表していた。保吉はまた電灯の明るいのがこういう場所だけにありがたかった。露柴も、――露柴は土地っ子だから、何も珍しくはないらしかった。が、鳥打帽を阿弥陀《あみだ》にしたまま、如丹と献酬を重ねては、相変わらず快活にしゃべっていた。

するとその最中に、中折帽をかぶった客が一人、ぬっと暖簾をくぐって来た。客は外套の毛皮の襟に肥《ふと》った頬を埋《うず》めながら、見るというよりは、睨《にら》むように、狭い店の中へ眼をやった。それから一言《いちごん》の挨拶《あいさつ》もせず、如丹と若い衆との間の席へ、大きい体を割りこませた。保吉はライスカレエを掬《すく》いながら、嫌な奴だなと思っていた。これが泉鏡花《いずみきょうか》の小説だと、任侠欣《にんきょうよろこ》ぶべき芸者か何かに、退治られる奴だがと思っていた。しかしまた現代の日本橋*は、とうてい鏡花の小説のように、動きっこはないとも思っていた。

客は註文《ちゅうもん》を通したのち、横柄に煙草をふかし始めた。その姿は見れば見るほど、敵役《かたきやく》の寸法《すんぽう》に嵌《はま》っていた。脂ぎった赭《あか》ら顔《がお》はもちろん、大島《おおしま》の羽織、認めになる指環《ゆびわ》、――ことごとく型を出《い》でなかった。保吉はいよいよ中《あ》てられたから、この客の存在を忘れたさに、隣にいる露柴へ話しかけた。が、露柴はうんとか、ええとか、いいかげんな返事しかしてくれなかった。のみならず彼も中てられたのか、電灯の光に背きながら、わざと鳥打帽を目深にしていた。

保吉はやむを得ず風中や如丹と、食物《くいもの》のことなどを話し合った。しかし話ははずまなかった。この肥った客の出現以来、我々三人の心もちに、妙な狂いのできたことは、どうにもしかたのない事実だった。

客は註文のフライが来ると、正宗の罎《びん》を取り上げた。そうして猪口へつごうとした。その時誰か横合いから、「幸《こう》さん」とはっきり呼んだものがあった。客は明らかにびっくりした。しかもその驚いた顔は、声の主《ぬし》を見たと思うと、たちまち当惑の色に変わり出した。

「やあ、こりゃ檀那《だんな》でしたか」――客は中折帽を脱ぎながら、何度も声の主にお時儀《じぎ》をした。声の主は俳人の露柴、河岸の丸清の檀那だった。

「しばらくだね」――露柴は涼しい顔をしながら、猪口を口へ持って行った。その猪口が空になると、客はすかさず露柴の猪口へ客自身の罎の酒をついだ。それから側目《はため》にはおかしいほど、露柴の機嫌を窺《うかが》い出した。……

鏡花の小説は死んではいない。少なくとも東京の魚河岸には、いまだにあの通りの事件も起こるのである。

しかし洋食屋の外へ出た時、保吉の心は沈んでいた。保吉はもちろん「幸さん」には、なんの同情も持たなかった。その上露柴の話によると、客は人格も悪いらしかった。が、それにも関《かかわ》らず妙に陽気にはなれなかった。保吉の書斎の机の上には、読みかけたロシュフウコオの語録がある。――保吉は月明りを履《ふ》みながら、いつかそんなことを考えていた。

（大正十一年七月）

お富の貞操

一

明治元年五月十四日の午過《ひるす》ぎだった。「官軍は明日《あす》夜《よ》の明けしだい、東叡山彰義隊《とうえいざんしょうぎたい》を攻撃する。上野《うえの》界隈《かいわい》の町家のものは匆々《そうそう》どこへでも立ち退いてしまえ」――そういう達《たっ》しのあった午過ぎだった。下谷町《したやまち》二丁目の小間物店《こまものみせ》、古河屋政兵衛《こがやせいべえ》の立ち退いた跡には、台所の隅の蚫貝《あわびがい》の前に大きい牡《おす》の三毛猫が一匹静かに香箱をつくっていた。

戸をしめ切った家の中はもちろん午過ぎでもまっ暗だった。人音《ひとおと》も全然聞こえなかった。ただ耳にはいるものは連日の雨の音ばかりだった。雨は見えない屋根の上へ時々急に降り注いでは、いつかまた中空《なかぞら》へ遠のいていった。猫はその音の高まるたびに、琥珀色《こはくいろ》の眼をまん円にした。竈《かまど》さえわからない台所にも、この時だけは無気味な燐光《りんこう》が見えた。が、ざあっという雨音以外に何も変化のないことを知ると、猫はやはり身動きもせずもう一度眼を糸のようにした。

そんなことが何度か繰り返されるうちに、猫はとうとう眠ったのか、眼を明けることもしなくなった。しかし雨は相変わらず急になったり静まったりした。八《や》つ、八つ半、――

時はこの雨音の中にだんだん日の暮れへ移っていった。

するとせつに迫った時、猫は何かに驚いたように突然眼を大きくした。同時に耳も立てたらしかった。が、雨は今までよりも遥《はる》かに小降りになっていた。往来を馳《は》せ過ぎる駕籠《かご》舁《か》きの声、——そのほかには何も聞こえなかった。しかし数秒の沈黙ののち、まっ暗だった台所はいつの間にかぼんやり明るみ始めた。狭《せま》い板の間《ま》を塞いだ竈、蓋《ふた》のない水瓶《みずがめ》の水光、荒神《こうじん》の松、引き窓の綱、——そんな物も順々に見えるようになった。猫はいよいよ不安そうに、戸の明いた水口《みずくち》を睨《にら》みながら、のそりと大きい体を起こした。

この時この水口の戸を開いたのは、——いや戸を開いたばかりではない、腰障子《こししょうじ》もしまいに明けたのは、濡《ぬ》れ鼠《ねずみ》になった乞食《こじき》だった。彼は古い手拭《てぬぐい》をかぶった首だけ前へ伸ばしたなり、しばらくは静かな家のけはいにじっと耳を澄ませていた。が、人音のないのを見定めると、これだけは真新しい酒筵《さかむしろ》*に鮮《あざや》かな濡れ色を見せたまま、そっと台所へ上がって来た。猫は耳を平めながら、二足三足《ふたあしみあし》跡ずさりをした。しかし乞食は驚きもせず後ろ手に障子をしめてから、徐《おもむ》ろに顔の手拭をとった。顔は髭《ひげ》に埋《うず》まった上、膏薬《こうやく》も二、三か所貼ってあった。しかし垢《あか》にはまみれていても、眼鼻だちはむしろ尋常だった。

「三毛。三毛」

乞食は髪の水を切ったり、顔の滴を拭《ぬぐ》ったりしながら、小声に猫の名前を呼んだ。猫はその声に聞き覚えがあるのか、平めていた耳をもとに戻した。が、まだそこに佇《たたず》んだなり、時々はじろじろ彼の顔へ疑い深い眼を注いでいた。その間に酒筵を脱いだ乞食は脛《すね》の色も見えない泥足のまま、猫の前へどっかりあぐらをかいた。

「三毛公。どうした？――誰もいないところを見ると、貴様だけ置き去りを食わされたな」

乞食は独り笑いながら、大きい手に猫の頭を撫《な》でた。猫はちょいと逃げ腰になった。が、それぎり飛び退きもせず、かえってそこへ坐《すわ》ったなり、だんだん眼さえ細め出した。乞食は猫を撫でやめると、今度は古湯帷子《ふるゆかた》の懐から、油光のする短銃を出した。そうしておぼつかない薄明りの中に、引き金の具合を検《しら》べ出した。「いくさ」の空気の漂った、人気《ひとけ》のない家の台所に短銃をいじっている一人の乞食――それは確かに小説じみた、物珍しい光景に違いなかった。しかし薄眼になった猫はやはり背中を円くしたまま、いっさいの秘密を知っているように、冷然と坐っているばかりだった。

「明日になるとな、三毛公、この界隈へも雨のように鉄砲の玉が降って来るぞ。そいつに中《あた》ると死んじまうから、明日はどんな騒ぎがあっても、一日縁の下に隠れていろよ。……」

乞食は短銃を検べながら、時々猫に話しかけた。

「お前とも永いお馴染《なじみ》だな。が、今日がお別れだぞ。明日はお前にも大厄日だ。おれも明日は死ぬかも知れない。よしまた死なずにすんだところが、この先二度とお前といっしょに掃き溜《はきだ》めあさりはしないつもりだ。そうすればお前は大喜びだろう」

そのうちに雨はまたひとしきり、騒がしい音を立て始めた。雲も棟瓦《むねがわら》を煙らせるほど、近々《ちかぢか》に屋根に押し迫ったのであろう。台所に漂った薄明りは、前よりもいっそうかすかになった。が、乞食は顔も挙げず、やっと検べ終わった短銃へ、丹念に弾薬を装塡《そうてん》していた。

「それとも名残りだけは惜しんでくれるか？　いや、猫というやつは三年の恩も忘れるというから、お前も当てにはならなそうだな。――が、まあ、そんなことはどうでもいいや。ただおれもいないとすると、――」

乞食は急に口を噤《つぐ》んだ。とたんに誰か水口の外へ歩み寄ったらしいけはいがした。短銃をしまうのと振り返るのと、乞食にはそれが同時だった。いや、そのほかに水口の障子ががらりと明けられたのも同時だった。乞食はとっさに身構えながら、まともに闖入者《ちんにゅうしゃ》と眼を合わせた。

すると障子を明けた誰かは乞食の姿を見るが早いか、かえって不意を打たれたように、

「あっ」とかすかな叫び声を洩《も》らした。それは素裸足《すはだし》に大黒傘を下げた、まだ年の若い女だった。彼女はほとんど衝動的に、もと来た雨の中へ飛び出そうとした。が、最初の驚きから、やっと勇気を恢復《かいふく》すると、台所の薄明りに透《す》かしながら、じっと乞食の顔を覗《のぞ》きこんだ。

乞食はあっけにとられたのか、古湯帷子の片膝《かたひざ》を立てたまま、まじまじ相手を見守っていた。もうその眼にもさっきのように、油断のない気色は見えなかった。二人は黙然としばらくの間、互いに眼と眼を見合わせていた。

「なんだい、お前は新公《しんこう》*じゃないか？」

彼女は少し落ち着いたように、こう乞食へ声をかけた。乞食はにやにや笑いながら、二、三度彼女へ頭を下げた。

「どうも相すみません。あんまり降りが強いもんだから、ついお留守《るす》へはいこみましたがね——なに、格別明《あ》き巣《す》狙《ねら》いに宗旨を変えた訣《わけ》でもないんです」

「驚かせるよ、ほんとうに——いくら明き巣狙いじゃないと言ったって、ずうずうしいにもほどがあるじゃないか？」

彼女は傘の滴を切り切り、腹だたしそうにつけ加えた。

「さあ、こっちへ出ておくれよ。わたしは家《うち》へはいるんだから」

「へえ、出ます。出ろと仰有《おっしゃ》らないでも出ますがね。姐《ねえ》さんはまだ立ち退かなかったんですかい？」

「立ち退いたのさ。立ち退いたんだけれども、——そんなことはどうでもいいじゃないか？」

「すると何か忘れ物でもしたんですね。——まあ、こっちへおはいんなさい。そこでは雨がかかりますぜ」

彼女はまだ業腹そうに、乞食の言葉には返事もせず、水口の板の間へ腰を下した。それから流しへ泥足を伸ばすと、ざあざあ水をかけ始めた。平然とあぐらをかいた乞食は髭だらけの顋《あご》をさすりながら、じろじろその姿を眺めていた。彼女は色の浅黒い、鼻のあたりに雀斑《そばかす》のある、田舎者《いなかもの》らしい小女《こおんな》だった。なりも召使に相応《そうおう》な手織木綿の一重物に、小倉《こくら》の帯しかしていなかった。が、活《い》き活《い》きした眼鼻だちや、堅肥《かたぶと》りの体つきには、どこか新しい桃や梨を聯想《れんそう》させる美しさがあった。

「この騒ぎの中を取りに返るのじゃ、何か大事の物を忘れたんですね。なんです、その忘れ物は？　え、姐さん。――お富《とみ》さん」

新公はまた尋ね続けた。

「なんだっていいじゃないか？　それよりさっさと出て行っておくれよ」

お富の返事はつっけんどんだった。が、ふと何か思いついたように、新公の顔を見上げると、まじめにこんなことを尋《たず》ね出した。

「新公、お前、家の三毛を知らないかい？」

「三毛？　三毛は今ここに、――おや、どこへ行きやがったろう？」

乞食はあたりを見廻《みまわ》した。すると猫はいつの間にか、棚の擂鉢《すりばち》や鉄鍋《てつなべ》の間に、ちゃんと香箱をつくっていた。その姿は新公と同時に、たちまちお富にも見つかったのであろう。彼女は柄杓《ひしゃく》を捨てるが早いか、乞食の存在も忘れたように、板の間の上に立ち上がった。そうして晴れ晴れと微笑しながら、棚の上の猫を呼ぶようにした。

新公は薄暗い棚の上の猫から、不思議そうにお富へ眼を移した。

「猫ですかい、姐さん、忘れ物というのは？」

「猫じゃ悪いのかい？――三毛、三毛、さあ、下りてお出《い》で」

新公は突然笑い出した。その声は雨音の鳴り渡る中にほとんど気味の悪い反響を起こした。と、お富はもう一度、腹だたしさに頬を火照らせながら、いきなり新公に怒鳴りつけた。

「何がおかしんだい？　家のお上さんは三毛を忘れて来たって、気違いのようになっているんじゃないか？　三毛が殺されたらどうしようって、泣き通しに泣いているんじゃないか？　わたしもそれがかわいそうだから、雨の中をわざわざ帰って来たんじゃないか？

──」

「ようござんすよ。もう笑いはしませんよ」

新公はそれでも笑い笑い、お富の言葉を遮った。

「もう笑いはしませんがね。まあ、考えてご覧なさい。明日にも『いくさ』が始まろうというのに、高が猫の一匹や二匹──これはどう考えたって、おかしいのに違いありませんや。お前さんの前だけれども、いったいここのお上さんくらい、わからずやのしみったれはありませんぜ。第一あの三毛公を探しに、……」

「お黙りよ！　お上さんの讒訴《ざんそ》なぞは聞きたくないよ！」

お富はほとんどじだんだを踏んだ。が、乞食は思いのほか彼女の権幕には驚かなかった。のみならずしげしげ彼女の姿に無遠慮な視線を注いでいた。実際その時の彼女の姿は野蛮な美しさそのものだった。雨に濡れた着物や湯巻き、──それらはどこを眺めても、ぴったり肌についているだけ、露《あら》わに肉体を語っていた。しかも一目《ひとめ》に処女を感ずる、若々しい肉体を語っていた。新公は彼女に目を据えたなり、やはり笑い声に話し続けた。

「第一あの三毛公を探しに、お前さんをよこすのでもわかっていますさあ。ねえ、そうじゃありませんか？　今じゃもう上野界隈、立ち退かない家はありませんや。してみれば町家は並んでいても、人のいない町原《まちはら》と同じことだ。まさか狼も出まいけれども、どんな危い目に遇《あ》うかも知れない。――と、まずいったものじゃありませんか？」

「そんなよけいな心配をするより、さっさと猫をとっておくれよ。――これが『いくさ』でも始まりゃしまいし、何が危いことがあるものかね」

「冗談言っちゃいけません。若い女の一人歩きが、こういう時に危くなけりゃ、危いということはありませんや。早い話がここにいるのは、お前さんとわたしと二人っきりだ。万一わたしが妙な気でも出したら、姐さん、お前さんはどうしなさるね？」

新公はだんだん冗談だか、まじめだか、わからない口調になった。しかし澄んだお富の目には、恐怖らしい影さえ見えなかった。ただその頰には、さっきよりも、いっそう血の色がさしたらしかった。

「なんだい、新公、――お前はわたしを嚇《おど》かそうっていうのかい？」

お富は彼女自身嚇かすように、一足新公の側へ寄った。

「嚇かすえ？　嚇かすだけならばいいじゃありませんか？　肩に金切《きんぎ》れなんぞくっつけていたって、風《ふう》の悪いやつらも多い世の中だ。ましてわたしは乞食ですぜ。嚇かすばかりとは限りませんや。もしほんとうに妙な気を出したら、……」

新公は残らず言わないうちに、したたか頭を打ちのめされた。お富はいつか彼の前に、大黒傘をふり上げていたのだった。

「生意気なことをお言いでない」

お富はまた新公の頭へ、力いっぱい傘を打ち下した。新公はとっさに身を躱《かわ》そうとした。が、傘はそのとたんに、古湯帷子の肩を打ち据えていた。この騒ぎに驚いた猫は、鉄鍋を一つ蹴落《けお》としながら、荒神の棚へ飛び移った。と同時に荒神の松や油光のする灯明皿も、新公の上へ転《ころ》げ落ちた。新公はやっと飛び起きる前に、まだ何度もお富の傘に、打ちのめされずにはすまなかった。

「こん畜生！　こん畜生！」

お富は傘を揮《ふる》い続けた。が、新公は打たれながらも、とうとう傘を引ったくった。のみならず傘を投げ出すが早いか猛然とお富に飛びかかった。二人は狭い板の間の上に、しばらくの間掴《つか》み合った。この立ち廻りの最中に、雨はまた台所の屋根へ、凄《すさ》まじい音を湊《あつ》め出した。光も雨音の高まるのといっしょに、見る見る薄暗さを加えていった。新公は打たれても、引っ掻《か》かれても、遮二無二お富を扭《ね》じ伏せようとした。しかし何度か仕損《しそん》じたのち、やっと彼女に組み付いたと思うと、突然また弾《はじ》かれたように、水口の方へ飛びすさった。

「この阿魔《あま》あ！……」

新公は障子を後ろにしたなり、じっとお富を睨みつけた。いつか髪も壊れたお富は、べったり板の間に坐りながら、帯の間に挟んで来たらしい剃刀《かみそり》を逆手に握っていた。それは殺気を帯びてもいれば、同時にまた妙に艶《なま》めかしい、いわば荒神の棚の上に、背を高めた猫と似たものだった。二人はちょいと無言のまま、相手の目の中を窺《うかが》い合った。が、新公は一瞬ののち、わざとらしい冷笑を見せると、懐からさっきの短銃を出した。

「さあ、いくらでもじたばたしてみろ」

短銃の先は徐ろに、お富の胸のあたりへ向かった。それでも彼女は口惜《くや》しそうに、新公の顔を見つめたきり、なんとも口を開かなかった。新公は彼女が騒がないのを見ると、今度は何か思いついたように、短銃の先を上に向けた。その先には薄暗い中に、琥珀色《こはくいろ》の猫の目が仄《ほの》めいていた。

「いいかい？　お富さん。――」

新公は相手をじらすように、笑いを含んだ声を出した。

「この短銃がどんというと、あの猫がさかさまに転げ落ちるんだ。お前さんにしても同じことだぜ。そらいいかい？」

引き金はすんでに落ちようとした。

「新公！」

突然お富は声を立てた。

「いけないよ。打っちゃいけない」

新公はお富へ目を移した。しかしまだ短銃の先は、三毛猫に狙いを定めていた。

「いけないのは知れたことだ」

「打っちゃかわいそうだよ。三毛だけは助けておくれ」

お富は今までとは打って変わった、心配そうな目つきをしながら、心もち震える唇の間に、細かい歯並みを覗かせていた。新公は半ば嘲《あざけ》るように、また半ば訝《いぶか》るように、彼女の顔を眺めたなり、やっと短銃の先を下げた。と同時にお富の顔には、ほっとした色が浮かんできた。

「じゃ猫は助けてやろう。その代り。――」

新公は横柄に言い放った。

「その代りお前さんの体を借りるぜ」

お富はちょいと目を外《そ》らせた。一瞬間彼女の心のうちには、憎しみ、怒り、嫌悪、悲哀、そのほかいろいろの感情がごったに燃え立ってきたらしかった。新公はそういう彼女の変化に注意深い目を配りながら、横歩きに彼女の後ろへ廻ると茶の間の障子《しょうじ》を明け放った。茶の間は台所に比べれば、もちろんいっそう薄暗かった。が、立ち退いた跡と言う条、取り残した茶簞笥《ちゃだんす》や長火鉢は、その中にもはっきり見ることができた。新公はそこに佇んだまま、かすかに汗ばんでいるらしい、お富の襟もとへ目を落とした。するとそれを感じたのか、お富は体を捻《ねじ》るように、後ろにいる新公の顔を見上げた。彼女の顔にはもういつの間にか、さっきと少しも変わらない、活き活きした色が返っていた。しかし新公は狼狽《ろうばい》したように、妙な瞬《また》きを一つしながら、いきなりまた猫へ短銃を向けた。

「いけないよ。いけないってば。――」

お富は彼を止《と》めると同時に、手の中の剃刀を板の間へ落とした。

「いけなけりゃあすこへお行きなさいな」

新公は薄笑いを浮かべていた。

「いけすかない！」

お富はいまいましそうに呟《つぶや》いた。が、突然立ち上がると、ふて腐れた女のするように、さっさと茶の間へはいって行った。新公は彼女の諦《あきら》めのいいのに、多少驚いた容子《ようす》だった。雨はもうその時には、ずっと音をかすめていた。おまけに雲の間には、夕日の光でもさし出したのか、薄暗かった台所も、だんだん明るさを加えていった。新公はその中に佇みながら、茶の間のけはいに聞き入っていた。小倉の帯の解《と》かれる音、畳の上へ寝たらしい音。――それぎり茶の間はしんとしてしまった。

新公はちょいとためらったのち、薄明るい茶の間へ足を入れた。茶の間のまん中にはお富が一人、袖《そで》に顔を蔽《おお》ったまま、じっと仰向《あおむ》けに横たわっていた。新公はその姿を見るが早いか、逃げるように台所へ引き返した。彼の顔には形容のできない、妙な表情が漲《みなぎ》っていた。それは嫌悪のようにも見えれば、恥じたようにも見える色だった。彼は板の間へ出たと思うと、また茶の間へ背を向けたなり、突然苦しそうに笑い出した。

「冗談だ。お富さん。冗談だよ。もうこっちへ出て来ておくんなさい。……」

――何分かののち、懐《ふところ》に猫を入れたお富は、もう傘を片手にしながら、破れ筵《むしろ》を敷いた新公と、気軽に何か話していた。

「姐さん。わたしは少しお前さんに、訊《き》きたいことがあるんですがね。――」

新公はまだ間《ま》が悪そうに、お富の顔を見ないようにしていた。

「何をさ！」

「何をってこともないんですがね。――まあ肌身を任せるといえば、女の一生じゃ大変なことだ。それをお富さん、お前さんは、その猫の命と懸け替えに、――こいつはどうもお前さんにしちゃ、乱暴すぎるじゃありませんか」

新公はちょいと口を噤んだ。がお富は頰笑《ほほえ》んだぎり、懐の猫を劬《いたわ》っていた。

「そんなに猫がかわいいんですかい？」

「そりゃ三毛もかわいいしね。――」

お富は煮えきらない返事をした。

「それともまたお前さんは、近所でも評判の主人思いだ。三毛が殺されたとなった日にゃ、この家《うち》の上さんに申し訳がない。――という心配でもあったんですかい？」

「ああ、三毛もかわいいしね。お上さんも大事にゃ違いないんだよ。けれどもただわたしはね。――」

お富は小首を傾けながら、遠い所でも見るような目をした。

「なんと言えばいいんだろう？　ただあの時はああしないと、なんだかすまない気がしたのさ」

――さらにまた何分かののち、一人になった新公は、古湯帷子の膝を抱いたまま、ぼんやり台所に坐っていた。暮色は疎《まば》らな雨の音の中に、だんだんここへも迫って来た。引き窓の綱、流し元の水瓶、——そんな物も一つずつ見えなくなった。と思うと上野の鐘が、一杵《いっしょ》ずつ雨雲にこもりながら、重苦しい音を拡げ始めた。新公はその音に驚いたように、ひっそりしたあたりを見廻した。それから手さぐりに流し元へ下りると、柄杓になみなみと水を酌んだ。

「村上新三郎《むらかみしんざぶろう》源《みなもと》の繁光《しげみつ》、今日だけは一本やられたな」

彼はそう呟きざま、うまそうに黄昏《たそがれ》の水を飲んだ。……

×　　×　　×

明治二十三年三月二十六日、お富は夫や三人の子供と、上野の広小路《ひろこうじ》を歩いていた。その日はちょうど竹の台*に、第三回内国博覧会*の開会式が催される当日だった。おまけに桜も黒門*のあたりは、もうたいてい開いていた。だから広小路の人通りは、ほとんど押し返さないばかりだった。そこへ上野の方からは、開会式の帰りらしい馬車や人力車の行列が、しっきりなしに流れて来た。前田正名《まえだまさな》*、田口卯吉《たぐちうきち》*、渋沢栄一《しぶさわえいいち》、辻新次《つじしんじ》*、岡倉覚三《おかくらかくぞう》*、下条正雄《しもじょうまさお》*——その馬車や人力車の客には、そういう人々も交じっていた。五つになる次男を抱いた夫は、袂《たもと》に長男を縋《すが》らせたまま、めまぐるしい往来の人通りをよけよけ、時々ちょいと心配そうに、後ろのお富を振り返った。お富は長女の手をひきながら、そのたびに晴れやかな微笑《ほほえみ》を見せた。もちろん二十年の歳月は、彼女にも老いをもたらしていた。しかし目のうちに冴《さ》えた光は昔とあまり変わらなかった。彼女は明治四、五年ごろに、古河屋政兵衛の甥《おい》に当たる、今の夫と結婚した。夫はそのころは横浜《よこはま》に、今は銀座《ぎんざ》の何丁目かに、小さい時計屋の店を出していた。……

お富はふと目を挙げた。その時ちょうどさしかかった、二頭立ちの馬車の中には、新公が悠々と坐っていた。新公が、――もっとも今の新公の体は、駝鳥《だちょう》の羽根の前立てだの、厳《いか》めしい金モオルの飾り緒だの、大小幾つかの勲章だの、いろいろの名誉の標章に埋まっているようなものだった。しかし半白《はんぱく》の髯《ひげ》の間に、こちらを見ている赭《あか》ら顔は、往年の乞食に違いなかった。お富は思わず足を緩めた。が、不思議にも驚かなかった。新公はただの乞食ではない。――そんなことはなぜかわかっていた。顔のせいか、言葉のせいか、それとも持っていた短銃のせいか、とにかくわかってはいたのだった。お富は眉《まゆ》も動かさずに、じっと新公の顔を眺めた。新公も故意か偶然か、彼女の顔を見守っていた。二十年以前の雨の日の記憶は、この瞬間お富の心に、せつないほどはっきり浮かんできた。彼女はあの日無分別にも、一匹の猫を救うために、新公に体を任そうとした。その動機はなんだったか、――彼女はそれを知らなかった。新公はまたそういう羽目にも、彼女が投げ出した体には、指さえ触れることを肯《がえん》じなかった。その動機はなんだったか、――それも彼女は知らなかった。が、知らないのにも関らず、それらは皆お富には、当然すぎるほど当然だった。彼女は馬車とすれ違いながら、何か心の伸びるような気がした。

新公の馬車の通り過ぎた時、夫は人ごみの間から、またお富を振り返った。彼女はやはりその顔を見ると、何事もないように微笑んで見せた。活き活きと、うれしそうに。……

（大正十一年八月）

おぎん

元和《げんな》か、寛永《かんえい》か、とにかく遠い昔である。

天主《てんしゅ》のおん教えを奉ずるものは、そのころでももう見つかりしだい、火炙《ひあぶ》りや磔《はりつけ》に遇《あ》わされていた。しかし迫害が烈《はげ》しいだけに、「万事にかない給《たも》うおん主《あるじ》」も、そのころはいっそうこの国の宗徒に、あらたかな御加護を加えられたらしい。長崎《ながさき》あたりの村々には、時々日の暮れの光といっしょに、天使や聖徒の見舞うことがあった。現にあのさん・じょあん・ばちすた*さえ、一度などは浦上《うらかみ》の宗徒みげる弥兵衛《やへえ》*の水車小屋に、姿を現わしたと伝えられている。と同時に悪魔もまた宗徒の精進を妨げるため、あるいは見慣れぬ黒人《こくじん》となり、あるいは舶来の草花となり、あるいは網代《あじろ》の乗り物*となり、しばしば同じ村々に出没した。夜昼さえ分かたぬ土の牢《ろう》に、みげる弥兵衛を苦しめた鼠《ねずみ》も、実は悪魔の変化《へんげ》だったそうである。弥兵衛は元和八年の秋、十一人の宗徒と火炙りになった。――その元和か、寛永か、とにかく遠い昔である。

やはり浦上の山里村に、おぎんという童女が住んでいた。おぎんの父母《ちちはは》は大阪《おおさか》から、はるばる長崎へ流浪《るろう》して来た。が、何もし出さないうちに、おぎん一人を残したまま、二人とも故人になってしまった。もちろん彼ら他国ものは、天主のおん教えを知るはずはない。

彼らの信じたのは仏教である。禅か、法華《ほっけ》か、それともまた浄土か、何にもせよ釈迦《しゃか》の教えである。あるフランスのジェスウィット*によれば、天性奸智《てんせいかんち》に富んだ釈迦は、支那《しな》各地を遊歴しながら、阿弥陀《あみだ》と称する仏の道を説いた。その後また日本の国へも、やはり同じ道を教えに来た。釈迦の説いた教えによれば、我々人間の霊魂《アニマ》は、その罪の軽重深浅に従い、あるいは小鳥となり、あるいは牛となり、あるいはまた樹木となるそうである。のみならず釈迦は生まれる時、彼の母を殺したという。釈迦の教えの荒誕なのはもちろん、釈迦の大悪《だいあく》もまた明白である（ジァン・クラッセ）*。しかしおぎんの母親は、前にもちょいと書いた通り、そういう真実を知るはずはない。彼らは息を引きとったのちも、釈迦の教えを信じている。寂しい墓原《はかはら》の松のかげに、末は「いんへるの」に堕《お》ちるのも知らず、はかない極楽を夢見ている。

しかしおぎんは幸いにも、両親の無知に染まっていない。これは山里村居つきの農夫、憐《あわれ》みの深いじょあん孫七《まごしち》は、とうにこの童女の額へ、ばぷちずも*のおん水を注いだ上、まりやという名を与えていた。おぎんは釈迦が生まれた時、天と地とを指しながら、「天上《てんじょう》天下唯我独尊《てんげゆいがどくそん》」と獅子吼《ししく》*したことなどは信じていない。その代りに、「深く御柔軟《ごにゅうなん》、深く御哀憐《ごあいれん》、勝《すぐ》れて甘《うまし》くまします童女さんた・まりあ様*」が、自然と身ごもったことを信じている。「十字架《くるす》に懸《かか》り死し給い*、石の御棺《おんひつぎ》に納められ給い」大地の底に埋められたぜすす*が、三日ののちよみ返ったことを信じている。御糺明《ごきゅうめい》の喇叭《らっぱ》*さえ響き渡れば、「おん主、大いなる御威光*、大いなる御威勢を以《もっ》て天下《あまくだ》り給い、土埃《つちほこり》になりたる人々の色身《しきしん》を、もとの霊魂《アニマ》に併せてよみ返し給い、善人は天上の快楽《けらく》を受け、また悪人は天狗《てんぐ》とともに、地獄に堕ち」ることを信じている。ことに「御言葉《みことば》の御聖徳《ごしようとく》により、*ぱんと酒の色形は変わらずといえども、その正体はおん主の御血肉《おんけつにく》となり変わる」尊いさがらめんと*を信じている。おぎんの心は両親のように、熱風に吹かれた沙漠ではない。素朴な野薔薇《のばら》の花を交えた、実りの豊かな麦畠《むぎばたけ》である。おぎんは両親を失ったのち、じょあん孫七の養女になった。孫七の妻、じょあんなおすみも、やはり心の優しい人である。おぎんはこの夫婦といっしょに、牛を追ったり麦を刈ったり、幸福にその日を送っていた。もちろんそういう暮らしの中にも、村人の目に立たない限りは、断食や祈禱《きとう》も怠ったことはない。おぎんは井戸端の無花果《いちじく》のかげに、大きい三日月を仰ぎながら、しばしば熱心に祈禱を凝らした。この垂れ髪の童女の祈禱は、こういう簡単なものなのである。

「憐《あわれ》みのおん母*、おん身におん礼をなし奉る。流人となれるえわ*の子供、おん身に叫びをなし奉る。あわれこの涙の谷に、柔軟《にゅうなん》のおん眼をめぐらさせ給え。あんめい」*

するとある年《とし》のなたら*（降誕祭《クリスマス》）の夜、悪魔は何人かの役人といっしょに、突然孫七の家へはいって来た。孫七の家には大きな囲炉裡《いろり》に「お伽《とぎ》の焚《た》き物《もの》」の火が燃えさかっている。それから煤《すす》びた壁の上にも、今夜だけは十字架《くるす》が祭ってある。最後に後ろの牛小屋へ行けば、ぜすす様の産湯のために、飼《か》い桶《おけ》に水が湛《たた》えられている。役人は互いに頷《うなず》き合いながら、孫七夫婦に縄をかけた。おぎんも同時に括《くく》り上げられた。しかし彼らは三人とも、全然悪びれる気色はなかった。霊魂《アニマ》の助かりのためならば、いかなる責め苦《せく》も覚悟である。おん主は必ず我らのために、御加護を賜《たま》わるのに違いない。第一なたらの夜に捕われたというのは、天寵《てんちょう》の厚い証拠ではないか？　彼らは皆言い合わせたように、こう確信していたのである。役人は彼らを縛《いまし》めたのち、代官の屋敷へ引き立てて行った。が、彼らはその途中も、暗夜《やみよ》の風に吹かれながら、ご降誕の祈禱を誦《じゅ》しつづけた。

「べれん*の国にお生まれなされたおん若君様、今はいずこにましますか？　おん讃《ほ》め尊《あが》め給え」

悪魔は彼らの捕われたのを見ると、手を拍《う》って喜び笑った。しかし彼らのけなげなさまには、少なからず腹をたてたらしい。悪魔は一人になったのち、いまいましそうに唾《つば》をするが早いか、たちまち大きい石臼《いしうす》になった。そうしてごろごろ転がりながら闇の中に消え失《う》せてしまった。

じょあん孫七、じょあんなおすみ、まりやおぎんの三人は、土の牢に投げこまれた上、天主のおん教えを捨てるように、いろいろの責め苦に遇わされた。しかし水責めや火責めに遇っても、彼らの決心は動かなかった。たとい皮肉は爛《ただ》れるにしても、はらいそ（天国）の門へはいるのは、もう一息の辛抱である。いや、天主の大恩を思えば、この暗い土の牢さえ、そのまま「はらいそ」の荘厳と変わりはない。のみならず尊い天使や聖徒は、夢ともうつつともつかないなかに、しばしば彼らを慰めに来た。ことにそういう幸福は、いちばんおぎんに恵まれたらしい。おぎんはさん・じょあん・ばちすたが、大きい両手のひらに、蝗《いなご》をたくさん掬《すく》い上げながら、食えというところを見たことがある。また大天使がぶりえる*が、白い翼を畳んだまま、美しい金色《こんじき》の杯《さかずき》に、水をくれるところを見たこともある。

代官は天主のおん教えはもちろん、釈迦の教えも知らなかったから、なぜ彼らが剛情を張るのかさっぱり理解ができなかった。時には三人が三人とも、気違いではないかと思うこともあった。しかし気違いでもないことがわかると、今度は大蛇とか一角獣とか、とにかく人倫には縁のない動物のような気がし出した。そういう動物を生かしておいては、今日の法律に違《たが》うばかりか、一国の安危にも関る訣《わけ》である。そこで代官は一月ばかり、土の牢に彼らを入れておいたのち、とうとう三人とも焼き殺すことにした。（実を言えばこの代官も、世間一般の人々のように、一国の安危に関るかどうか、そんなことはほとんど考えなかった。これは第一に法律があり、第二に人民の道徳があり、わざわざ考えてみないでも、格別不自由はしなかったからである）

じょあん孫七をはじめ三人の宗徒は、村はずれの刑場へ引かれる途中も、恐れる気色は見えなかった。刑場はちょうど墓原に隣《とな》った、石ころの多い空き地である。彼らはそこへ到着すると、いちいち罪状を読み聞かされたのち、太い角柱《かくばしら》に括りつけられた。それから右にじょあんなおすみ、中央にじょあん孫七、左にまりやおぎんという順に、刑場のまん中へ押し立てられた。おすみは連日の責め苦のため、急に年をとったように見える。孫七も髭《ひげ》の伸びた頬には、ほとんど血の気が通っていない。おぎんも——おぎんは二人に比べると、まだしもふだんと変わらなかった。が、彼らは三人とも、堆《うずたか》い薪《たきぎ》を踏まえたまま、同じように静かな顔をしている。

刑場のまわりにはずっと前から、大《おお》ぜいの見物が取り巻いている。そのまた見物の向こうの空には、墓原の松が五、六本、天蓋《てんがい》のように枝を張っている。

いっさいの準備の終わった時、役人の一人はものものしげに、三人の前へ進みよると、天主のおん教えを捨てるか捨てぬか、しばらく猶予《ゆうよ》を与えるから、もう一度よく考えてみろ、もしおん教えを捨てると言えば、すぐにも縄目は赦《ゆる》してやると言った。しかし彼らは答えない。皆遠い空を見守ったまま、口もとには微笑さえ湛えている。

役人はもちろん見物すら、この数分の間くらいひっそりとなったためしはない。無数の眼はじっと瞬《またた》きもせず、三人の顔に注がれている。が、これは傷ましさのあまり、誰も息を呑《の》んだのではない。見物はたいてい火のかかるのを、今か今かと待っていたのである。役人はまた処刑の手間どるのに、すっかり退屈し切っていたから、話をする勇気も出なかったのである。

すると突然一同の耳は、はっきりと意外な言葉を捉えた。

「わたしはおん教えを捨てることにいたしました」

声の主はおぎんである。見物は一度に騒ぎたった。が、一度どよめいたのち、たちまちまた静かになってしまった。それは孫七が悲しそうに、おぎんの方を振り向きながら、力のない声を出したからである。

「おぎん！　お前は悪魔にたぶらかされたのか？　もう一辛抱しさえすれば、おん主のお顔も拝めるのだぞ」

その言葉が終わらないうちに、おすみも遥《はるか》におぎんの方へ、いっしょうけんめいな声をかけた。

「おぎん！　おぎん！　お前には悪魔がついたのだよ。祈っておくれ。祈っておくれ」

しかしおぎんは返事をしない。ただ眼は大ぜいの見物の向こうの、天蓋のように枝を張った、墓原の松を眺めている。そのうちにもう役人の一人は、おぎんの縄目を赦すように命じた。

じょあん孫七はそれを見るなり、あきらめたように眼をつぶった。

「万事にかない給うおん主、おん計らいに任せ奉る」

やっと縄を離れたおぎんは、茫然《ぼうぜん》としばらく佇《たたず》んでいた。が、孫七やおすみを見ると、急にその前へ跪《ひざまず》きながら、何も言わずに涙を流した。孫七はやはり眼を閉じている。おすみも顔をそむけたまま、おぎんの方は見ようともしない。

「お父様、お母様、どうか堪忍してくださいまし」

おぎんはやっと口を開いた。

「わたしはおん教えを捨てました。その訣はふと向こうに見える、天蓋のような松の梢に、気のついたせいでございます。あの墓原の松のかげに、眠っていらっしゃるご両親は、天主のおん教えもご存知なし、きっと今ごろはいんへるのに、お堕《お》ちになっていらっしゃいましょう。それを今わたし一人、はらいその門にはいったのでは、どうしても申し訣がありません。わたしはやはり地獄の底へ、ご両親の跡を追って参りましょう。どうかお父様やお母様は、ぜすす様やまりや様のお側へお出《い》でなすってくださいまし。その代りおん教えを捨てた上は、わたしも生きてはおられません。……」

おぎんは切れ切れにそう言ってから、あとは啜《すす》り泣きに沈んでしまった。すると今度はじょあんなおすみも、足に踏んだ薪の上へ、ほろほろ涙を落とし出した。これからはらいそへはいろうとするのに、用もない歎《なげ》きに耽《ふけ》っているのは、もちろん宗徒のすべきことではない。じょあん孫七は、苦々しそうに隣の妻を振り返りながら、癇高《かんだか》い声に叱りつけた。

「お前も悪魔に見入られたのか？　天主のおん教えを捨てたければ、かってにお前だけ捨てるがいい。おれは一人でも焼け死んで見せるぞ」

「いえ、わたしもお供をいたします。けれどもそれは――それは」

おすみは涙を呑みこんでから、半ば叫ぶように言葉を投げた。

「けれどもそれははらいそへ参りたいからではございません。ただあなたの――、あなたのお供をいたすのでございます」

孫七は長い間黙っていた。しかしその顔は蒼《あお》ざめたり、また血の色を漲《みなぎ》らせたりした。と同時に汗の玉も、つぶつぶ顔にたまり出した。孫七は今心の眼に、彼の霊魂《アニマ》を見ているのである。彼の霊魂《アニマ》を奪い合う天使と悪魔とを見ているのである。もしその時足もとのおぎんが泣き伏した顔を挙げずにいたら、――いや、もうおぎんは顔を挙げた。しかも涙に溢《あふ》れた眼には、不思議な光を宿しながら、じっと彼を見守っている。この眼の奥に閃《ひらめ》いているのは、無邪気な童女の心ばかりではない。「流人となれるえわの子供」、あらゆる人間の心である。

「お父様！　いんへるのへ参りましょう。お母様も、わたしも、あちらのお父様やお母様も、――みんな悪魔にさらわれましょう」

孫七はとうとう堕落した。

この話はわが国に多かった奉教人《ほうきょうにん》の受難のうちでも、最も恥ずべき躓《つまず》きとして、後代に伝えられた物語である。なんでも彼らが三人ながら、おん教えを捨てるとなった時には、天主のなんたるかをわきまえない見物の老若男女さえも、ことごとく彼らを憎んだという。これはせっかくの火炙りも何も、見そこなった遺恨だったかも知れない。さらにまた伝うるところによれば、悪魔はその時大歓喜のあまり、大きい書物に化けながら、夜じゅう刑場に飛んでいたという。これもそう無性に喜ぶほど、悪魔の成功だったかどうか、作者ははなはだ懐疑的である。

（大正十一年八月）

百合

良平《りようへい》*はある雑誌社に校正の朱筆《しゆふで》を握っている。しかしそれは本意ではない。彼は少しの暇さえあれば、翻訳のマルクスを耽読《たんどく》している。あるいは太い指の先に一本のバットを楽しみながら、薄暗いロシアを夢みている。*百合《ゆり》の話もそういう時にふと彼の心を掠《かす》めた、切れ切れな思い出の一片《いつぺん》に過ぎない。

今年七歳の良平は生まれた家の台所に早い午飯《ひるめし》を掻《か》きこんでいた。すると隣の金三《きんぞう》が汗ばんだ顔を光らせながら、何か大事件でも起こったようにいきなり流し元へ飛びこんで来た。

「今ね、良ちゃん。今ね、二本芽の百合を見つけて来たぜ」

金三は二本芽を表わすために、上を向いた鼻の先へ両手の人さし指を揃えてみせた。

「二本芽のね?」

良平は思わず目を見張った。一つの根から芽の二本出た、その二本芽の百合というやつは容易に見つからない物だったのである。

「ああ、うんと太い二本芽のね、ちんぼ芽のね、赤芽のね、……」

金三は解けかかった帯の端に顔の汗を拭《ふ》きながら、ほとんど夢中にしゃべり続けた。それに釣りこまれた良平もいつか膳《ぜん》を置きざりにしたまま、流し元の框《かまち》にしゃがんでいた。

「ご飯を食べてしまえよ。二本芽でも赤芽でもいいじゃないか」

母はだだ広い次の間に蚕の桑を刻み刻み、二、三度良平へ声をかけた。しかし彼はそんなことも全然耳へはいらないように、芽はどのくらい太いかとか、二本とも同じ長さかとか、やつぎばやに問いを発していた。金三はもちろん雄弁だった。芽は二本とも親指より太い。丈も同じように揃っている。ああいう百合は世界じゅうにもあるまい。……

「ね、おい、良ちゃん。今すぐ見にあゆびょう」*

金三は狡《ずる》そうに母の方を見てから、そっと良平の裾《すそ》を引いた。二本芽の赤芽のちんぼ芽の百合を見る、――このくらい大きい誘惑はなかった。良平は返事もしないうちに、母の藁草履《わらぞうり》へ足をかけた。藁草履はじっとり湿った上、鼻緒もいいかげん緩んでいた。

「良平！　これ！　ご飯を食べかけて、――」

母は驚いた声を出した。が、もう良平はその時には、先に立って裏庭を駈《か》け抜けていた。裏庭の外には小路《こうじ》の向こうに、木の芽の煙《けぶ》った雑木林があった。良平はそちらへ駈けて行こうとした。すると金三は「こっちだよう」といっしょうけんめいに喚《わめ》きながら、畑のある右手へ走って行った。良平は一足《ひとあし》踏み出したなり、大仰にぐるりと頭を廻《まわ》すと、前こごみにばたばた駈け戻って来た。なぜか彼にはそうしないと、勇ましい気もちがしないのだった。

「なあんだね、畑の土手にあるのかね？」

「ううん、畑の中にあるんだよ。この向こうの麦畑の……」

金三はこう言いかけたなり、桑畑の畔《くろ》へもぐりこんだ。桑畑の中生《なかて》十文字《じゅうもんじ》*はもう縦横《たてよこ》に伸ばした枝に、二銭銅貨ほどの葉をつけていた。良平もその枝をくぐりくぐり、金三の跡を追って行った。彼のすぐ鼻の先には継ぎの当たった金三の尻《しり》に、ほどけかかった帯が飛び廻っていた。

桑畑を向こうに抜けた所はやっと節だった麦畑だった。金三は先に立ったまま、麦と桑とに挟まれた畔をもう一度右へ曲がりかけた。素早い良平はそのとたんに金三の脇を走り抜けた。が、三間と走らないうちに、腹をたてたらしい金三の声は、たちまち彼を立ち止まらせてしまった。

「なんだい、どこにあるか知ってもしないくせに！」

悄気《しょげ》返った良平はしぶしぶまた金三を先に立てた。二人はもう駈けなかった。互いにむっつり黙ったまま、麦とすれすれに歩いていった。しかしその麦畑の隅の、土手の築いてある側へ来ると、金三は急に良平の方へ笑い顔を振り向けながら、足もとの畦《うね》を指して見せた。

「こう、ここだよ」

良平もそう言われた時にはすっかり不機嫌を忘れていた。

「どうね？　どうね？」

彼はその畦を覗《のぞ》きこんだ。そこには金三の言った通り、赤い葉を巻いた百合の芽が二本、光沢《つや》のいい頭を尖《とが》らせていた。彼は話には聞いていても、現在このりっぱさを見ると、声も出ないほどびっくりしてしまった。

「ね、太かろう」

金三はさも得意そうに良平の顔へ目をやった。が、良平は頷《うなず》いたぎり、百合の芽ばかり見守っていた。

「ね、太かろう」

金三はもう一度繰り返してから、右の方の芽にさわろうとした。すると良平は目のさめたように、慌ててその手を払いのけた。

「あっ、さわんなさんなよう、折れるから」

「いいじゃあ、さわったって。お前さんの百合じゃないに！」

金三はまた怒りだした。良平も今度は引きこまなかった。

「お前さんのでもないじゃあ」

「わしのでないって、さわってもいいじゃあ」

「よしなさいってば。折れちまうよう」

「折れるもんじゃよう。わしはさっきさんざさわったよう」

「さっきさんざさわった」となれば、良平も黙るよりほかはなかった。金三はそこへしゃがんだまま、前よりも手荒に百合の芽をいじった。しかし三寸に足りない芽は動きそうな気色も見せなかった。

「じゃわしもさわろうか？」

やっと安心した良平は金三の顔色《かおいろ》を窺《うかが》いながら、そっと左の芽にさわってみた。赤い芽は良平の指のさきに、妙にしっかりした触覚を与えた。彼はその触覚の中になんとも言われないうれしさを感じた。

「おおなあ！」

良平は独り微笑していた。すると金三はしばらくののち、突然またこんなことを言い始めた。

「こんなにいいちんぼ芽じゃ球根《たま》はうんと大きかろうねえ。――え、良ちゃん掘ってみようか？」

彼はもうそう言った時には、畦の土に指を突っこんでいた。良平のびっくりしたことはさっきより烈《はげ》しいくらいだった。彼は百合の芽も忘れたように、いきなりその手を抑えつけた。

「よしなさいよう。よしなさいってば。――」

それから良平は小声になった。

「見つかると、お前さん、叱られるよ」

畑の中に生えている百合は野原や山にあるやつと違う。この畑の持ち主《ぬし》以外に誰も取ることは許されていない。――それは金三にもわかっていた。彼はちょいと未練そうに、まわりの土へ輪を描いたのち、すなおに良平の言うことを聞いた。

晴れた空のどこかには雲雀《ひばり》の声が続いていた。二人の子供はその声の下に二本芽の百合を愛しながら、大まじめにこういう約束を結んだ。——第一、この百合のことはどんな友だちにも話さないこと。第二、毎朝学校へ出る前、二人いっしょに見に来ること。……


翌朝二人は約束通り、いっしょに百合のある麦畑へ来た。百合は赤い芽の先に露の玉を保《も》っていた。金三は右のちんぼ芽を、良平は左のちんぼ芽を、それぞれ爪で弾《はじ》きながら、露の玉を落としてやった。

「太いねえ！——」

良平はその朝もいまさらのように、百合の芽のりっぱさに見惚《みと》れていた。

「これじゃ五年経っただね」

「五年ねえ？——」

金三はちょいと良平の顔へ、蔑《さげ》すみに満ちた目を送った。

「五年ねえ？　十年くらいずらじゃ」

「十年！　十年ってわしより年上かね？」

「そうさ。お前さんより年上ずらじゃ」

「じゃ花が十《とお》咲くかね？」

五年の百合には五つ花ができ、十年の百合には十花ができる、——彼らはいつか年上のものにそういうことを教えられていた。

「咲くさあ、十ぐらい!」

金三は厳かに言い切った。良平は内心たじろぎながら、言い訣《わけ》のように独言《ひとりごと》を言った。

「早く咲くといいな」

「咲くもんじゃあ。夏でなけりゃ」

金三はまた嘲笑《あざわら》った。

「夏ねえ? 夏なもんか。雨の降る時分《じぶん》だよう」

「雨の降る時分は夏だよう」

「夏は白い着物を着る時だよう。——」

良平も容易に負けなかった。

「雨の降る時分は夏なもんか」

「ばか! 白い着物を着るのは土用《どよう》だい」

「嘘《うそ》だい。うちのお母さんに訊《き》いてみろ。白い着物を着るのは夏だい!」

良平はそう言うか言わないうちに、ぴしゃり左の横鬢《よこびん》を打たれた。が、打たれたと思った時にはもうまた相手を打ち返していた。

「生意気!」

顔色を変えた金三は力いっぱい彼を突き飛ばした。良平は仰向《あおむ》けに麦の畦へ倒れた。畦には露が下りていたから、顔や着物はその拍子にすっかり泥になってしまった。それでも彼は飛び起きるが早いか、いきなり金三へむしゃぶりついた。金三も不意を食ったせいか、いつもはめったに負けたことのないのが、この時はべたりと尻餅《しりもち》をついた。しかもその尻餅の跡は百合の芽のすぐに近所だった。

「喧嘩《けんか》ならこっちへ来い。百合の芽を傷めるからこっちへ来い」

金三は顎《あご》をしゃくいながら、桑畑の畔《くろ》へ飛び出した。良平もべそをかいたなり、やむを得ずそこへ出て行った。二人はたちまち取っ組み合いを始めた。顔を真赤にした金三は良平の胸ぐらを掴《つか》まえたまま、むちゃくちゃに前後へこづき廻した。良平はふだんこうやられると、たいてい泣き出してしまうのだった。しかしその朝は泣き出さなかった。のみならず頭がふらついてきても、剛情に相手へしがみついていた。

すると桑の間から、突然誰かが顔を出した。

「はえ、まあ、お前さんたちは喧嘩かよう」

二人はやっと掴み合いをやめた。彼らの前には薄痘痕《うすいも》のある百姓《ひやくしよう》の女房が立っていた。それはやはり惣吉《そうきち》という学校友だちの母親だった。彼女は桑を摘《つ》みに来たのか、寝間着に手拭《てぬぐい》をかぶったなり、大きい笊《ざる》を抱えていた。そうして何か迂散《うさん》そうに、じろじろ二人を見比べていた。

「相撲《すもう》だよう。叔母《おば》さん」

金三はわざと元気そうに言った。が、良平は震えながら、相手の言葉を打ち切るように言った。

「嘘つき！　喧嘩だくせに！」

「手前こそ嘘つきじゃあ」

金三は良平の、耳朶《みみたぶ》を摑んだ。が、まだしあわせと引っ張らないうちに、怖い顔をした惣吉の母は楽々《らくらく》とその手を捥《も》ぎ離した。

「お前さんはいつも乱暴だよう。この間うちの惣吉の額に疵《きず》をつけたのもお前さんずら」

良平は金三の叱られるのを見ると、「ざまを見ろ」と言いたかった。しかしそう言ってやるより前に、なぜか涙がこみ上げてきた。そのとたんにまた金三は惣吉の母の手を振り離しながら、片足ずつ躍るように桑の中を向こうへ逃げて行った。

「日金山《ひがねやま》が曇った！　良平の目から雨が降る！」


その翌日は夜明け前から、春には珍しい大雨だった。良平の家《うち》では蚕に食わせる桑の貯《たくわ》えが足りなかったから、父や母は午ごろになると、蓑《みの》の埃《ほこり》を払ったり、古い麦藁帽《むぎわらぼう》を探し出したり、畑へ出る仕度を急ぎ始めた。が、良平はそういう中にも肉桂《にっけい》の皮を噛《か》みながら、百合のことばかり考えていた。この降りではことによると、百合の芽も折られてしまったかも知れない。それとも畑の土といっしょに、球根《たま》ごとそっくり流されはしないか？……

「金三のやつも心配ずら」

良平はまたそうも思った。するとおかしい気がした。金三の家は隣だから、軒伝いに行きさえすれば、傘をさす必要もないのだった。しかし昨日の喧嘩の手前、こちらからは遊びに行きたくなかった。たとい向こうから遊びに来ても、始めは口一つ利かずにいてやる。そうすればあいつも悄気るのに違いない。……（未完）

（大正十一年九月）

三つの宝

一

森の中。三人の盗人《ぬすびと》が宝を争っている。宝とは一飛びに千里飛ぶ長靴、着れば姿の隠れるマントル、鉄でもまっ二つに切れる剣——ただしいずれも見たところは、古道具らしい物ばかりである。

第一の盗人　そのマントルをこっちへよこせ。

第二の盗人　よけいなことを言うな。その剣こそこっちへよこせ。——おや、おれの長靴を盗んだな。

第三の盗人　この長靴はおれの物じゃないか？　貴様こそおれの物を盗んだのだ。

第一の盗人　よしよし、ではこのマントルはおれが貰《もら》っておこう。

第二の盗人　こん畜生！　貴様なぞに渡してたまるものか。

第一の盗人　よくもおれを撲《なぐ》ったな。——おや、またおれの剣も盗んだな？

第三の盗人　なんだ、このマントル泥坊め！

三人の者が大喧嘩《おおげんか》になる。そこへ馬に跨《また》がった王子が一人、森の中の路《みち》を通りかかる。

王子　おいおい、お前たちは何をしているのだ？（馬からおりる）

第一の盗人　なに、こいつが悪いのです。わしの剣を盗んだ上、マントルさえよこせと言うものですから、──

第三の盗人　いえ、そいつが悪いのです。マントルはわたしのを盗んだのです。

第二の盗人　いえ、こいつらは二人とも大泥坊です。これは皆わたしのものなのですから、──

第一の盗人　嘘《うそ》をつけ！

第二の盗人　この大法螺《おおぼら》吹《ふ》きめ！

三人また喧嘩をしようとする。

王子　待て待て。たかが古いマントルや、穴のあいた長靴ぐらい、誰がとってもいいじゃないか？

第二の盗人　いえ、そうはいきません。このマントルは着たと思うと、姿の隠れるマントルなのです。

第一の盗人　どんなまた鉄の兜《かぶと》でも、この剣で切れば切れるのです。

第三の盗人　この長靴もはきさえすれば、一飛びに千里飛べるのです。

王子　なるほど、そういう宝なら、喧嘩をするのももっともな話だ。が、それならば欲張らずに、一つずつ分ければいいじゃないか？

第二の盗人　そんなことをしてごらんなさい。わたしの首はいつなんどき、あの剣に切られるかわかりはしません。
第一の盗人　いえ、それよりも困るのは、あのマントルを着られれば、何を盗まれるか知れますまい。
第二の盗人　いえ、何を盗んだところが、あの長靴をはかなければ、思うようには逃げられない訣《わけ》です。
王子　それもなるほど一理窟《ひとりくつ》だな。では物は相談だが、わたしにみんな売ってくれないか？　そうすれば心配もいらないはずだから。
第一の盗人　どうだい、この殿様に売ってしまうのは？
第三の盗人　なるほど、それもいいかも知れない。
第二の盗人　ただ値段しだいだな。
王子　値段は――そうだ。そのマントルの代りには、この赤いマントルをやろう、これには刺繡《ぬいとり》の縁もついている。それからその長靴の代りには、この宝石のはいった靴をやろう。この黄金細工《きんざいく》の剣をやれば、その剣をくれても損はあるまい。どうだ、この値段では？
第二の盗人　わたしはこのマントルの代りに、そのマントルを頂きましょう。
第一の盗人と第三の盗人　わたしたちも申し分はありません。
王子　そうか。では取り換えてもらおう。

王子はマントル、剣、長靴などを取り換えたのち、また馬の上に跨りながら、森の中の路を行きかける。

王子　この先に宿屋はないか？

第一の盗人　森の外へ出さえすれば「黄金《きん》の角笛」という宿屋があります。では御大事にいらっしゃい。

王子　そうか。ではさようなら。（去る）

第三の盗人　うまい商売をしたな。おれはあの長靴が、こんな靴になろうとは思わなかった。見ろ。止《と》め金《がね》には金剛石《ダイヤモンド》がついている。

第二の盗人　おれのマントルもりっぱな物じゃないか？　これをこう着たところは、殿様のように見えるだろう。

第一の盗人　この剣もたいした物だぜ。なにしろ柄《つか》も鞘《さや》も黄金だからな。――しかしああやすやす欺《だま》されるとは、あの王子も大ばかじゃないか？

第二の盗人　しっ！　壁に耳あり、徳利《とくり》にも口だ。まあ、どこかへ行って一杯やろう。

三人の盗人は嘲笑《あざわら》いながら、王子とは反対の路へ行ってしまう。

二

「黄金の角笛」という宿屋の酒場。酒場の隅には王子がパンを噛《か》じっている。王子のほかにも客が七、八人、——これは皆村の農夫らしい。
宿屋の主人　いよいよ王女のご婚礼があるそうだね。
第一の農夫　そういう話だ。なんでもお婿《むこ》になる人は、黒ん坊の王様だというじゃない
　か？
第二の農夫　しかし王女はあの王様が大嫌いだという噂だぜ。
第一の農夫　嫌いなればお止《よ》しなさればいいのに。
主人　ところがその黒ん坊の王様は、三つの宝ものを持っている。第一が千里飛べる長靴、
第二が鉄さえ切れる剣、第三が姿の隠れるマントル、——それを皆献上するというも
　のだから、欲の深いこの国の王様は、王女をやると仰有《おっしゃ》ったのだそうだ。
第二の農夫　おかわいそうなのは王女お一人だな。
第一の農夫　誰か王女をお助け申すものはないだろうか？
主人　いや、いろいろの国の王子の中には、そういう人もあるそうだが、なにぶんあの黒
　ん坊の王様にはかなわないから、みんな指を啣《くわ》えているのだとさ。
第二の農夫　おまけに欲の深い王様は、王女を人に盗まれないように、竜の番人を置いて
　あるそうだ。
主人　なに、竜じゃない、兵隊だそうだ。
第一の農夫　わたしが魔法でも知っていれば、まっ先にお助け申すのだが、——
主人　あたりまえさ、わたしも魔法を知っていれば、お前さんなどに任せておきはしない。

（一同笑い出す）

王子　（突然一同の中へ飛び出しながら）よし心配するな！　きっとわたしが助けてみせる。

一同　（驚いたように）あなたが?!

王子　そうだ、黒ん坊の王などは何人でも来い。（腕組みをしたまま、一同を見まわす）わたしは片っ端から退治してみせる。

主人　ですがあの王様には、三つの宝があるそうです。第一には千里飛ぶ長靴、第二には、――

王子　鉄でも切れる剣か？　そんな物はわたしも持っている。この長靴を見ろ。この剣を見ろ。この古いマントルを見ろ、黒ん坊の王が持っているのと、寸分も違《たが》わない宝ばかりだ。

一同　（再び驚いたように）その靴が?!　その剣が?!　そのマントルが?!

主人　（疑わしそうに）しかしその長靴には、穴があいているじゃありませんか？

王子　それは穴があいている。が、穴はあいていても、一飛びに千里飛ばれるのだ。

主人　ほんとうですか？

王子　（憐《あわれ》むように）お前には嘘だと思われるかも知れない。よし、それならば飛んで見せる。入り口の戸をあけておいてくれ。いいか。飛び上がったと思うと見えなくなるぞ。

主人　その前にお勘定を頂きましょうか？

王子　なに、すぐに帰って来る。土産には何を持って来てやろう。イタリアの柘榴《ざくろ》か、イスパニアの真桑瓜か、それともずっと遠いアラビアの無花果《いちじく》か？

主人　お土産ならばなんでもけっこうです。まあ飛んで見せてください。

王子　では飛ぶぞ。一、二、三！

王子は勢いよく飛び上がる。が、戸口へも届かないうちに、どたりと尻餅《しりもち》をついてしまう。

一同どっと笑いたてる。

主人　こんなことだろうと思ったよ。

第一の農夫　千里どころか、二、三間も飛ばなかったぜ。

第二の農夫　なに、千里飛んだのさ。一度千里飛んでおいて、また千里飛び返ったから、もとの所へ来てしまったのだろう。

第一の農夫　冗談じゃない。そんなばかなことがあるものか。

一同大笑いになる。王子はすごすご起き上がりながら、酒場の外へ行こうとする。

主人　もしもしお勘定を置いて行ってください。

王子無言のまま、金を投げる。

第二の農夫　お土産は？

王子　（剣の柄へ手をかける）なんだと？

第二の農夫　（尻ごみしながら）いえ、なんとも言いはしません。（独語《ひとりごと》のように）剣だけは首くらい斬《き》れるかも知れない。

主人　（なだめるように）まあ、あなたなどはお年若なのですから、ひとまずお父様のお国へお帰りなさい。いくらあなたが騒いでみたところが、とても黒ん坊の王様にはかないはしません。とかく人間という者は、なんでも身のほどを忘れないように慎み深くするのが上分別です。

一同　そうなさい。そうなさい。悪いことは言いはしません。

王子　わたしはなんでも、――なんでもできると思ったのに、（突然涙を落とす）お前たちにも恥ずかしい（顔を隠しながら）ああ、このまま消えてしまいたいようだ。

第一の農夫　そのマントルを着てご覧なさい。そうすれば消えるかも知れません。

王子　畜生！（じだんだを踏む）よし、いくらでもばかにしろ。わたしはきっと黒ん坊の王からかわいそうな王女を助けてみせる。長靴は千里飛ばれなかったが、まだ剣もある。マントルも、――（いっしょうけんめいに）いや、空手でも助けてみせる。その時に後悔しないようにしろ。（気違いのように酒場を飛び出してしまう）

主人　困ったものだ、黒ん坊の王様に殺されなければいいが、――

三

王城の庭。薔薇《ばら》の花の中に噴水が上がっている。始めは誰もいない。しばらくののち、マントルを着た王子が出て来る。

王子　やはりこのマントルは着たと思うと、たちまち姿が隠れるとみえる。わたしは城の門をはいってから、兵卒にも遇《あ》えば腰元にも遇った。が、誰も咎《とが》めたものはない。このマントルさえ着ていれば、この薔薇を吹いている風のように、王女の部屋へもはいれるだろう。――おや、あそこへ歩いて来たのは、噂に聞いた王女じゃないか？　どこかへ一時身を隠してから、――なに、そんな必要はない、わたしはここに立っていても、王女の眼には見えないはずだ。

王女は噴水の縁へ来ると、悲しそうにため息をする。

王女　わたしはなんというふしあわせなのだろう。もう一週間もたたないうちに、あの憎らしい黒ん坊の王は、わたしをアフリカへつれて行ってしまう。獅子《しし》や鰐《わに》のいるアフリカへ、（そこの芝の上に坐《すわ》りながら）わたしはいつまでもこの城にいたい。この薔薇の花の中に、噴水の音を聞いていたい。……

王子　なんという美しい王女だろう。わたしはたとい命を捨てても、この王女を助けてみせる。

王女　（驚いたように王子を見ながら）誰です、あなたは？

王子　（独語のように）しまった！　声を出したのは悪かったのだ！

王女　声を出したのが悪い？　気違いかしら？　あんなかわいい顔をしているけれども、――

王子　顔？　あなたにはわたしの顔が見えるのですか？

王女　見えますわ。まあ、何を不思議そうに考えていらっしゃるの？

王子　このマントルも見えますか？
王女　ええ、ずいぶん古いマントルじゃありませんか？
王子　（落胆したように）わたしの姿は見えないはずなのですがね。
王女　（驚いたように）どうして？
王子　これは一度着さえすれば、姿が隠れるマントルなのです。
王女　それはあの黒ん坊の王のマントルでしょう。
王子　いえ、これもそうなのです。
王女　だって姿が隠れないじゃありませんか？
王子　兵卒や腰元に遇った時は、確かに姿が隠れたのですがね。その証拠には誰に遇っても、咎《とが》められたことがなかったのですから。
王女　（笑い出す）それはそのはずですわ。そんな古いマントルを着ていらっしゃれば下男か何かと思われますもの。
王子　下男！（落胆したように坐ってしまう）やはりこの長靴と同じことだ。
王女　その長靴もどうかしましたの？
王子　これも千里飛ぶ長靴なのです。
王女　黒ん坊の王の長靴のように？
王子　ええ、——ところがこの間飛んでみたら、たった二、三間も飛べないのです。ご覧なさい。まだ剣もあります。これは鉄でも切れるはずなのですが、——

王女　何か切ってご覧になって？
王子　いえ、黒ん坊の王の首を斬るまでは、何も斬らないつもりなのです。
王女　あら、あなたは黒ん坊の王と、腕競べをなさりにいらしったの？
王子　いえ、腕競べなどに来たのじゃありません。あなたを助けに来たのです。
王女　ほんとうに？
王子　ほんとうにです。
王女　まあ、うれしい！
　突然黒ん坊の王が現われる。王子と王女とはびっくりする。
黒ん坊の王　今日《こんにち》は。わたしは今アフリカから、一飛びに飛んで来たのです。どうです、わたしの長靴の力は？
王女　（冷淡に）ではもう一度アフリカへ行ってらっしゃい。
王　いや、今日はあなたといっしょに、ゆっくりお話がしたいのです。（王子を見る）誰ですか、その下男は？
王子　下男？（腹だたしそうに立ち上がる）わたしは王子です。王女を助けに来た王子です。わたしがここにいる限りは、指一本も王女にはさささせません。
王　（わざとていねいに）わたしは三つの宝を持っています。あなたはそれを知っていますか？
王子　剣と長靴とマントルですか？　なるほどわたしの長靴は一町《ちょう》も飛ぶことはできませ

ん。しかし王女といっしょならば、この長靴をはいていても、千里や二千里は驚きません。またこのマントルをご覧なさい。わたしが下男と思われたため、王女の前へも来られたのは、やはりマントルのおかげです。これでも王子の姿だけは、隠すことができたじゃありませんか？

王　（嘲笑《う》う）生意気な！　わたしのマントルの力を見るが好《よ》い。（マントルを着る。同時に消え失せる）

王女　（手を打ちながら）ああ、もう消えてしまいました。わたしはあの人が消えてしまうと、ほんとうにうれしくてたまりませんわ。

王子　ああいうマントルも便利ですね。ちょうどわたしたちのためにできているようです。

王　（突然また現われる。いまいましそうに）そうです。あなたがたのためにできているようなものです。わたしには役にもなんにもたたない。（マントルを投げ捨てる）しかしわたしは剣を持っている。（急に王子を睨《にら》みながら）あなたはわたしの幸福を奪うのだ。さあ尋常に勝負をしよう。わたしの剣は鉄でも切れる。あなたの首位はなんでもない。（剣を抜く）

王女　（立ち上がるが早いか、王子をかばう）鉄でも切れる剣ならば、わたしの胸も突けるでしょう。さあ、一突きに突いてご覧なさい。

王　（尻ごみをしながら）いや、あなたは斬れません。

王女　（嘲《あざけ》るように）まあ、この胸も突けないのですか？　鉄でも斬れるとおっしゃったくせに！

王子　お待ちなさい。（王女を押し止《とど》めながら）王の言うことはもっともです。王の敵はわたしですから、尋常に勝負をしなければなりません。（王に）さあ、すぐに勝負をしよう。（剣を抜く）

王　年の若いのに感心な男だ。いいか？　わたしの剣にさわれば命はないぞ。

王と王子と剣を打ち合わせる。するとたちまち王の剣は、杖《つえ》か何か切るように、王子の剣を切ってしまう。

王　どうだ？

王子　剣は切られたのに違いない。が、わたしはこの通り、あなたの前でも笑っている。

王　ではまだ勝負を続ける気か？

王子　あたりまえだ。さあ、来い。

王　もう勝負などはしないでもいい。（急に剣を投げ捨てる）勝ったのはあなただ。わたしの剣などはなんにもならない。

王子　（不思議そうに王を見る）なぜ？

王　なぜ！　わたしはあなたを殺したところが、王女にはいよいよ憎まれるだけだ。あなたにはそれがわからないのか？

王子　いや、わたしにはわかっている。ただあなたにはそんなことも、わかっていなそうな気がしたから。

王　（考えに沈みながら）わたしには三つの宝があれば、王女も貰えると思っていた。が、それは間違いだったらしい。

王子　（王の肩に手をかけながら）わたしも三つの宝があれば、王女を助けられると思っていた。が、それも間違いだったらしい。

王　そうだ。我々は二人とも間違っていたのだ。（王子の手を取る）さあ、綺麗《きれい》に仲直りをしましょう。わたしの失礼は赦《ゆる》してください。

王子　わたしの失礼も赦してください。今になってみればわたしが勝ったか、あなたが勝ったかわからないようです。

王　いや、あなたはわたしに勝った。わたしはわたし自身に勝ったのです。（王女に）わたしはアフリカへ帰ります。どうかご安心なすってください。王子の剣は鉄を切る代りに、鉄よりももっと堅い、わたしの心を刺したのです。わたしはあなたがたのご婚礼のために、この剣と長靴と、それからあのマントルと、三つの宝をさし上げましょう。もうこの三つの宝があれば、あなたがた二人を苦しめる敵は、世界にないと思いますが、もしまた何か悪いやつがあったら、わたしの国へ知らせてください。わたしはいつでもアフリカから、百万の黒ん坊の騎兵といっしょに、あなたがたの敵を征伐に行きます。（悲しそうに）わたしはあなたを迎えるために、アフリカの都のまん中に、大理石の御殿を建てておきました。その御殿のまわりには、一面の蓮《はす》の花が咲いているのです。（王子に）どうかあなたはこの長靴をはいたら、時々遊びに来てください。

王子　きっとご馳走《ちそう》になりに行きます。

王女　（黒ん坊の王の胸に、薔薇の花をさしてやりながら）わたしはあなたにすまないことをしました。あなたがこんな優しいかただとは、夢にも知らずにいたのです。どうかかんにんしてください。ほんとうにわたしはすまないことをしました。（王の胸にすがりながら、子供のように泣き始める）

王　（王女の髪を撫《な》でながら）ありがとう。よくそう言ってくれました。わたしも悪魔ではありません。悪魔も同様な黒ん坊の王はお伽噺《とぎばなし》にあるだけです。（王子に）そうじゃありませんか？

王子　そうです。（見物に向かいながら）皆さん！　我々三人は目がさめました。悪魔のような黒ん坊の王や、三つの宝を持っている王子は、お伽噺にあるだけなのです。我々はもう目がさめた以上、お伽噺の中の国には、住んでいる訣にはいきません。我々の前には霧の奥から、もっと広い世界が浮かんで来ます。我々はこの薔薇と噴水との世界から、いっしょにその世界へ出て行きましょう。もっと広い世界！　もっと醜い、もっと美しい、――もっと大きいお伽噺の世界！　その世界に我々を待っているものは、苦しみかまたは楽しみか、我々は何も知りません。ただ我々はその世界へ、勇ましい一隊の兵卒のように、進んで行くことを知っているだけです。

（大正十一年十二月）

雛

箱《はこ》を出る顔忘れめや雛《ひな》二《に》対《つゐ》　蕪《ぶ》村《そん》

これはある老女の話である。

……横浜のあるアメリカ人へ雛を売る約束のできたのは十一月ごろのことでございます。紀《き》の国屋《くにや》と申したわたしの家《うち》は親代々諸大名のお金御用《かねごよう》を勤めておりましたし、ことに紫《し》竹《ちく》とか申した祖父は大通《だいつう》の一人にもなっておりましたから、雛もわたしのではございますが、なかなかみごとにできておりました。まあ、申さば、内裏雛《だいりびな》は女雛《めびな》の冠の瓔珞《ようらく》にも珊《さん》瑚《ご》がはいっておりますとか、男雛《おびな》の塩瀬《しおぜ》*の石帯《せきたい》*にも定紋と替え紋とが互い違いに繡《ぬ》いになっておりますとか、——そういう雛だったのでございます。

それさえ売ろうと申すのでございますから、わたしの父、——十二代目の紀の国屋伊《い》兵《へ》衛《え》はどのくらい手もとが苦しかったか、たいていご推量にもなれるでございましょう。なにしろ徳川家《とくせんけ》のご瓦解以来、御用金《ごようきん》を下《さ》げてくだすったのは加州様《かしゅうさま》*ばかりでございます。それも三千両の御用金のうち、百両しか下げてはくださいません。因州様《いんしゅうさま》*などになりますと、四百両ばかりの御用金のかたに赤間《あかま》が石《せき》の硯《すずり》を一つくだすっただけでございました。

その上火事には二、三度も遇《あ》いますし、蝙蝠傘屋《こうもりがさや》などをやりましたのも皆手違いになりますし、当時はもうめぼしい道具もあらかた一家の口すごしに売り払っていたのでございます。

そこへ雛でも売ったらと父へ勧めてくれましたのは丸佐《まるさ》という骨董屋の、……もう故人になりましたが、禿《は》げ頭《あたま》の主人でございます。この丸佐の禿げ頭くらい、おかしかったものはございません。と申すのは頭のまん中にちょうど按摩膏《あんまこう》を貼ったくらい、入れ墨がしてあるのでございます。これはなんでも若い時分、ちょいと禿げを隠すために彫らせたのだそうでございますが、あいにくその後《ご》頭のほうは遠慮なしに禿げてしまいましたから、この脳天の入れ墨だけ取り残されることになったのだとか、当人自身申しておりました。……そういうことはともかくも、父はまだ十五のわたしをかわいそうに思ったのでございましょう、たびたび丸佐に勧められても、雛を手放すことだけはためらっていたようでございます。

それをとうとう売らせたのは英吉《えいきち》と申すわたしの兄、……やはり故人になりましたが、そのころまだ十八だった、癇《かん》の強い兄でございます。兄は開化人とでも申しましょうか、英語の読本《とくほん》を離したことのない政治好きの青年でございました。これが雛の話になると、雛祭りなどは旧弊だとか、あんな実用にならない物は取っておいてもしかたがないとか、いろいろけなすのでございます。そのために兄は昔ふうの母とも何度口論をしたかわかりません。しかし雛を手放しさえすれば、この大歳《おおとし》の凌《しの》ぎだけはつけられるのに違いございませんから、母も苦しい父の手前、そうは強いことばかりも申されなかったのでございましょう。雛は前にも申しました通り、十一月の中旬にはとうとう横浜のアメリカ人へ売り渡すことになってしまいました。なに、わたしでございますか？　それは駄々もこねましたが、お転婆だったせいでございましょう。その割にはあまり悲しいとも思わなかったものでございます。父は雛を売りさえすれば、紫繻子《むらさきじゅす》の帯を一本買ってやると申しておりましたから。……

その約束のできた翌晩、丸佐は横浜へ行った帰りに、わたしの家へ参りました。

わたしの家と申しましても、三度めの火事に遇ったのちは普請もほんとうには参りません。焼け残った土蔵を一家の住居《すまい》に、それへさしかけて仮普請を見世にしていたのでございます。もっとも当時は俄仕込《にわかじこ》みの薬屋をやっておりましたから、正徳丸《しょうとくがん》とか安経湯《あんけいとう》とかあるいはまた胎毒散《たいどくさん》とか、――そういう薬の金看板だけは薬箪笥《くすりだんす》の上に並んでおりました。そこにまた無尽灯がともっている、……と申したばかりでは多分おわかりになりますまい。無尽灯と申しますのは石油の代りに種油を使う旧式のランプでございます。おかしい話でございますが、わたしはいまだに薬種の匂、――陳皮《ちんぴ》*や大黄《だいおう》*の匂がすると、必ずこの無尽灯を思い出さずにはいられません。現にその晩も無尽灯は薬種の匂の漂った中に、薄暗い光を放っておりました。

頭の禿げた丸佐の主人はやっと散切《ざんぎ》りになった*父と、無尽灯を中に坐《すわ》りました。

「では確かに半金《はんきん》だけ、……どうかちょいとお検《あらた》めください」

時候の挨拶《あいさつ》をすませてのち、丸佐の主人がとり出したのは紙包みのお金でございます。その日に手つけを貰《もら》うことも約束だったのでございましょう。父は火鉢へ手をやったなり、何も言わずに時儀《じぎ》をしました。ちょうどこの時でございます。わたしは母の言いつけ通り、お茶のお給仕に参りました。ところがお茶を出そうとすると、丸佐の主人は大声で、「そりゃあいけません。それだけはいけません」と、突然こう申すではございませんか？　わたしはお茶がいけないのかと、ちょいとあっけにもとられましたが、丸佐の主人の前を見ると、もう一つ紙に包んだお金がちゃんと出ているのでございます。

「こりゃあほんの軽少だが、志はまあ志だから、……」

「いえ、もうお志は確かに頂きました。が、こりゃあどうかお手もとへ、……」

「まあさ、……そんなにまた恥をかかせるもんじゃあない」

「冗談仰有《おっしゃ》っちゃあいけません。檀那《だんな》こそ恥をおかかせなさる。何も赤の他人じゃあなし、大檀那以来お世話になった丸佐のしたことじゃあごわせんか？　まあ、そんな水っ臭いことを仰有らずに、これだけはそちらへおしまいなすってください。……おや、お嬢さん。今晩は、おうおう、今日は蝶々髷《ちょうちょうまげ》がたいへん綺麗《きれい》におできなすった！」

わたしは別段何の気なしに、こういう押し問答を聞きながら、土蔵の中へ帰って来ました。

土蔵は十二畳も敷かりましょうか？　かなり広うございましたが、箪笥《たんす》もあれば長火鉢もある、長持もあれば置き戸棚もある、――という体裁でございましたから、ずっと手狭な気がしました。そういう家財道具の中にも、いちばん人目につきやすいのは都合三十幾つかの総桐の箱でございます。もとより雛の箱と申すことは申し上げるまでもございますまい。これがいつでも引き渡せるように、窓したの壁に積んでございました。こういう土蔵のまん中に、無尽灯は見世へとられましたから、ぼんやり行灯《あんどん》がともっている、――その昔じみた行灯の光に、母は振り出しの袋を縫い、兄は小さい古机に例の英語の読本か何か調べているのでございます。それには変わったこともございません。が、ふと母の顔を見ると、母は針を動かしながら、伏し眼になった睫毛《まつげ》の裏に涙をいっぱいためております。

お茶のお給仕をすませたわたしは母に褒めてもらうことを楽しみに……と言うのはおおげさにしろ、待ち設ける気もちはございました。そこへこの涙でございましょう？　わたしは悲しいと思うよりも、取りつき端《は》に困ってしまいましたから、できるだけ母を見ないように、兄のいる側へ坐りました。すると急に眼を挙げたのは兄の英吉でございます。兄はちょいとけげんそうに母とわたしとを見比べましたが、たちまち妙な笑い方をすると、また横文字を読み始めました。わたしはまだこの時くらい、開化を鼻にかける兄を憎んだことはございません。お母さんをばかにしている、――いちずにそう思ったのでございます。わたしはいきなり力いっぱい、兄の背中をぶってやりました。

「何をする？」

兄はわたしを睨《にら》みつけました。

「ぶってやる！　ぶってやる！」

わたしは泣き声を出しながら、もう一度兄をぶとうとしました。その時はもういつの間にか、兄の癇癖《かんぺき》の強いことも忘れてしまったのでございます。が、まだ挙げた手を下《おろ》さないうちに、兄はわたしの横鬢《よこびん》へぴしゃりと平手を飛ばせました。

「わからずや！」

わたしはもちろん泣き出しました。と同時に兄の上にも物差しが降《ふ》ったのでございましょう。兄はすぐと威丈高《いたけだか》に母へ食ってかかりました。母もこうなれば承知しません。低い声を震わせながら、さんざん兄と言い合いました。

そういう口論の間じゅう、わたしはただ悔し泣きに泣き続けていたのでございます。丸佐の主人を送り出した父が無尽灯を持ったまま、見世からこちらへはいって来るまでは。……いえ、わたしばかりではございません。兄も父の顔を見ると、急に黙ってしまいました。口数《くちかず》を利かない父くらい、わたしはもとより当時の兄にも、恐《おそ》しかったものはございませんから。……

その晩雛は今月の末、残りの半金を受け取ると同時に、あの横浜のアメリカ人へ渡してしまうことにきまりました。なに、売り価《ね》でございますか？　今になって考えますと、ばかばかしいようでございますが、確か三十円とか申しておりました。それでも当時の諸式にすると、ずいぶん高価には違いございません。

そのうちに雛を手放す日はだんだん近づいて参りました。わたしは前にも申しました通り、格別それを悲しいとは思わなかったものでございます。ところが一日一日と約束の日が迫ってくると、いつか雛と別れるのはつらいように思い出しました。しかしいかに子供とは申せ、いったん手放すときまった雛を手放さずにすもうとは思いません。ただ人手に渡す前に、もう一度よく見ておきたい。内裏雛《だいりびな》、五人囃《ばや》し、左近《さこん》の桜、右近《うこん》の橘《たちばな》、雪洞《ぼんぼり》、屏風《びょうぶ》、蒔絵《まきえ》の道具、――もう一度この土蔵の中にそういう物を飾ってみたい、――と申すのが心願《しんがん》でございました。が、性来《せいらい》一徹な父は何度わたしにせがまれても、これだけのことを許しません。「一度手付けをとったとなりゃあ、どこにあろうが人様のものだ。人様のものはいじるもんじゃあない」――こう申すのでございます。

するともう月末に近い、大風《おおかぜ》の吹いた日でございます。母は風邪《ふうじゃ》に罹《かか》ったせいか、それともまた下唇にできた粟粒ほどの腫物《はれもの》のせいか、気持ちが悪いと申したぎり、朝の御飯も頂きません。わたしと台所をかたづけたのちは片手に額を抑えながら、ただじっと長火鉢の前に俯向《うつむ》いているのでございます。ところがかれこれお午時分《ひる》、ふと顔を擡《もた》げたのを見ると、腫物のあった下唇だけ、ちょうど赤いお薩のように脹《は》れ上がっているではございませんか？　しかも熱の高いことは妙に輝いた眼の色だけでも、すぐとわかるのでございます。これを見たわたしの驚きは申すまでもございません。わたしはほとんど無我夢中に、父のいる見世へ飛んで行きました。

「お父さん！　お父さん！　お母さんが大変ですよ」

父は、……それからそこにいた兄も父といっしょに奥へ来ました。が、恐しい母の顔にはあっけにとられたのでございましょう。ふだんは物に騒がぬ父さえ、この時だけは茫然《ぼうぜん》としたなり、口もしばらくは利かずにおりました。しかし母はそういううちにも、いっしょうけんめいに微笑しながら、こんなことを申すのでございます。

「なに、たいしたことはありますまい。ただちょいとこのおできに爪《つめ》をかけただけなのですから、……今御飯の支度をします」

「無理をしちゃあいけない。御飯の支度なんぞはお鶴《つる》にもできる」

父は半ば叱るように、母の言葉を遮りました。

「英吉！　本間さんを呼んで来い！」

兄はもうそう言われた時には、いっさんに大風の見世の外へ飛び出しておったのでございます。

本間さんと申す漢法医《かんぽうい》、――兄はしじゅう藪医者《やぶいしゃ》などとばかにした人でございますが、その医者も母を見た時には、当惑《とうわく》そうに、腕組《うでぐ》みをしました。聞けば母の腫物は面疔《めんちょう》だと申すのでございますから。……もとより面疔も手術さえできれば、恐しい病気ではございますまい。が、当時の悲しさには手術どころの騒ぎではございません。ただ煎薬を飲ませたり、蛭《ひる》に血を吸わせたり、――そんなことをするだけでございます。父は毎日枕もとに、本間さんの薬を煎じました。兄も毎日十五銭ずつ、蛭を買いに出かけました。わたしも、……わたしは兄に知れないように、つい近所のお稲荷様《いなりさま》へお百度を踏みに通いました。

――そういう始末でございますから、雛のことも申してはおられません。いえ、一時わたしをはじめ、誰もあの壁側に積んだ三十ばかりの総桐の箱には眼もやらなかったのでご ざいます。

　ところが十一月の二十九日、——いよいよ雛と別れると申す一日前のことでございます。わたしは雛といっしょにいるのも、今日が最後だと考えると、ほとんど矢も楯《たて》もたまらないくらい、もう一度箱が明けたくなりました。が、どんなにせがんだにしろ、父は不承知に違いありません。すると母に話してもらう、——わたしはすぐにそう思いましたが、なにしろその後母の病気は前よりもいっそう重《おも》っております。食べ物もおも湯を啜《すす》るほかはいっさい喉を通りません。ことにこのごろは口中へも、絶えず血の色を交えた膿《うみ》がたまるようになったのでございます。こういう母の姿を見ると、いかに十五の小娘にもせよ、わざわざ雛を飾りたいなぞとは口へ出す勇気も起こりません。わたしは朝から枕もとに、母の機嫌を伺《うかが》い伺い、とうとうお八つになるころまでは何も言い出さずにしまいました。

　しかしわたしの眼の前には金網を張った窓の下に、例の総桐の雛の箱が積み上げてあるのでございます。そうしてその雛の箱は今夜一晩過ごしたが最後、遠い横浜の異人屋敷へ、……ことによればアメリカへも行ってしまうのでございます。そんなことを考えると、いよいよ我慢はできますまい。わたしは母の眠ったのを幸い、そっと見世へ出かけました。見世は日当りこそ悪いものの、土蔵の中に比べれば、往来の人通りが見えるだけでも、まだしも陽気でございます。そこに父は帳合いを検《しら》べ、兄はせっせと片隅の薬研《やげん》*に甘草《かんぞう》か何かを下しておりました。

「ねえ、お父さん。後生《ごしょう》一生のお願いだから、……」

わたしは父の顔を覗《のぞ》きこみながら、いつもの頼みを持ちかけました。が、父は承知するどころか、相手になる気色もございません。

「そんなことはこの間も言ったじゃあないか？……おい、英吉！　お前は今日は明るいうちに、ちょいと丸佐へ行って来てくれ」

「丸佐へ？……来てくれと言うんですか？」

「なに、ランプを一つ持って来てもらうんだが、……お前、帰りにもらって来てもいい」

「だって丸佐にランプはないでしょう？」

父はわたしをそっちのけに、珍しい笑い顔を見せました。

「燭台《しょくだい》か何かじゃああるまいし、……ランプは買ってくれって頼んであるんだ。わたしが買うよりゃあ確かだから」

「じゃあもう無尽灯はお廃止ですか？」

「あれももうお暇の出し時だろう」

「古いものはどしどし止めることです。第一お母さんもランプになりゃあ、ちっとは気も晴れるでしょうから」

父はそれぎり元のように、また算盤《そろばん》を弾《はじ》き出しました。が、わたしの念願は相手にされなければされないだけ、強くなるばかりでございます。わたしはもう一度後ろから父の肩を揺すぶりました。

「よう。お父さんってば。よう」

「うるさい！」

父は後ろを振り向きもせずに、いきなりわたしを叱りつけました。のみならず兄もいじわるそうに、わたしの顔を睨めております。わたしはすっかり悄気《しょげ》返ったまま、そっとまた奥へ帰って来ました。すると母はいつの間にか、熱のある眼を挙げながら、顔の上にかざした手の平を眺めているのでございます。それがわたしの姿を見ると、思いのほかはっきりこう申しました。

「お前、何をお父さんに叱られたのだえ？」

わたしは返事に困りましたから、枕もとの羽根楊枝《はねようじ》をいじっておりました。

「また何か無理を言ったのだろう？……」

母はじっとわたしを見たなり、今度は苦しそうに言葉を継ぎました。

「わたしはこの通りの体だしね、何もかもお父さんがなさるのだから、おとなしくしなけりゃあいけませんよ。そりゃあお隣の娘さんは芝居へもしじゅうお出《い》でなさるさ。……」

「芝居なんぞ見たくはないんだけれど……」

「いえ、芝居に限らずさ。簪《かんざし》だとか半襟だとか、お前にゃあ欲しいものだらけでもね、……」

わたしはそれを聞いているうちに、悔《くや》しいのだか悲しいのだか、とうとう涙をこぼしてしまいました。

「あのねえ、お母さん。……わたしはねえ、……何も欲しいものはないんだけどねえ、ただあのお雛様を売る前にねえ、……」

「お雛様かえ？　お雛様を売る前に？」

母はいっそう大きい眼にわたしの顔を見つめました。

「お雛様を売る前にねえ、……」

わたしはちょいと言い渋りました。そのとたんにふと気がついて見ると、いつの間にか後ろに立っているのは兄の英吉でございます。兄はわたしを見下《みおろ》しながら、相変わらず慳《けん》貪《どん》にこう申しました。

「わからずや！　またお雛様のことだろう？　お父さんに叱られたのを忘れたのか？」

「まあ、いいじゃあないか？　そんなにがみがみ言わないでも」

母はうるさそうに眼を閉じました。が、兄はそれも聞こえぬように叱り続けるのでございます。

「十五にもなっているくせに、ちっとは理窟《りくつ》もわかりそうなもんだ？　高《たか》があんなお雛様くらい！　惜しがりなんぞするやつがあるもんか？」

「お世話焼きじゃ！　兄さんのお雛様じゃあないじゃあないか？」

わたしも負けずに言い返しました。その先はいつも同じでございます。二言三言言い合ううちに、兄はわたしの襟上を摑《つか》むと、いきなりそこへ引き倒しました。

「お転婆！」

兄は母さえ止めなければ、この時もきっと二つ三つは折檻《せっかん》しておったでございましょう。

が、母は枕の上に半ば頭を擡げながら、喘《あえ》ぎ喘ぎ兄を叱りました。

「お鶴《つる》が何をしやあしまいし、そんな目に遇わせるにゃあ当たらないじゃあないか」

「だってこいつはいくら言っても、あんまり聞き分けがないんですもの」

「いいえ、お鶴ばかり憎いのじゃあないだろう？　お前は……お前は……」

母は涙をためたまま、悔しそうに何度も口ごもりました。

「お前はわたしが憎いのだろう？　さもなけりゃあわたしが病気だというのに、お雛様を……お雛様を売りたがったり、罪もないお鶴をいじめたり、……そんなことをするはずはないじゃあないか？　そうだろう？　それならなぜ憎いのだか、……」

「お母さん！」

兄は突然こう叫ぶと、母の枕もとに突っ立ったなり、肘《ひじ》に顔を隠しました。その後父母《ちちはは》の死んだ時にも、涙一つ落とさなかった兄、――永年政治に奔走してから、癲狂院《てんきょういん》へ送られるまで、一度も弱みを見せなかった兄、――そういう兄がこの時だけは啜り泣きを始めたのでございます。これは興奮し切った母にも、意外だったのでございましょう。母は長い溜息《ためいき》をしたぎり、申しかけた言葉も申さずに、もう一度枕をしてしまいました。……

こういう騒ぎがあってから、一時間ほどのちでございましょう。久しぶりに見世へ顔を出したのは肴屋《さかなや》の徳蔵《とくぞう》でございます。いえ、肴屋ではございません。以前は肴屋でございましたが、今は人力車の車夫になった、出入りの若いものでございます。この徳蔵にはおかしい話が幾つあったかわかりません。その中でもいまだに思い出すのは苗字《みょうじ》の話でございます。徳蔵もやはり御一新《ごいっしん》以後、苗字をつけることになりましたが、どうせつけるくらいならばと大束をきめたのでございましょう、徳川《とくがわ》と申すのをつけることにしました。とところがお役所へ届けに出ると、叱られたの叱られないのではございません。なんでも徳蔵の申しますには、今にも斬罪《ざんざい》にされかねない権幕だったそうでございます。……その徳蔵が気楽そうに、牡丹《ぼたん》に唐獅子《からじし》の画《え》を描《か》いた当時の人力車を引っ張りながら、ぶらりと見世先へやって来ました。それがまた何しに来たのかと思うと、今日は客のないのを幸い、お嬢さんを人力車にお乗せ申して、会津《あいづ》っ原《ぱら》*から煉瓦《れんが》通《どお》り*へでもお伴をさせていただきたい、――こう申すのでございます。

「どうする？　お鶴」

父はわざとまじめそうに、人力車を見に見世へ出ていたわたしの顔を眺めました。今日では人力車に乗ることなどはさほど子供も喜びますまい。しかし当時のわたしたちにはちょうど自動車に乗せてもらうくらい、うれしいことだったのでございます。が、母の病気と申し、ことにああいう大騒ぎのあったすぐあとのことでございますから、一概に行きたいとも申されません。わたしはまだ悄気切ったなり、「行きたい」と小声に答えました。

「じゃあお母さんに聞いて来い。せっかく徳蔵もそう言うものだし」

母はわたしの考え通り、眼も明かずにほほ笑みながら、「上等だね」と申しました。いじの悪い兄はいいあんばいに、丸佐へ出かけた留守でございます。わたしは泣いたのも忘れたように、さっそく人力車に飛び乗りました。赤毛布《あかゲット》を膝掛《ひざか》けにした、輪のがらがらと鳴る人力車に。

　その時見て歩いた景色などは申し上げる必要もございますまい。ただ今でも話に出るのは徳蔵の不平でございます。徳蔵はわたしを乗せたまま、煉瓦の大通りにさしかかるが早いか、西洋の婦人を乗せた馬車とまともに衝突しかかりました。それはやっと助かりましたが、いまいましそうに舌打ちをすると、こんなことを申すのでございます。

「どうもいけねえ。お嬢さんはあんまり軽過ぎるから、肝腎の足が踏ん止まらねえ。……お嬢さん。乗せる車屋がかわいそうだから、二十前にゃあ車へお乗んなさんなよ」

　人力車は煉瓦の大通りから、家の方へ横町を曲がりました。するとたちまち出遇ったのは兄の英吉でございます。兄は煤竹《すすだけ》の柄のついた置きランプを一台さげたまま、急ぎ足にそこを歩いておりました。それがわたしの姿を見ると、「待て」と申す相図でございましょう、ランプをさし挙げるのでございます。が、もうその前に徳蔵はぐるりと梶棒《かじぼう》をまわしながら、兄の方へ車を寄せておりました。

「ご苦労だね。徳さん。どこへ行ったんだい？」

「へえ、なに、今日はお嬢さんの江戸《えど》見物です」

　兄は苦笑を洩《も》らしながら、人力車の側へ歩み寄りました。

「お鶴。お前、先へこのランプを持って行ってくれ。わたしは油屋へ寄って行くから」

　わたしはさっきの喧嘩の手前、わざとなんとも返事をせずに、ただランプだけ受け取りました。兄はそれなり歩きかけましたが、急にまたこちらへ向き変えると、人力車の泥除《どろよ》けに手をかけながら、「お鶴」と申すのでございます。

「お鶴、お前、またお父さんにお雛様のことなんぞ言うんじゃあないぞ」

わたしはそれでも黙っておりました。あんなにわたしをいじめたくせに、またかと思ったのでございます。しかし兄はとんじゃくせずに、小声の言葉を続けました。

「お父さんが見ちゃあいけないと言うのは手付けをとったからばかりじゃあないぞ。見りゃあみんなに未練が出る、――そこも考えているんだぞ。いいか？　わかったか？　わかったら、もうさっきのように見たいのなんのと言うんじゃあないぞ」

わたしは兄の声の中にいつにない情《じょう》あいを感じました。が、兄の英吉くらい、妙な人間はございません。優しい声を出したかと思うと、今度はまたふだんの通り、突然わたしを嚇《おど》かすようにこう申すのでございます。

「そりゃあ言いたけりゃ言ってもいい。その代り痛い目に遇わされると思え」

兄は憎体に言い放ったなり、徳蔵にも挨拶も何もせずに、さっさとどこかへ行ってしまいました。

その晩のことでございます。わたしたち四人は土蔵の中に、夕飯の膳を囲みました。もっとも母は枕の上に顔を挙げただけでございますから、囲んだものの数にははいりません。しかしその晩の夕飯はいつもよりはなやかな気がしました。それは申すまでもございません。あの薄暗い無尽灯の代りに、今夜は新しいランプの光が輝いているからでございます。兄やわたしは食事のあい間も、時々ランプを眺めました。石油を透かした硝子《ガラス》の壺《つぼ》、動かない焔《ほのお》を守った火屋《ほや》、——そういうものの美しさに満ちた珍しいランプを眺めました。

「明るいな。昼のようだな」

父も母をかえり見ながら、満足そうに申しました。

「眩《まぶ》し過ぎるくらいですね」

こう申した母の顔には、ほとんど不安に近い色が浮かんでいたものでございます。

「そりゃあ無尽灯に慣れていたから……だが一度ランプをつけちゃあ、もう無尽灯はつけられない」

「なんでも始めは眩し過ぎるんですよ。ランプでも、西洋の学問でも、……」

兄は誰よりもはしゃいでおりました。

「それでも慣れりゃあ同じことですよ。今にきっとこのランプも暗いという時が来るんです」

「大きにそんなものかも知れない。……お鶴。お前、お母さんのおも湯はどうしたんだ?」

「お母さんは今夜はたくさんなんですって」

わたしは母の言った通り、何の気もなしに返事をしました。

「困ったな。ちっとも食気がないのかい?」

母は父に尋ねられると、しかたがなさそうに溜息をしました。

「ええ、なんだかこの石油の匂が、……旧弊人の証拠ですね」

それぎりわたしたちは言葉少なに、箸《はし》ばかり動かし続けました。しかし母は思い出したように、時々ランプの明るいことを褒めていたようでございます。あの腫《は》れ上がった唇の上にも微笑《びしょう》らしいものさえ浮かべながら。

その晩も皆休んだのは十一時過ぎでございます。しかしわたしは眼をつぶっても、容易に寝つくことができません。兄はわたしに雛のことは二度と言うなと申しました。わたしも雛を出して見るのはできない相談とあきらめております。が、出して見たいことはさっきと少しも変わりません。雛は明日《あした》になったが最後、遠いところへ行ってしまう、――そう思えばつぶった眼の中にも、自然と涙がたまってきます。いっそみんなの寝ているうちに、そっと一人出してみようか？――そうもわたしは考えてみました。それともあの中の一つだけ、どこかほかへ隠しておこうか？――そうもまたわたしは考えてみました。しかしどちらも見つかったら、――と思うとさすがにひるんでしまいます。わたしは正直にその晩くらい、いろいろ恐しいことばかり考えた覚えはございません。今夜もう一度火事があればいい。そうすれば人手に渡らぬ前に、すっかり雛も焼けてしまう。さもなければアメリカ人も頭の禿げた丸佐の主人もコレラになってしまえばいい。そうすれば雛はどこへもやらずに、このまま大事にすることができる。――そんな空想も浮かんで参ります。が、まだなんと申しても、そこは子供でございますから、一時間たつかたたないうちに、いつかうとうと眠ってしまいました。

それからどのくらいたちましたか、ふと眠りがさめて見ますと、薄暗い行灯をともした土蔵に誰か人の起きているらしい物音が聞こえるのでございます。鼠《ねずみ》かしら、泥坊かしら、またはもう夜明けになったのかしら？——わたしはどちらかと迷いながら、怯《お》ず怯《お》ず細眼を明いて見ました。するとわたしの枕もとには、寝間着のままの父が一人、こちらへ横顔を向けながら、坐っているのでございます。父が！……しかしわたしを驚かせたのは父ばかりではございません。父の前にはわたしの雛が、——お節句以来見なかった雛が並べ立ててあるのでございます。

　夢かと思うと申すのはああいう時でございましょう。わたしはほとんど息もつかずに、この不思議を見守りました。おぼつかない行灯の光の中に、象牙《ぞうげ》の笏《しゃく》をかまえた男雛を、冠の瓔珞を垂れた女雛を、右近の橘を、左近の桜を、柄の長い日傘を担いだ仕丁《じちょう》を、眼八分に高坏《たかつき》を捧《ささ》げた官女を、小さい蒔絵の鏡台や箪笥《たんす》を、貝殻尽《づ》くしの雛屏風《ひなびょうぶ》を、膳椀《ぜんわん》を、画雪洞《えぼんぼり》を、色糸の手鞠《てまり》を、そうしてまた父の横顔を、……

　夢かと思うと申すのは、……ああ、それはもう前に申し上げました。が、ほんとうにあの晩の雛は夢だったのでございましょうか？　いちずに雛を見たがったあまり、知らず識《し》らず造り出した幻ではなかったのでございましょうか？　わたしはいまだにどうかすると、わたし自身にもほんとうかどうか、返答に困るのでございます。

　しかしわたしはあの夜更けに、独り雛を眺めている、年とった父を見かけました。これだけは確かでございます。そうすればたとい夢にしても、別段悔しいとは思いません。とにかくわたしは眼《ま》のあたりに、わたしと少しも変わらない父を見たのでございますから、女々しい、……そのくせおごそかな父を見たのでございますから。

「雛」の話を書きかけたのは何年か前のことである。それを今書き上げたのは滝田《たきた》氏*の勧めによるのみではない。同時にまた四、五日前、横浜のあるイギリス人の客間に、古雛《ふるびな》の首を玩具《おもちゃ》にしている紅毛の童女に遇ったからである。今はこの話に出て来る雛も、鉛《なまり》の兵隊やゴムの人形と一つ玩具箱に投げこまれながら、同じ憂きめを見ているのかも知れない。

（大正十二年二月）

猿蟹合戦

蟹《かに》の握り飯を奪った猿はとうとう蟹に仇《かたき》を取られた。蟹は臼《うす》、蜂《はち》、卵とともに、怨敵《おんてき》の猿を殺したのである。——その話はいまさらしないでもよい。ただ猿を仕止めたのち、蟹をはじめ同志のものはどういう運命に逢着《ほうちゃく》したか、それを話すことは必要である。なぜと言えばお伽噺《とぎばなし》は全然このことは話していない。

いや、話していないどころか、あたかも蟹は穴の中に、臼は台所の土間の隅に、蜂は軒先の蜂の巣に、卵は籾殻《もみがら》の箱の中に、太平無事な生涯でも送ったかのように装っている。

しかしそれは偽りである。彼らは仇を取った後、警官の捕縛するところとなり、ことごとく監獄に投ぜられた。しかも裁判を重ねた結果、主犯蟹は死刑になり、臼、蜂、卵らの共犯は無期徒刑の宣告を受けたのである。お伽噺のみしか知らない読者はこういう彼らの運命に、怪訝《かいが》の念を持つかも知れない。が、これは事実である。寸毫《すんごう》も疑いのない事実である。

蟹は蟹自身の言によれば、握り飯と柿と交換した。が、猿は熟柿《じゅくし》を与えず、青柿ばかり与えたのみか、蟹に傷害を加えるように、さんざんその柿を投げつけたと言う。しかし蟹は猿との間に、一通の証書も取り換わしていない。よしまたそれは不問に付しても、握り飯と柿と交換したと言い、熟柿とは特に断わっていない。最後に青柿を投げつけられたと言うのも、猿に悪意があったかどうか、その辺の証拠は不十分である。だから蟹の弁護に立った、雄弁の名の高い某《ぼう》弁護士も、裁判官の同情を乞うよりほかに、策の出《い》ずるところを知らなかったらしい。その弁護士はきのどくそうに、蟹の泡を拭《ぬぐ》ってやりながら、「あきらめ給え」と言ったそうである。もっともこの「あきらめ給《たま》え」は、死刑の宣告を下されたことをあきらめ給えと言ったのだか、弁護士に大金をとられたことをあきらめ給えと言ったのだか、それは誰にも決定できない。

その上新聞雑誌の輿論《よろん》も、蟹に同情を寄せたものはほとんど一つもなかったようである。蟹の猿を殺したのは私憤の結果にほかならない。しかもその私憤たるや、己の無知と軽卒とから猿に利益を占められたのをいまいましがっただけではないか？　優勝劣敗の世の中にこういう私憤を洩《も》らすとすれば、愚者にあらずんば狂者である。——という非難が多かったらしい。現に商業会議所会頭某男爵のごときはだいたい上《かみ》のような意見とともに、蟹の猿を殺したのも多少は流行の危険思想にかぶれたのであろうと論断した。そのせいか蟹の仇打ち以来、某男爵は壮士のほかにも、ブルドッグを十頭飼ったそうである。

かつまた蟹の仇打ちはいわゆる識者の間にも、いっこう好評を博さなかった。大学教授某博士《はかせ》は倫理学上の見地から、蟹の猿を殺したのは復讐《ふくしゅう》の意志に出たものである、復讐は善と称し難いと言った。それから社会主義の某首領は蟹は柿とか握り飯とかいう私有財産をありがたがっていたから、臼や蜂や卵なども反動的思想を持っていたのであろう、こと

による と尻押《しりお》しをしたのは国粋会《こくすいかい》*かも知れないと言った。それから某宗の管長某師は蟹は仏慈悲《ぶつじひ》を知らなかったらしい、たとい青柿を投げつけられたとしても、仏慈悲を知ってさえすれば、猿の所業を憎む代りに、かえってそれを憐《あわれ》んだであろう。ああ、思えば一度でもいいから、わたしの説教を聴かせたかったと言った。それから——また各方面にいろいろ批評する名士はあったが、いずれも蟹の仇打ちには不賛成の声ばかりだった。そういう中にたった一人、蟹のために気を吐いたのは酒豪兼詩人の某代議士である。代議士は蟹の仇打ちは武士道の精神と一致すると言った。しかしこんな時代遅れの議論は誰の耳にも止まるはずはない。のみならず新聞のゴシップによると、その代議士は数年以前、動物園を見物中、猿に尿《いばり》をかけられたことを遺恨に思っていたそうである。

お伽噺しか知らない読者は、悲しい蟹の運命に同情の涙を落とすかも知れない。しかし蟹の死は当然である。それをきのどくに思いなどするのは、婦女童幼のセンティメンタリズムに過ぎない。天下は蟹の死を是なりとした。現に死刑の行なわれた夜《よ》、判事、検事、弁護士、看守、死刑執行人、教誨師《きょうかいし》らは四十八時間熟睡したそうである。その上皆夢の中に、天国の門を見たそうである。天国は彼らの話によると、封建時代の城に似たデパアトメント・ストアらしい。

ついでに蟹の死んだのち、蟹の家庭はどうしたか、それも少し書いておきたい。蟹の妻は売笑婦《ばいしょうふ》になった。なった動機は貧困のためか、彼女自身の性情のためか、どちらかいまだに判然しない。蟹の長男は父の没後、新聞雑誌の用語を使うと、「翻然と心を改めた」

今はなんでもある株屋の番頭か何かしているという。この蟹はある時自分の穴へ、同類の肉を食うために、怪我《けが》をした仲間を引きずりこんだ。クロポトキンが相互扶助論《そうごふじょろん》*の中に、蟹も同類を劬《いたわ》るという実例を引いたのはこの蟹である。次男の蟹は小説家になった。もちろん小説家のことだから、女に惚《ほ》れるほかは何もしない。ただ父蟹の一生を例に、善は悪の異名《いみょう》であるなどと、いいかげんな皮肉を並べている。三男の蟹は愚物だったから、蟹よりほかのものになれなかった。それが横這《よこば》いに歩いていると、握り飯が一つ落ちていた。握り飯は彼の好物だった。彼は大きい鋏《はさみ》の先にこの獲物を拾い上げた。すると高い柿の木の梢《こずえ》に虱《しらみ》を取っていた猿が一匹、——その先は話す必要はあるまい。

とにかく猿と戦ったが最後、蟹は必ず天下のために殺されることだけは事実である。語を天下の読者に寄す。君たちもたいてい蟹なんですよ。

（大正十二年二月）

二人小町

一

小野《おの》の小町《こまち》*、几帳《きちょう》の陰に草紙を読んでいる。そこへ突然黄泉《よみ》の使《つかい》が現われる。黄泉の使は色の黒い若者。しかも耳は兎の耳である。

小町　（驚きながら）誰です、あなたは？

使　黄泉の使です。

小町　黄泉の使！　ではもうわたしは死ぬのですか？　もうこの世にはいられないのですか？　まあ、少し待ってください。わたしはまだ二十一です。まだ美しい盛りなのです。どうか命は助けてください。

使　いけません。わたしは一天万乗《いってんばんじょう》の君でも容赦しない使なのです。

小町　あなたは情けを知らないのですか？　わたしが今死んでごらんなさい。深草《ふかくさ》の少《しょう》将《しょう》*はどうするでしょう？　わたしは少将と約束しました。天に在っては比翼の鳥、地に在っては連理の枝、——ああ、あの約束を思うだけでも、わたしの胸は張り裂けるようです。少将はわたしの死んだことを聞けば、きっと歎《なげ》き死にに死んでしまうでしょう。

使　（つまらなそうに）歎き死にができればしあわせです。とにかく一度は恋されたのですから、……しかしそんなことはどうでもよろしい。さあ地獄へお伴しましょう。

小町　いけません。いけません。あなたはまだ知らないのですか？　わたしはただの体ではありません。もう少将の胤《たね》を宿しているのです。わたしが今死ぬとすれば、子供も、――かわいいわたしの子供もいっしょに死ななければなりません。（泣きながら）あなたはそれでもよいと言うのですか？　闇《やみ》から闇へ子供をやっても、かまわないと言うのですか？

使　（ひるみながら）それはお子さんにはおきのどくです。しかし閻魔王《えんまおう》の命令ですから、どうかいっしょに来てください。なに、地獄も考えるほど、悪いところではありません。昔から名高い美人や才子はたいてい地獄へ行っています。

小町　あなたは鬼です。羅刹《らせつ》です。わたしが死ねば少将も死にます。少将の胤の子供も死にます。三人ともみんな死んでしまいます。いえ、そればかりではありません。年とったわたしの父や母もきっといっしょに死んでしまいます。（いっそう泣き声を立てながら）わたしは黄泉の使でも、もう少し優しいと思っていました。

使　（迷惑そうに）わたしはお助け申したいのですが、……

小町　（生き返ったように顔を上げながら）ではどうか助けてください。五年でも十年でもかまいません。どうかわたしの寿命を延ばしてください。たった五年、たった十年、――子供さえ成人すればよいのです。それでもいけないと言うのですか？

使　さあ、年限はかまわないのですが、――しかしあなたをつれて行かなければ代りが一人いるのです。あなたと同じ年ごろの、……

小町　(興奮しながら)では誰でもつれて行ってください。わたしの召使の女の中にも、同じ年の女は二、三人います。阿漕《あこぎ》でも小松《こまつ》でもかまいません。あなたの気に入ったのをつれて行ってください。

使　いいや、名前もあなたのように小町と言わなければいけないのです。

小町　小町！　誰か小町という人はいなかったかしら。ああ、います。います。(発作《ほっさ》的《てき》に笑い出しながら)玉造《たまつくり》の小町《こまち》＊という人がいます。あの人を代りにつれて行ってください。

使　年もあなたと同じくらいですか？

小町　ええ、ちょうど同じくらいです。ただ綺麗《きれい》ではありませんが、――器量などはどうでもかまわないのでしょう？

使　(愛想よく)悪いほうがよいのです。同情しずにすみますから。

小町　(生き生きと)ではあの人に行ってもらってください。あの人はこの世にいるよりも、地獄に住みたいと言っています。誰も逢《あ》う人がいないものですから。

使　よろしい。その人をつれて行きましょう。ではお子さんを大事にしてください。(得々と)黄泉の使も情けだけは心得ているつもりなのです。

使、突然また消え失《う》せる。

小町　ああ、やっと助かった！　これも日ごろ信心する神や仏のお計らいであろう。（手を合わせる）八百万《やおよろず》の神々、十方《じっぽう》の諸菩薩《しょぼさつ》、どうかこの嘘の剝《は》げませぬように。

二

黄泉の使、玉造の小町を背負いながら、闇穴道《あんけつどう》を歩いて来る。

小町　（金切り声を出しながら）どこへ行くのです？　どこへ行くのです？

使　地獄へ行くのです。

小町　地獄へ！　そんなはずはありません。現に昨日安倍《あべ》の晴明《せいめい》＊も寿命は八十六と言っていました。

使　それは陰陽師《おんみょうじ》の嘘でしょう。

小町　いいえ、嘘ではありません。安倍の晴明の言うことはなんでもちゃんと当たるのです。あなたこそ嘘をついているのでしょう。そら、返事に困っているではありませんか？

使　（独白《どくはく》）どうもおれは正直すぎるようだ。

小町　まだ強情を張るつもりなのですか？　さあ、正直に白状《はくじょう》しておしまいなさい。

使　実はあなたにはおきのどくですが、……

小町　そんなことだろうと思っていました。「おきのどくですが、」どうしたのです？

使　あなたは小野の小町の代りに地獄へ堕《お》ちることになったのです。

小町　小野の小町の代りに！　それはまたいったいどうしたんです？
使　あの人は今身持《みも》ちだそうです。深草の少将の胤とかを、……
小町　（憤然と）それをほんとうだと思ったのですか？　嘘ですよ。あなた！　少将は今でもあの人のところへ百夜通《ももよがよ》いをしているくらいですもの。少将の胤を宿すのはおろか、逢ったことさえ一度もありはしません。嘘も、嘘も、真赤《まっか》な嘘ですよ！
使　真赤な嘘？　そんなことはまさかないでしょう。
小町　では誰にでも聞いてごらんなさい。深草の少将の百夜通いと言えば、下司《げす》の子供でも知っているはずです。それをあなたは嘘とも思わずに、……あの人の代りにわたしの命を、……ひどい。ひどい。ひどい。（泣き始める）
使　泣いてはいけません。泣くことは何もないのですよ。（背中から玉造の小町を下す）あなたはしじゅうこの世よりも、地獄に住みたがっていたでしょう。してみればわたしの欺《だま》されたのは、かえってしあわせではありませんか？
小町　（嚙《か》みつきそうに）誰がそんなことを言ったのです？
使　（怯《お》ず怯《お》ず）やっぱりさっき小野の小町が、……
小町　まあ、なんというずうずうしい人だ！　嘘つき！　九尾の狐！　男たらし！　騙《かた》り！　尼天狗《あまてんぐ》！　おひきずり！　もうもう、今度顔を合わせたが最後、きっと喉笛に嚙みついてやるから。口惜《くや》しい。口惜しい。口惜しい。（黄泉の使をこづきまわす）
使　まあ、待ってください。わたしは何も知らなかったのですから、——まあ、この手をゆるめてください。
小町　いったいあなたがばかではありませんか？　そんな嘘を真に受けるとは、……
使　しかし誰でも真に受けますよ。……あなたは何か小野の小町に恨まれることでもあるのですか？
小町　（妙に微笑する）あるような、ないような、……まあ、あるのかも知れません。
使　するとその恨まれることと言うのは？
小町　（軽蔑《けいべつ》するように）お互いに女ではありませんか？
使　なるほど、美しい同士でしたっけ。
小町　あら、お世辞などはおよしなさい。
使　お世辞ではありませんよ。ほんとうに美しいと思っているのです。いや、口には言われないくらい美しいと思っているのです。
小町　まあ、あんなうれしがらせぱっかり！　あなたこそ黄泉には似合わない、美しいかたではありませんか？
使　こんな色の黒い男がですか？
小町　黒いほうがりっぱですよ。男らしい気がしますもの。
使　しかしこの耳は気味が悪いでしょう。
小町　あら、かわいいではありませんか？　ちょいとわたしに触らしてください。わたしは兎が大好きなのですから。（使の兎の耳を玩弄《おもちゃ》にする）もっとこっちへいらっしゃい。

なんだかわたしはあなたのためなら、死んでもいいような気がしますよ。
使　(小町を抱きながら)ほんとうですか？
小町　(半ば眼を閉じたまま)ほんとうならば？
使　こうするのです。(接吻《せっぷん》しようとする)
小町　(突きのける)いけません。
使　では、……では嘘なのですか？
小町　いいえ、嘘ではありません。ただあなたが本気かどうか、それさえわかればよいのです。
使　ではなんでも言いつけてください。あなたの欲しいものはなんですか？　火鼠《ひねずみ》の裘《かわごろも》*ですか、蓬莱《ほうらい》の玉の枝*ですか、それとも燕《つばめ》の子安貝*ですか？
小町　まあ、お待ちなさい。わたしのお願いはこれだけです。——どうかわたしを生かしてください。その代りに小野の小町を、——あの憎らしい小野の小町を、わたしの代りにつれて行ってください。
使　そんなことだけでよいのですか？　よろしい。あなたの言う通りにします。
小町　きっとですね？　まあ、うれしい。きっとならば、……(使を引き寄せる)
使　ああ、わたしこそ死んでしまいそうです。

三

大勢の神将、あるいは戟《ほこ》を執り、あるいは剣を提《ひっさ》げ、小野の小町の屋根を護《まも》っている。そこへ黄泉の使、蹌踉《そうろう》と空へ現われる。

神将　誰だ、貴様は？

使　わたしは黄泉の使です。どうかそこを通してください。

神将　通すことはならぬ。

使　わたしは小町をつれに来たのです。

神将　小町を渡すことはなおさらならぬ。

使　なおさらならぬ？　あなたがたはいったい何ものです？

神将　我々は天《あめ》が下《した》の陰陽師《おんみょうじ》、安倍の晴明の加持により、小町を守護する三十番神《さんじゅうばんじん》＊じゃ。

使　三十番神！　あなたがたはあの嘘つきを、——あの男たらしを守護するのですか？

神将　黙れ！　か弱い女をいじめるばかりか、悪名《あくみょう》を着せるとは怪《け》しからぬやつじゃ。

使　何が悪名です？　小町はほんとうに、嘘つきの男たらしではありませんか？

神将　まだ言うな。よしよし、言うならば言ってみろ。その耳を二つとも削《そ》いでしまうぞ。

使　しかし小町は現にわたしを……

神将　（憤然と）この戟を食らって往生しろ！（使に飛びかかる）

使　助けてくれえ！（消え失せる）

四

数十年後、老いたる女乞食二人、枯芒《かれすすき》の原に話している。一人は小野の小町、他の一人は玉造の小町。

小野の小町　苦しい日ばかり続きますね。
玉造の小町　こんな苦しい思いをするより、死んだほうがましかも知れません。
小野の小町　（独語《ひとりごと》のように）あの時に死ねばよかったのです。黄泉の使に会った時に、……
玉造の小町　おや、あなたもお会いになったのですか？
小野の小町　（疑い深そうに）あなたもと仰有《おっしゃ》るのは？　あなたこそお会いになったのですか？
玉造の小町　（冷ややかに）いいえ、わたしは会いません。
小野の小町　わたしの会ったのも唐《から》の使です。
しばらくの間沈黙。黄泉の使、忙しそうに通りかかる。
玉造の小町
小野の小町｝黄泉の使！　黄泉の使！
黄泉の使　誰です、わたしを呼びとめたのは？

玉造の小町　（小野の小町に）あなたは黄泉の使をご存知ではありませんか？

小野の小町　（玉造の小町に）あなたも知らないとは仰有れますまい。（黄泉の使に）このかたは玉造の小町です。あなたはとうにご存知でしょう。

玉造の小町　このかたは小野の小町です。やっぱりあなたのお馴染《なじみ》でしょう。

使　なに、玉造の小町に小野の小町！　あなたがたが、――骨と皮ばかりの女乞食が！

小野の小町　どうせ骨と皮ばかりの女乞食ですよ。

玉造の小町　わたしに抱きついたのを忘れたのですか？

使　まあ、そう腹をたてずにください。あんまり変わっていたものですから、つい口を辷《すべ》らせたのです。……時にわたしを呼びとめたのは、何か用でもあるのですか？

小野の小町　ありますとも。ありますとも。どうか黄泉へつれて行ってください。

玉造の小町　わたしもいっしょにつれて行ってください。

使　黄泉へつれて行け？　冗談を言ってはいけません。またわたしを欺すのでしょう。

玉造の小町　あら、欺しなどするものですか！

小野の小町　ほんとうにどうかつれて行ってください。

使　あなたがたを！　（首を振りながら）どうもわたしには受け合われません。またひどい目に会うのは嫌ですから、誰かほかのものにお頼みなさい。

小野の小町　どうかわたしを憐《あわれ》んでください。あなたも情けは知っているはずです。

玉造の小町　そんなことを言わずに、つれて行ってください。きっとあなたの妻になりますから。

使　駄目です。駄目です。あなたがたにかかり合うと——いや、あなたがたばかりではない、女というやつにかかり合うと、どんな目に会うかわかりません。あなたがたは虎《とら》よりも強い。内心如夜叉《ないしんにょやしゃ》の譬《たとえ》通りです。第一あなたがたの涙の前には、誰でも意気地がなくなってしまう。（小野の小町に）あなたの涙などは凄《すご》いものですよ。

小野の小町　嘘です。嘘です。あなたはわたしの涙などに動かされたことはありません。

使　（耳にもかけずに）第二にあなたがたは肌身さえ任せば、どんなことでもできないことはない。（玉造の小町に）あなたはその手を使ったのです。

玉造の小町　卑しいことを言うのはおよしなさい。あなたこそ恋を知らないのです。

使　（やはりむとんじゃくに）第三に、——これがいちばん恐ろしいのですが、第三に世の中は神代《かみよ》以来、すっかり女に欺されている。女といえばか弱いもの、優しいものと思いこんでいる。ひどい目に会わすのはいつも男、会わされるのはいつも女、——そうよりほかに考えない。そのくせほんとうは女のために、しじゅう男が悩まされている。（小野の小町に）三十番神をご覧なさい。わたしばかり悪ものにしていたでしょう。

小野の小町　神仏《かみほとけ》の悪口はおよしなさい。

使　いや、わたしには神仏よりも、もっとあなたがたが恐ろしいのです。あなたがたは男の心も体も、自由自在に弄《もてあそ》ぶことができる。その上万一手に余れば、世の中の加勢も借りることができる。このくらい強いものはありますまい。またほんとうにあなたがたは日本国じゅう至るところに、あなたがたの餌食《えじき》になった男の屍骸《しがい》をまき散らしています。わたしはまず何よりも先へ、あなたがたの爪にかからないように、用心しなければなりません。

小野の小町　（玉造の小町に）まあ、なんという人聞きの悪い、手前がってな理窟《りくつ》でしょう。

玉造の小町　（小野の小町に）ほんとうに男のわがままには呆《あき》れ返ってしまいます。（黄泉の使に）女こそ男の餌食です。いいえ、あなたがなんと言っても、男の餌食に違いありません。昔も男の餌食でした。今も男の餌食です。将来も男の、……

使　（急に晴れ晴れと）将来は男に有望です。女の太政大臣《だじょうだいじん》、女の検非違使《けびいし》、女の閻魔王、女の三十番神、――そういうものができるとすれば、男は少し助かるでしょう。第一に女は男狩りのほかにも、仕栄《しば》えのある仕事ができますから。第二に女の世の中は今の男の世の中ほど、女に甘いはずはありませんから。

小野の小町　あなたはそんなにわたしたちを憎いと思っているのですか？

玉造の小町　お憎みなさい。お憎みなさい。思い切ってお憎みなさい。

使　（憂鬱《ゆううつ》に）ところが憎み切れないのです。もし憎み切れるとすれば、もっとしあわせになっているでしょう。（突然また凱歌《がいか》を挙げるように）しかし今はだいじょうぶです。あなたがたは昔のあなたがたではない。骨と皮ばかりの女乞食です。あなたがたの爪にはかかりません。

玉造の小町　ええ、もうどこへでも行ってしまえ！
小野の小町　まあ、そんなことを言わずに、……これ、この通り拝みますから。
使　いけません。ではさようなら。(枯芒の中に消える)
小野の小町　どうしましょう？
玉造の小町　どうしましょう？
二人ともそこへ泣き伏してしまう。

(大正十二年二月)

おしの

ここは南蛮寺《なんばんじ》*の堂内である。ふだんならばまだ硝子画《ガラスえ》*の窓に日の光の当たっている時分であろう。が、今日は梅雨曇りだけに、日の暮れの暗さと変わりはない。その中はただゴティック風の柱がぼんやり木の肌を光らせながら、高だかとレクトリウム*を守っている。それからずっと堂の奥に常灯明《じょうとうみょう》の油火《あぶらび》が一つ、龕《がん》の中に佇《たたず》んだ聖者の像を照らしている。参詣人はもう一人もいない。

そういう薄暗い堂内に紅毛人の神父が一人、祈禱《きとう》の頭を垂れている。年《とし》は四十五、六であろう。額の狭い、顴骨《かんこつ》の突き出た、頰鬚《ほおひげ》の深い男である。床の上に引きずった着物は「あびと」*と称《とな》える僧衣らしい。そういえば「こんたつ」*と称える念珠も手頸《てくび》を一巻《ひとま》き巻いたのち、かすかに青珠《あおたま》を垂らしている。

堂内はもちろんひっそりしている。神父はいつまでも身動きをしない。

そこへ日本人の女が一人、静かに堂内へはいって来た。紋を染めた古帷子《ふるかたびら》に何か黒い帯をしめた、武家《ぶけ》の女房らしい女である。これはまだ三十代であろう。が、ちょいと見たところは年よりはずっとふけて見える。第一妙に顔色が悪い。目のまわりも黒い暈《かさ》をとっている。しかしだいたいの目鼻だちは美しいと言っても差支《さしつか》えない。いや、端正に過ぎる結果、むしろ険《けん》のあるくらいである。

女はさも珍しそうに聖水盤《せいすいばん》や祈禱机《きとうづくえ》を見ながら、怯《お》ず怯《お》ず堂の奥へ歩み寄った。すると薄暗い聖壇《せいだん》の前に神父が一人跪《ひざまず》いている。女はやや驚いたように、ぴたりとそこへ足を止めた。が、相手の祈禱していることは直ちにそれと察せられたらしい。女は神父を眺めたまま、黙然とそこに佇んでいる。

堂内は相変わらずひっそりしている。神父も身動きをしなければ、女も眉《まゆ》一つ動かさない。それがかなり長い間であった。

そのうちに神父は祈禱をやめると、やっと床から身を起こした。見れば前には女が一人、何か言いたげに佇んでいる。南蛮寺の堂内へはただ見慣れぬ磔仏《はりきぼとけ》を見物に来るものもまれではない。しかしこの女のここへ来たのは物好きだけではなさそうである。神父はわざと微笑しながら、片言に近い日本語を使った。

「何かご用ですか?」

「はい、少々お願いの筋がございまして」

女は慇懃《いんぎん》に会釈をした。貧しい身なりにも関らず、これだけはちゃんと結い上げた笄《こうがい》髷《まげ》の頭を下げたのである。神父は微笑んだ眼に目礼した。手は青珠の「こんたつ」に指をからめたり離したりしている。

「わたくしは一番ケ瀬《いちばんがせ》半兵衛《はんべえ》の後家、しのと申すものでございます。実はわたくしの倅《せがれ》、新之丞《しんのじょう》と申すものが大病なのでございますが……」

女はちょいと言い澱《よど》んだのち、今度は朗読でもするようにすらすら用向きを話し出した。新之丞は今年十五歳になる。それが今年の春ごろから、何ともつかずに煩《わずら》い出した。咳《せき》が出る、食欲が進まない、熱が高まるという始末《しまつ》である。しのは力の及ぶ限り、医者にも見せたり、買い薬もしたり、いろいろ養生に手を尽くした。しかし少しも効験《こうけん》は見えない。のみならずしだいに衰弱する。その上このごろは不如意のため、思うように療治をさせることもできない。聞けば南蛮寺の神父の医方《いほう》は白癩《びゃくらい》さえ直すということである。どうか新之丞の命も助けていただきたい。……

「お見舞いくださいますか？　いかがでございましょう？」

女はこう言う言葉の間も、じっと神父を見守っている。その眼には憐《あわれ》みを乞う色もなければ、気づかわしさに堪えぬけはいもない。ただほとんど頑《かたく》なに近い静かさを示しているばかりである。

「よろしい。見て上げましょう」

神父は顋鬚《あごひげ》を引っ張りながら、考え深そうに頷《うなず》いてみせた。女は霊魂の助かりを求めに来たのではない。肉体の助かりを求めに来たのである。しかしそれは咎《とが》めずともよい。肉体は霊魂の家である。家の修覆さえ全《まった》ければ、主人の病もまた退きやすい。現にカテキスタのファビアン*などはそのために十字架《くるす》を拝するようになった。この女をここへ遣わされたのもあるいはそういう神意かも知れない。

「お子さんはここへ来られますか」

「それはちと無理かと存じますが……」

「ではそこへ案内してください」

女の眼に一瞬間の喜びの輝いたのはこの時である。

「さようでございますか？　そうしていただければ何よりのしあわせでございます」

神父は優しい感動を感じた。やはりその一瞬間、能面に近い女の顔に争われぬ母を見たからである。もう前に立っているのは物堅い武家の女房ではない。いや日本人の女でもない。むかし飼槽《かいおけ》の中の基督《キリスト》に美しい乳房《ちぶさ》を含ませた「すぐれて御愛憐《ごあいれん》、すぐれて御柔軟《ごにゅうなん》、すぐれて甘《うま》くまします天上の妃《きさき》＊」と同じ母になったのである。神父は胸を反らせながら、快活に女へ話しかけた。

「ご安心なさい。病もたいていわかっています。お子さんの命は預りました。とにかくできるだけのことはしてみましょう。もしまた人力に及ばなければ、……」

女は穏やかに言葉を挟んだ。

「いえ、あなた様さえ一度お見舞いくだされば、あとはもうどうなりましても、さらさら心残りはございません。その上はただ清水寺《きよみずでら》の観世音菩薩《かんぜおんぼさつ》のご冥護《みょうご》にお縋《すが》り申すばかりでございます」

観世音菩薩！　この言葉はたちまち神父の顔に腹だたしい色を漲《みなぎ》らせた。神父は何も知らぬ女の顔へ鋭い眼を見据えると、首を振り振りたしなめだした。

「お気をつけなさい。観音《かんのん》、釈迦《しゃか》、八幡《はちまん》、天神《てんじん》、——あなたがたの崇《あが》めるのは皆木や石の偶像です。まことの神、まことの天主《てんしゅ》はただ一人しかおられません。お子さんを殺すのも助けるのもデウスの御思召《おんおぼしめ》し一つです。偶像の知ることではありません。もしお子さんが大事ならば、偶像に祈るのはおやめなさい」

しかし女は古帷子の襟を心もち顎《あご》に抑えたなり、驚いたように神父を見ている。神父の怒りに満ちた言葉もわかったのかどうかはっきりしない。神父はほとんどのしかかるように鬚だらけの顔を突き出しながら、いっしょうけんめいにこう戒め続けた。

「まことの神をお信じなさい。まことの神はジュデアの国、*ベレンの里にお生まれになったジェズス・キリストばかりです。そのほかに神はありません。あると思うのは悪魔です。堕落した天使の変化です。ジェズスは我々を救うために、磔木《はりき》にさえおん身をおかけになりました。ご覧なさい。あのおん姿を？」

神父は厳かに手を伸べると、後ろにある窓の硝子画を指した。ちょうど薄日に照らされた窓は堂内を罩《こ》めた仄暗《ほのくら》がりの中に、受難の基督を浮き上がらせている。十字架の下に泣き惑《まど》ったマリヤや弟子《でし》たちも浮き上がらせている。女は日本風に合掌《がっしょう》しながら、静かにこの窓をふり仰《あお》いだ。

「あれが噂に承った南蛮の如来でございますか？　倅の命さえ助かりますれば、わたくしはあの磔仏に一生仕《つか》えるのもかまいません。どうか冥護を賜《たまわ》るようにご祈禱をお捧《ささ》げくださいまし」

女の声は落ち着いた中に、深い感動を蔵している。神父はいよいよ勝ち誇ったようにうなじを少し反らせたまま、前よりも雄弁に話し出した。

「ジェズスは我々の罪を浄《きよ》め、我々の魂を救うために地上へご降誕なすったのです。お聞きなさい、御一生のご艱難辛苦《かんなんしんく》を！」

神聖な感動に充ち満《み》ちた神父はそちらこちらを歩きながら、口早に基督の生涯を話した。衆徳備わり給う処女《おとめ》マリヤにご受胎を告げに来た天使のことを、廏《うまや》の中のご降誕のことを、ご降誕を告げる星を便りに乳香《にゅうこう》や没薬《もつやく》を捧げに来た、賢い東方の博士たちのことを、メシアの出現を惧《おそ》れるために、ヘロデ王の殺した童子たちのことを、ヨハネの洗礼を受けられたことを、山上の教えを説かれたことを、水を葡萄酒《ぶどうしゅ》に化せられたことを、盲人の眼を開かれたことを、マグダラのマリヤに憑《つ》きまとった七つの悪鬼を逐《お》われたことを、死んだラザルを活《い》かされたことを、水の上を歩かれたことを、驢馬《ろば》の背にジェルサレムへ入られたことを、悲しい最後の夕餉《ゆうげ》のことを、橄欖《かんらん》の園のおん祈りのことを、……

神父の声は神の言葉のように、薄暗い堂内に響き渡った。女は眼を輝かせたまま、黙然とその声に聞き入っている。

「考えてもご覧なさい。ジェズスは二人の盗人《ぬすびと》といっしょに、磔木におかかりなすったのです。その時のおん悲しみ、その時のおん苦しみ、――我々は今想いやるさえ、肉が震えずにはいられません。ことにもったいない気のするのは磔木の上からお叫びになったジェズスの最後のおん言葉です。エリ、エリ、ラマサバクタニ、――これを解けばわが神、わが神、なんぞ我を捨て給《たも》うや？……」

神父は思わず口をとざした。見ればまっ蒼《さお》になった女は下唇を噛《か》んだなり、神父の顔を見つめている。しかもその眼に閃《ひらめ》いているのは神聖な感動でもなんでもない。ただ冷ややかな軽蔑《けいべつ》と骨にも徹《とお》りそうな憎悪とである。神父はあっけにとられたなり、しばらくはただ唖《おし》のように瞬《またた》きをするばかりだった。

「まことの天主、南蛮の如来とはそういうものでございますか?」

女は今までのつつましさにも似ず、止《と》めを刺すように言い放った。

「わたくしの夫、一番ヶ瀬半兵衛は佐佐木家《ささきけ》*の浪人《ろうにん》でございます。しかしまだ一度も敵の前に後ろを見せたことはございません。去《い》んぬる長光寺《ちょうこうじ》の城攻《しろぜ》め*のおりも、夫は博奕《ばくち》に負けましたために、馬はもとより鎧兜《よろいかぶと》さえ奪われておったそうでございます。それでも合戦という日には、南無阿弥陀仏《なむあみだぶつ》と大文字に書いた紙の羽織を素肌に纏《まと》い、枝つきの竹を差《さ》し物《もの》に代え、右手《めて》に三尺五寸の太刀を抜き、左手《ゆんで》に赤紙の扇を開き、『人の若衆《わかしゅ》*を盗むよりしては首を取らりょと覚悟した』と、大声に歌をうたいながら、織田殿《おだどの》の身内に鬼と聞こえた柴田《しばた》の軍勢を斬り靡《なび》けました。それをなんぞや天主ともあろうに、たとい磔木にかけられたにせよ、かごとがましい声を出すとは見下《みさ》げ果てたやつでございます。そういう臆病ものを崇める宗旨になんの取柄がございましょう? またそういう臆病ものの流れを汲《く》んだあなたとなれば、世にない夫の位牌《いはい》の手前も倅の病は見せられません。新之丞も首取りの半兵衛と言われた夫の倅でございます。臆病ものの薬を飲まされるよりは腹を切ると言うでございましょう。このようなことを知っていれば、わざわざここまでは来《こ》まいものを、――それだけは口惜しゅうございます」

女は涙を呑《の》みながら、くるりと神父に背を向けたと思うと、毒風を避ける人のようにさっさと堂外へ去ってしまった。瞠目《どうもく》した神父を残したまま。……

（大正十二年三月）

保吉の手帳から

わん

ある冬の日の暮れ、保吉《やすきち》は薄汚いレストランの二階に脂臭い焼パンを齧《かじ》っていた。彼のテエブルの前にあるのは亀裂《ひび》の入った白壁だった。そこにはまた斜《はす》かいに、「ホット（あたたかい）サンドウィッチもあります」と書いた、細長い紙が貼りつけてあった。（これを彼の同僚の一人は「ほっと暖かいサンドウィッチ」と読み、まじめに不思議がったものである。）それから左は下へ降りる階段、右はすぐに硝子《ガラス》窓だった。彼は焼パンを齧りながら、時々ぼんやり窓の外を眺めた。窓の外には往来の向こうに亜鉛《トタン》屋根の古着屋が一軒、職工用の青服だのカアキ色のマントだのをぶら下げていた。

その夜学校*には六時半から、英語会が開かれるはずになっていた。それへ出席する義務のあった彼はこの町に住んでいない関係上、厭《いや》でも放課後六時半まではこんなところにいるよりしかたはなかった。確か土岐《とき》哀果《あいか》*氏の歌に、――間違ったならば御免なさい。――「遠く来てこの糞《くそ》のよなビフテキをかじらねばならず妻よ妻よ恋《こひ》し」というのがある。彼はここへ来るたびに、必ずこの歌を思い出した。もっとも恋しがるはずの妻はまだ貰《もら》ってはいなかった。しかし古着屋の店を眺め、脂臭い焼パンをかじり、「ホット（あたたかい）サンドウィッチ」を見ると、「妻よ妻よ恋し」という言葉はおのずから唇に上《のぼ》って来るのだった。

保吉はこの間も彼の後ろに、若い海軍の武官が二人、麦酒《ビイル》を飲んでいるのに気がついていた。その中の一人は見覚えのある同じ学校の主計官だった。武官に馴染《なじ》みの薄い彼はこの人の名前を知らなかった。いや、名前ばかりではない。少尉級か中尉級かも知らなかった。ただ彼の知っているのは月々の給金《きゅうきん》を貰う時に、この人の手を経《へ》るということだけだった。もう一人は全然知らなかった。二人は麦酒の代りをするたびに、「こら」とか「おい」とかいう言葉を使った。女中はそれでも厭《いや》な顔をせずに、両手にコップを持ちながら、まめに階段を上《のぼ》り下《お》りした。そのくせ保吉のテエブルへは紅茶を一杯頼んでも容易に持って来てはくれなかった。これはここに限ったことではない。この町のカフェやレストランはどこへ行っても同じことだった。

二人は麦酒を飲みながら、何か大声に話していた。保吉はもちろんその話に耳を貸していた訳ではなかった。が、ふと彼を驚かしたのは、「わんと言え」という言葉だった。彼は犬を好まなかった。犬を好まない文学者にゲエテとストリントベルグ*とを数えることを愉快に思っている一人だった。だからこの言葉を耳にした時、彼はこんなところに飼っていがちな、大きい西洋犬を想像した。同時にそれが彼の後《うし》ろにうろついていそうな無気味さを感じた。

彼はそっと後ろを見た。が、そこにはしあわせと犬らしいものは見えなかった。ただあの主計官が窓の外を見ながら、にやにや笑っているばかりだった。保吉は多分犬のいるのは窓の下だろうと推察した。しかしなんだか変な気がした。すると主計官はもう一度、

「わんと言え。おい、わんと言え」と言った。保吉は少し体を扭《ね》じ曲げ、向こうの窓の下を覗《のぞ》いて見た。まず彼の目にはいったのは何とか正宗《まさむね》の広告を兼ねた、まだ火のともらない軒灯だった。それから巻いてある日除《ひよ》けだった。それから麦酒樽《だる》の天水桶《てんすいおけ》の上に乾《ほ》し忘れたままの爪革《つまかわ》だった。それから、往来の水たまりだった。それから、――あとは何だったにせよ、どこにも犬の影は見なかった。その代りに十二、三の乞食《こじき》が一人、二階の窓を見上げながら、寒そうに立っている姿が見えた。

「わんと言え。わんと言わんか！」

主計官はまたこう呼びかけた。その言葉には何か乞食の心を支配する力があるらしかった。乞食はほとんど夢遊病者のように、目はやはり上を見たまま、一、二歩窓の下へ歩み寄った。保吉はやっと人の悪い主計官の悪戯《いたずら》を発見した。悪戯？――あるいは悪戯ではなかったかも知れない。なかったとすれば実験である。人間はどこまで口腹のために、自己の尊厳を犠牲にするか？――ということに関する実験である。保吉自身の考えによると、これは何もいまさらのように実験などすべき問題ではない。エサウ*は焼き肉のために長子権を抛《なげう》ち、保吉はパンのために教師になった。こういう事実を見れば足りることである。が、あの実験心理学者はなかなかこんなことぐらいでは研究心の満足を感ぜぬのであろう。

それならば今日生徒に教えた、De gustibus non est Disputandum*である。蓼食《たでく》う虫も好き好きである。実験したければしてみるがいい。——保吉はそう思いながら、窓の下の乞食を眺めていた。

主計官はしばらく黙っていた。すると乞食は落ち着かなそうに、往来《おうらい》の前後を見まわし始めた。犬の真似をすることには格別異存はないにしても、さすがにあたりの人目だけは憚《はばか》っているのに違いなかった。が、その目の定まらないうちに、主計官は窓の外へ赤い顔を出しながら、今度は何か振って見せた。

「わんと言え。わんと言えばこれをやるぞ」

乞食の顔は一瞬間、物欲しさに燃え立つようだった。保吉は時々乞食というものにロマンティックな興味を感じていた。が、憐憫《れんびん》とか同情とかは一度も感じたことはなかった。もし感じたというものがあれば、ばかか嘘つきかだとも信じていた。しかし今その子供の乞食が頸《くび》を少し反らせたまま、目を輝かせているのを見ると、ちょいといじらしい心もちがした。ただしこの「ちょいと」というのは懸け値のないちょいとである。保吉はいじらしいと思うよりも、むしろそういう乞食の姿にレムブラント風の効果を愛していた。

「言わんか？　おい、わんと言うんだ」

乞食は顔をしかめるようにした。

「わん」

声はいかにもかすかだった。

「もっと大きく」

「わん。わん」

乞食はとうとう二声鳴いた。と思うと窓の外へネエベル・オレンジが一つ落ちた。――その先はもう書かずともいい。乞食はもちろんオレンジに飛びつき、主計官はもちろん笑ったのである。

それから一週間ばかりたったのち、保吉はまた月給日に主計部へ月給を貰いに行った。あの主計官は忙しそうにあちらの帳簿を開いたり、こちらの書類を拡げたりしていた。それが彼の顔を見ると「俸給ですね」と一言言った。彼も「そうです」と一言答えた。が、主計官は用が多いのか、容易に月給を渡さなかった。のみならずしまいには彼の前へ軍服の尻《しり》を向けたまま、いつまでも算盤《そろばん》を弾《はじ》いていた。

「主計官」

保吉はしばらく待たされたのち、懇願するようにこう言った。主計官は肩越しにこちらを向いた。その唇には明らかに「すぐです」という言葉が出かかっていた。しかし彼はそれよりも先に、ちゃんと仕上げをした言葉を継いだ。

「主計官。わんと言いましょうか？　え、主計官」

保吉の信ずるところによれば、そう言った時の彼の声は天使よりも優しいくらいだった。

西洋人

この学校へは西洋人が二人、会話や英作文を教えに来ていた。一人はタウンゼンドというイギリス人、もう一人はスタアレットというアメリカ人だった。

タウンゼンド氏は頭の禿《は》げた、日本語の旨《うま》い好々爺《こうこうや》だった。由来西洋人の教師というものはいかなる俗物にも関らずシェクスピイアとかゲエテとかを喋々《ちょうちょう》してやまないものである。しかし幸いにタウンゼンド氏は文芸の文の字もわかったとは言わない。いつかウワアズワアスの話が出たら、「詩というものは全然わからぬ。ウワアズワアスなどもどこがよいのだろう」と言った。

保吉《やすきち》はこのタウンゼンド氏と同じ避暑地に住んでいたから、学校の往復にも同じ汽車に乗った。汽車はかれこれ三十分ばかりかかる。二人はその汽車の中にグラスゴオのパイプを啣《くわ》えながら、煙草の話だの学校の話だの幽霊の話だのを交換した。セオソフィスト*たるタウンゼンド氏はハムレットに興味を持たないにしても、ハムレットの親父の幽霊には興味を持っていたからである。しかし魔術とか錬金術とか、occult sciences*の話になると、氏は必ずもの悲しそうに頭とパイプとをいっしょに振りながら、「神秘の扉は俗人の思うほど、開き難いものではない、むしろその恐しい所以《ゆえん》は容易《ようい》に閉じ難いところにある。あいうものには手を触れぬがよい」と言った。

もう一人のスタアレット氏はずっと若い洒落者《しゃれもの》だった。冬は暗緑色のオオヴァ・コオトに赤い襟巻などを巻きつけて来た。この人はタウンゼンド氏に比べると、時々は新刊書も覗いて見るらしい。現に学校の英語会に「最近のアメリカの小説家」という大講演をやったこともある。もっともその講演によれば、最近のアメリカの大小説家はロバアト・ルイズ・スティヴンソンか*オオ・ヘンリイだということだった！

スタアレット氏も同じ避暑地ではないが、やはり沿線のある町にいたから、汽車をともにすることはたびたびあった。保吉は氏とどんな話をしたか、ほとんど記憶に残っていない。ただ一つ覚えているのは、待合室の煖炉《だんろ》の前に汽車を待っていた時のことである。保吉はその時欠伸《あくび》まじりに、教師という職業の退屈さを話した。すると縁なしの眼鏡をかけた、男ぶりのよいスタアレット氏はちょいと妙な顔をしながら、「教師になるのは職業ではない。むしろ天職と呼ぶべきだと思う、You know, Socrates and Plato are two great teachers……etc.」と言った。

ロバアト・ルイズ・スティヴンソンはヤンキイでもなんでも差支《さしつか》えない。が、ソクラテスとプレトオをも教師だったなどと言うのは、――保吉は爾来《じらい》スタアレット氏に慇懃《いんぎん》なる友情を尽くすことにした。

午休み　――或空想――

保吉は二階の食堂を出た。文官教官は午飯《ひるめし》ののちはたいてい隣の喫煙室へはいる。彼は今日はそこへ行かずに、庭へ出る階段を降《くだ》ることにした。すると下から下士が一人、一飛びに階段を三段ずつ蝗《いなご》のように登って来た。それが彼の顔を見ると、突然厳格に挙手の礼をした。するが早いか一躍りに保吉の頭を躍り越えた。彼は誰もいない空間へちょいと会釈を返しながら、悠々と階段を降り続けた。

庭には槙《まき》や榧《かや》の間に、木蘭《もくれん》が花を開いている。木蘭はなぜか日の当たる南へせっかくの花を向けないらしい。が、辛夷《こぶし》は似ているくせに、きっと南へ花を向けている。保吉は巻煙草《たばこ》に火をつけながら、木蘭の個性を祝福した。そこへ石を落としたように、鶺鴒《せきれい》が一羽舞い下がって来た。鶺鴒も彼には疎遠《そえん》ではない。あの小さい尻尾《しっぽ》を振るのは彼を案内する信号である。

「こっち！　こっち！　そっちじゃありませんよ。こっち！　こっち！」

彼は鶺鴒の言うなりしだいに、砂利《じゃり》を敷いた小径《こみち》を歩いて行った。が、鶺鴒はどう思ったか、突然また空へ躍り上がった。その代り背の高い機関兵が一人、小径をこちらへ歩いて来た。保吉はこの機関兵の顔にどこか見覚えのある心もちがした。機関兵はやはり敬礼したのち、さっさと彼の側を通り抜けた。彼は煙草の煙を吹きながら、誰だったかしらと考え続けた。二歩、三歩、五歩、――十歩めに保吉は発見した。あれはポオル・ゴオギャンである。あるいはゴオギャンの転生《てんしょう》である。今にきっとシャヴルの代りに画筆《えふで》を握るのに相違ない。そのまたあげくに気違いの友だちに後ろからピストルを射かけられるのである。かわいそうだが、どうもしかたがない。

保吉はとうとう小径伝いに玄関の前の広場へ出た。そこには戦利品の大砲が二門、松や笹の中に並んでいる。ちょいと砲身に耳を当ててみたら、なんだか息の通る音がした。大砲も欠伸をするかも知れない。彼は大砲の下に腰を下《おろ》した。それから二本めの巻煙草へ火をつけた。もう車廻《くるまわ》しの砂利の上には蜥蜴《とかげ》が一匹光っている。人間は足を切られたが最後、ふたたび足は製造できない。しかし蜥蜴は尻尾を切られると、すぐにまた尻尾を製造する。保吉は煙草を啣えたまま、蜥蜴はきっとラマルク*よりもラマルキァン*に違いないと思った。が、しばらく眺めていると、蜥蜴はいつか砂利に垂れた一すじの重油に変わってしまった。

保吉はやっと立ち上がった。ペンキ塗りの校舎に沿いながら、もう一度庭を向こうへ抜けると、海に面する運動場へ出た。土の赤いテニス・コオトには武官教官が何人か、熱心に勝負を争っている。コオトの上の空間は絶えず何かを破裂させる。同時にネットの右や左へ薄白い直線を迸《ほとばし》らせる。あれは球の飛ぶのではない。目に見えぬ三鞭酒《シャンパン》を抜いているのである。そのまた三鞭酒をワイシャツの神々が旨《うま》そうに飲んでいるのである。保吉は神々を讃美《さんび》しながら、今度は校舎の裏庭へまわった。

裏庭には薔薇《ばら》がたくさんある。もっとも花はまだ一輪もない。彼はそこを歩きながら、径へさし出た薔薇の枝に毛虫を一匹発見した。と思うとまた一匹、隣の葉の上にも這《は》っているのがあった。毛虫は互いに頷《うなず》き頷き、彼のことか何か話しているらしい。保吉はそっと立ち聞きすることにした。

第一の毛虫*　この教官はいつ蝶になるのだろう？　我々の曾曾曾祖父《そそそふ》の代から、地面の上ばかり這いまわっている。

第二の毛虫　人間は蝶にならないのかも知れない。

第一の毛虫　いや、なることはなるらしい。あすこにも現在飛んでいるから。

第二の毛虫　なるほど、飛んでいるのがある。しかしなんという醜さだろう！　美意識さえ人間にはないとみえる。

保吉は額に手をかざしながら、頭の上へ来た飛行機を仰いだ。

そこに同僚に化けた悪魔が一人、何か愉快そうに歩いて来た。昔は錬金術を教えた悪魔も今は生徒に応用化学を教えている。それがにやにや笑いながら、こう保吉に話しかけた。

「おい、今夜つき合わんか？」

保吉は悪魔の微笑の中にありありとファウスト＊の二行を感じた。——「いっさいの理論は灰色だが、緑なのは黄金《こがね》なす生活の樹だ！」

彼は悪魔に別れたのち、校舎の中へ靴を移した。教室は皆がらんとしている。通りすがりに覗《のぞ》いてみたら、ただある教室の黒板の上に幾何の図が一つ描き忘れてあった。幾何の図は彼が覗いたのを知ると、消されると思ったのに違いない。たちまち伸びたり縮んだりしながら、「次の時間に入《い》り用《よう》なのです」と言った。

保吉はもと降りた階段を登り、語学と数学との教官室へはいった。教官室には頭の禿げたタウンゼンド氏のほかに誰もいない。しかもこの老教師は退屈まぎれに口笛を吹き吹き、一人ダンスを試みている。保吉はちょいと苦笑したまま、洗面台の前へ手を洗いに行った。その時ふと鏡を見ると、驚いたことにタウンゼンド氏はいつの間にか美少年に変わり、保吉自身は腰の曲がった白頭の老人に変わっていた。

恥

保吉は教室へ出る前に、必ず教科書の下調べをした。それは月給を貰《もら》っているから、でたらめなことはできないという義務心によったばかりではない。教科書には学校の性質上海上用語がたくさん出て来る。それをちゃんと検《しら》べておかないと、とんでもない誤訳をやりかねない。たとえばCat's paw*というから、猫の足かと思っていれば、そよ風だったりするたぐいである。

ある時彼は二年級の生徒に、やはり航海のことを書いた、なんとかいう小品《しょうひん》を教えていた。それは恐るべき悪文だった。マストに風が唸《うな》ったり、ハッチ*へ波が打ちこんだりしても、その浪なり風なりは少しも文字の上へ浮かばなかった。彼は生徒に訳読《やくどく》をさせながら、彼自身先に退屈し出した。こういう時ほど生徒を相手に、思想問題とか時事問題とかを弁じたい興味に駆られることはない。元来教師というものは学科以外の何ものかを教えたがるものである。道徳、趣味、人生観、――なんと名づけても差支えない。とにかく教科書や黒板よりも教師自身の心臓に近い何ものかを教えたがるものである。しかしあいにく生徒というものは学科以外の何ものをも教わりたがらないものである。いや、教わりたがらないのではない。絶対に教わることを嫌悪するものである。保吉はそう信じていたから、この場合も退屈し切ったまま、訳読を進めるよりしかたなかった。

しかし生徒の訳読に一応耳を傾けた上、綿密に誤りを直したりするのは退屈しない時でさえ、かなり保吉には面倒だった。彼は一時間の授業時間を三十分ばかり過ごしたのち、とうとう訳読を中止させた。その代りに今度は彼自身一節ずつ読んでは訳し出した。教科書の中の航海は相変わらず退屈を極めていた。同時にまた彼の教えぶりも負けずに退屈を極めていた。彼は無風帯を横ぎる帆船のように、動詞のテンス*を見落としたり関係代名詞を間違えたり、行き悩み行き悩み進んで行った。

そのうちにふと気がついて見ると、彼の下検べをして来たところはもうたった四、五行しかなかった。そこを一つ通り越せば、海上用語の暗礁に満ちた、油断のならない荒海《あらうみ》だった。彼は横目で時計を見た。時間は休みの喇叭《らっぱ》までにたっぷり二十分は残っていた。彼はできるだけていねいに、下検べのできている四、五行を訳した。が、訳してしまってみると、時計の針はその間にまだ三分しか動いていなかった。

保吉は絶体絶命になった。この場合唯一の血路《けつろ》になるものは生徒の質問に応ずることだった。それでもまだ時間が余れば、早じまいを宣してしまうことだった。彼は教科書を置きながら、「質問は――」と口を切ろうとした。と、突然まっ赤《か》になった。なぜそんなにまっ赤になったか？――それは彼自身にも説明できない。とにかく生徒を護摩《ごま》かすくらいはなんとも思わぬはずの彼がその時だけはまっ赤になったのである。生徒はもちろん何も知らずにまじまじ彼の顔を眺めていた。彼はもう一度時計を見た。それから、――教科書を取り上げるが早いか、無茶苦茶に先を読み始めた。

教科書の中の航海はその後も退屈なものだったかも知れない。しかし彼の教えぶりは、――保吉はいまだに確信している。タイフウン*と闘う帆船よりも、もっと壮烈を極めたものだった。

勇ましい守衛

秋の末か冬の初めか、その辺の記憶ははっきりしない。とにかく学校へ通うのにオオヴァ・コオトをひっかける時分だった。午飯のテエブルについた時、ある若い武官教官が隣に坐《すわ》っている保吉にこういう最近の椿事《ちんじ》を話した。――つい二、三日前の深更、鉄盗人《てつぬすびと》が二、三人学校の裏手へ舟を着けた。それを発見した夜警中の守衛は単身彼らを逮捕しようとした。ところが烈《はげ》しい格闘の末、あべこべに海へ抛《ほう》りこまれた。守衛は濡《ぬ》れ鼠《ねずみ》になりながら、やっと岸へ這い上がった。が、もちろん盗人の舟はその間にもう沖の闇へ姿を隠していたのである。

「大浦《おおうら》という守衛ですがね。ばかばかしい目に遇《あ》ったですよ」

武官はパンを頬張ったなり、苦しそうに笑っていた。

大浦は保吉も知っていた。守衛は何人か交替に門側の詰め所に控えている。そうして武官と文官とを問わず、教官の出入《ではい》りを見るたびに、挙手の礼をすることになっている。保吉は敬礼されるのも敬礼に答えるのも好まなかったから、敬礼する暇《いとま》を与えぬように、詰め所の前を通る時は特に足を早めることにした。が、この大浦という守衛だけは容易《ようい》に目つぶしを食わされない。第一詰め所に坐ったまま、門の内外《うちそと》五、六間の距離へ絶えず目を注いでいる。だから保吉の影が見えると、まだその前へ来ないうちに、ちゃんともう敬礼の姿勢をしている。こうなれば宿命と思うほかはない。保吉はとうとう観念した。いや、観念したばかりではない。このごろは大浦を見つけるが早いか、響尾蛇《がらがらへび》に狙われた兎のように、こちらから帽さえとっていたのである。

それが今聞けば盗人のために、海へ投げこまれたというのである。保吉はちょいと同情しながら、やはり笑わずにはいられなかった。

すると五、六日たってから、保吉は停車場の待合室に偶然大浦を発見した。大浦は彼の顔を見ると、そういう場所にも関らず、ぴたりと姿勢を正した上、相変わらず厳格に挙手の礼をした。保吉ははっきり彼の後ろに詰め所の入り口が見えるような気がした。

「君はこの間――」

しばらく沈黙が続いたのち、保吉はこう話しかけた。

「ええ、泥坊を摑《つか》まえ損じまして、――」

「ひどい目に遇ったですね」

「幸い怪我はせずにすみましたが、――」

大浦は苦笑を浮かべたまま、自《みずか》ら嘲《あざけ》るように話し続けた。

「なに、無理にも摑まえようと思えば、一人ぐらいは摑まえられたのです。しかし摑まえてみたところが、それっきりの話ですし、――」

「それっきりというのは？」

「賞与も何も貰えないのです。そういう場合、どうなるという明文は守衛規則にありませんから、――」

「職に殉じても？」

「職に殉じてもです」

保吉はちょいと大浦を見た。大浦自身の言葉によれば、彼は必ずしも勇士のように、一死を賭《と》してかかったのではない。賞与を打算に加えた上、捉うべき盗人を逸したのである。しかし――保吉は巻煙草をとり出しながら、できるだけ快活に頷いて見せた。

「なるほどそれじゃばかばかしい。危険を冒すだけ損の訣《わけ》ですね」

大浦は「はあ」とかなんとか言った。そのくせ変に浮かなそうだった。

「だが賞与さえ出るとなれば、――」

保吉はやや憂鬱《ゆううつ》に言った。

「だが、賞与さえ出るとなれば、誰でも危険を冒すかどうか？――そいつもまた少し疑問ですね」

大浦は今度は黙っていた。が、保吉が煙草を啣えると、急に彼自身のマッチを擦《す》り、その火を保吉の前へ出した。保吉は赤あかと靡《なび》いた焔《ほのお》を煙草の先に移しながら、思わず口もとに動いた微笑を悟られないように嚙《か》み殺した。

「ありがとう」

「いや、どうしまして」

大浦はさりげない言葉とともに、マッチの箱をポケットへ返した。しかし保吉は今日もなおこの勇ましい守衛の秘密を看破したことと信じている。あの一点のマッチの火は保吉のためにばかり擦られたのではない。実に大浦の武士道を冥々の裡《うち》に照覧し給《たも》う神々のために擦られたのである。

（大正十二年四月）

白

一

　ある春の午過《ひるす》ぎです。白という犬は土を嗅《か》ぎ嗅ぎ、静かな往来を歩いていました。狭い往来の両側にはずっと芽をふいた生垣が続き、そのまた生垣の間にはちらほら桜なども咲いています。白は生垣に沿いながら、ふとある横町へ曲がりました。が、そちらへ曲がったと思うと、さもびっくりしたように、突然立ち止まってしまいました。

　それも無理はありません。その横町の七、八間先には印半纏《しるしばんてん》を着た犬殺しが一人、罠《わな》を後ろに隠したまま、一匹の黒犬を狙っているのです。しかも黒犬は何も知らずに、犬殺しの投げてくれたパンか何かを食べているのです。けれども白が驚いたのはそのせいばかりではありません。見知らぬ犬ならばともかくも、今犬殺しに狙われているのはお隣の飼い犬の黒なのです。毎朝顔を合わせるたびにお互いの鼻の匂を嗅ぎ合う、大の仲よしの黒なのです。

　白は思わず大声に「黒君！　あぶない！」と叫ぼうとしました。が、その拍子に犬殺しはじろりと白へ目をやりました。「教えてみろ！　貴様から先へ罠にかけるぞ」――犬殺しの目にはありありとそういう嚇《おどか》しが浮かんでいます。白はあまりの恐ろしさに、思わず吠《ほ》えるのを忘れました。いや、忘れたばかりではありません。一刻もじっとしてはいられぬほど、臆病風《おくびょうかぜ》が立ち出したのです。白は犬殺しに目を配りながら、じりじりあとすざりを始めました。そうしてまた生垣《いけがき》の蔭《かげ》に犬殺しの姿が隠れるが早いか、かわいそうな黒を残したまま、いちもくさんに逃げ出しました。

そのとたんに罠が飛んだのでしょう。続けさまにけたたましい黒の鳴き声が聞こえました。しかし白は引き返すどころか、足を止めるけしきもありません。ぬかるみを飛び越え、石ころを蹴《け》散《ち》らし、往来どめの縄を擦り抜け、五味《ごみ》ための箱を引っくり返し、振り向きもせずに逃げ続けました。ご覧なさい。坂を駈《か》けおりるのを！　そら、自動車に轢《ひ》かれそうになりました！　白はもう命の助かりたさに夢中になっているのかも知れません。いや、白の耳の底にはいまだに黒の鳴き声が虻《あぶ》のように唸《うな》っているのです。

「きゃあん。きゃあん。助けてくれえ！　きゃあん。きゃあん。助けてくれえ！」

二

白はやっと喘《あえ》ぎ喘ぎ、主人の家へ帰ってきました。黒塀の下の犬くぐりを抜け、物置小屋を廻《まわ》りさえすれば、犬小屋のある裏庭です。白はほとんど風のように、裏庭の芝生へ駈けこみました。もうここまで逃げて来れば、罠にかかる心配はありません。おまけに青あおした芝生には、幸いお嬢さんや坊ちゃんもボール投げをして遊んでいます。それを見た白のうれしさはなんと言えばいいのでしょう！　白は尻尾《しっぽ》を振りながら、一足飛びにそこへ飛んで行きました。

「お嬢さん！　坊ちゃん！　今日は犬殺しに遇《あ》いましたよ」

白は二人を見上げると、息をつかずにこう言いました。（もっともお嬢さんや坊ちゃんには犬の言葉はわかりませんから、わんわんと聞こえるだけなのです）しかし今日はどうしたのか、お嬢さんも坊ちゃんもただあっけにとられたように、頭さえ撫《な》でてはくれません。白は不思議に思いながら、もう一度二人に話しかけました。

「お嬢さん！　あなたは犬殺しをご存じですか？　それは恐ろしいやつですよ。坊ちゃん！　わたしは助かりましたが、お隣の黒君は掴《つか》まりましたぜ」

それでもお嬢さんや坊ちゃんは顔を見合わせているばかりです。おまけに二人はしばらくすると、こんな妙なことさえ言い出すのです。

「どこの犬でしょう？　春夫《はるお》さん」

「どこの犬だろう？　姉さん」

どこの犬？　今度は白のほうがあっけにとられました。（白にはお嬢さんや坊ちゃんの言葉もちゃんと聞きわけることができるのです。我々は犬の言葉がわからないものですから、犬もやはり我々の言葉はわからないように考えていますが、実際はそうではありません。犬が芸を覚えるのは我々の言葉がわかるからです。しかし我々は犬の言葉を聞きわけることができませんから、闇の中を見通すことだの、かすかな匂を嗅ぎ当てることだの、

犬の教えてくれる芸は一つも覚えることができません）

「どこの犬とはどうしたのです？　わたしですよ！　白ですよ！」

けれどもお嬢さんは相変わらず気味悪そうに白を眺めています。

「お隣の黒の兄弟かしら」

「黒の兄弟かも知れないね」坊ちゃんもバットをおもちゃにしながら、考え深そうに答えました。

「こいつも体じゅうまっ黒だから」

白は急に背中の毛が逆立つように感じました。まっ黒！　そんなはずはありません。白はまだ子犬の時から、牛乳のように白かったのですから。しかし今前足を見ると、いや、――前足ばかりではありません。胸も、腹も、後足も、すらりと上品に延びた尻尾も、みんな鍋底《なべそこ》のようにまっ黒なのです。まっ黒！　まっ黒！　白は気でも違ったように、飛び上がったり、跳ね廻ったりしながら、いっしょうけんめいに吠えたてました。

「あら、どうしましょう？　春夫さん。この犬はきっと狂犬だわよ」

お嬢さんはそこに立ちすくんだなり、今にも泣きそうな声を出しました。しかし坊ちゃんは勇敢です。白はたちまち左の肩をぽかりとバットに打たれました。と思うと二度めのバットも頭の上へ飛んで来ます。白はその下をくぐるが早いか、元来た方へ逃げ出しました。けれども今度はさっきのように、一町も二町も逃げ出しはしません。芝生のはずれには棕櫚《しゅろ》の木のかげに、クリイム色に塗った犬小屋があります。白は犬小屋の前へ来ると、小さい主人たちを振り返りました。

「お嬢さん！　坊ちゃん！　わたしはあの白なのですよ。いくらまっ黒になっていても、やっぱりあの白なのですよ」

白の声はなんとも言われぬ悲しさと怒りとに震えていました。けれどもお嬢さんや坊ちゃんにはそういう白の心もちも呑《の》みこめるはずはありません。現にお嬢さんは憎らしそうに、「まだあすこに吠えているわ。ほんとうにずうずうしい野良犬《のらいぬ》ね」などと、地《じ》だんだを踏んでいるのです。坊ちゃんも、――坊ちゃんは小径《こみち》の砂利を拾うと、力いっぱい白へ投げつけました。

「畜生！　まだぐずぐずしているな。これでもか？　これでもか？」砂利は続けさまに飛んで来ました。中には白の耳のつけ根へ、血の滲《にじ》むくらい当たったのもあります。白はとうとう尻尾を巻き、黒塀の外へぬけ出しました。黒塀の外には春の日の光に銀の粉を浴びた紋白蝶《もんしろちょう》が一羽、気楽そうにひらひら飛んでいます。

「ああ、きょうから宿なし犬になるのか？」

白はため息を洩《も》らしたまま、しばらくはただ電柱の下にぼんやり空を眺めていました。

三

お嬢さんや坊ちゃんに逐《お》い出された白は東京じゅうをうろうろ歩きました。しかしどこへどうしても、忘れることのできないのはまっ黒になった姿のことです。白は客の顔を映している理髪店の鏡を恐れました。雨上がりの空を映している往来の水たまりを恐れました。往来の若葉を映している飾り窓の硝子《ガラス》を恐れました。いや、カフェのテエブルに黒ビイルを湛《たた》えているコップさえ、——けれどもそれが何になりましょう？　あの自動車をご覧なさい。ええ、あの公園の外にとまった、大きい黒塗りの自動車です。漆を光らせた自動車の車体は今こちらへ歩いて来る白の姿を映しました。——はっきりと、鏡のように。白の姿を映すものはあの客待ちの自動車のように、到るところにある訣《わけ》なのです。もしあれを見たとすれば、どんなに白は恐れるでしょう。それ、白の顔をご覧なさい。白は苦しそうに唸《うな》ったと思うと、たちまち公園の中へ駈けこみました。

公園の中には鈴懸の若葉にかすかな風が渡っています。白は頭を垂れたなり、木々の間を歩いて行きました。ここには幸い池のほかには、姿を映すものも見当たりません。物音はただ白薔薇《しろばら》に群がる蜂《はち》の声が聞こえるばかりです。白は平和な公園の空気に、しばらくは醜い黒犬になった日ごろの悲しさも忘れていました。

しかしそういう幸福さえ五分と続いたかどうかわかりません。白はただ夢のように、ベンチの並んでいる路《みち》ばたへ出ました。するとその路の曲がり角の向こうにけたたましい犬の声が起こったのです。

「きゃん。きゃん。助けてくれえ！　きゃあん。きゃあん。助けてくれえ！」

白は思わず身震いをしました。この声は白の心の中へ、あの恐ろしい黒の最後をもう一度はっきり浮かばせたのです。白は目をつぶったまま、元来た方へ逃げ出そうとしました。

けれどもそれは言葉通り、ほんの一瞬の間のことです。白は凄《すさま》じい唸り声を洩らすと、きりりとまた振り返りました。

「きゃあん。きゃあん。助けてくれえ！　きゃあん。きゃあん。助けてくれえ！」

この声はまた白の耳にはこういう言葉にも聞こえるのです。

「きゃあん。きゃあん。臆病ものになるな！　きゃあん。臆病ものになるな！」

白は頭を低めるが早いか、声のする方へ駈け出しました。

けれどもそこへ来てみると、白の目の前へ現われたのは犬殺しなどではありません。ただ学校の帰りらしい、洋服を着た子供が二、三人、頸《くび》のまわりへ縄をつけた茶色の子犬を引きずりながら、何かわいわい騒いでいるのです。子犬はいっしょうけんめいに引きずられまいともがきもがき、「助けてくれえ」と繰《く》り返していました。しかし子供たちはそんな声に耳を借すけしきもありません。ただ笑ったり、怒鳴ったり、あるいはまた子犬の腹を靴で蹴ったりするばかりです。

白は少しもためらわずに、子供たちを目がけて吠えかかりました。不意を打たれた子供たちは驚いたの驚かないのではありません。また実際白の容子《ようす》は火のように燃えた眼の色といい、刃物のようにむき出した牙《きば》の列といい、今にも噛《か》みつくかと思うくらい、恐ろしいけんまくを見せているのです。子供たちは四方へ逃げ散りました。中にはあまり狼狽《ろうばい》したはずみに、路ばたの花壇へ飛びこんだのもあります。白は二、三間追いかけたのち、くるりと子犬を振り返ると、叱るようにこう声をかけました。

「さあ、おれといっしょに来い。お前の家《うち》まで送ってやるから」

白は元来た木々の間へ、まっしぐらにまた駈けこみました。茶色の小犬もうれしそうに、ベンチをくぐり、薔薇を蹴散らし、白に負けまいと走って来ます。まだ頸にぶら下がった、長い縄をひきずりながら。

×　　×　　×

二、三時間たったのち、白は貧しいカフェの前に茶色の子犬と佇《たたず》んでいました。昼も薄暗いカフェの中にはもう赤あかと電灯がともり、音のかすれた蓄音機は浪花節《なにわぶし》か何かやっているようです。子犬は得意そうに尾を振りながら、こう白へ話しかけました。

「僕はここに住んでいるのです。この大正軒《たいしょうけん》というカフェの中に。――おじさんはどこに住んでいるのです？」

「おじさんかい？――おじさんはずっと遠い町にいる」

白は寂しそうにため息をしました。

「じゃもうおじさんは家へ帰ろう」

「まあお待ちなさい。おじさんのご主人はやかましいのですか？」

「ご主人？　なぜまたそんなことを尋ねるのだい？」

「もしご主人がやかましくなければ、今夜はここに泊まって行ってください。それから僕のお母さんにも命拾いのお礼を言わせてください。僕の家には牛乳だの、カレー・ライスだの、ビフテキだの、いろいろなご馳走《ちそう》があるのです」

「ありがとう。ありがとう。だがおじさんは用があるから、ご馳走になるのはこの次にしよう。――じゃお前のお母さんによろしく」

白はちょいと空を見てから、静かに敷石の上を歩き出しました。空にはカフェの屋根のはずれに、三日月もそろそろ光り出しています。

「おじさん。おじさん。おじさんと言えば！」

子犬は悲しそうに鼻を鳴らしました。

「じゃ名前だけ聞かしてください。僕の名前はナポレオンと言うのです。ナポちゃんだのナポ公だのとも言われますけれども。――おじさんの名前はなんと言うのです？」

「おじさんの名前は白と言うのだよ」

「白――ですか？　白というのは不思議ですね。おじさんはどこも黒いじゃありませんか？」

白は胸がいっぱいになりました。

「それでも白と言うのだよ」

「じゃ白のおじさんと言いましょう。白のおじさん。ぜひまた近いうちに一度来てください」

「じゃナポ公、さよなら！」

「ご機嫌よう、白のおじさん！　さようなら、さようなら！」

四

そののちの白はどうなったか？――それはいちいち話さずとも、いろいろの新聞に伝えられています。おおかたどなたもご存じでしょう。たびたび危うい人命を救った、勇ましい一匹の黒犬のあるのを。また一時「義犬《ぎけん》」という活動写真の流行したことを。あの黒犬こそ白だったのです。しかしまだ不幸にもご存じのないかたがあれば、どうか下《しも》に引用した新聞の記事を読んでください。

東京日日新聞。昨十八日（五月）午前八時四十分、奥羽線《おううせん》上り急行列車が田端駅《たばたえき》付近の踏切《ふみきり》を通過する際、踏切番人の過失により、田端一二三会社員柴山鉄太郎《しばやまてつたろう》の長男実彦《さねひこ》（四歳）が列車の通る線路内に立ち入り、危うく轢死《れきし》を遂げようとした。その時逞《たくま》しい黒犬が一匹、稲妻のように踏切へ飛びこみ、目前に迫った列車の車輪から、みごとに実彦を救い出した。この勇敢なる黒犬は人々の立ち騒いでいる間にどこかへ姿を隠したため、表彰したいにもすることができず、当局は大いに困っている。

東京朝日新聞。軽井沢《かるいざわ》に避暑中のアメリカ富豪エドワアド・バアクレエ氏の夫人はペルシア産の猫を寵愛《ちょうあい》している。すると最近同氏の別荘へ七尺余りの大蛇が現われ、ヴェランダにいる猫を呑もうとした。そこへ見慣れぬ黒犬が一匹、突然猫を救いに駈けつけ、二十分に亘《わた》る奮闘ののち、とうとうその大蛇を噛み殺した。しかしこのけなげな犬はどこかへ姿を隠したため、夫人は五千弗《ドル》の賞金を懸け、犬の行方を求めている。

国民新聞。日本アルプス横断中、一時行方不明になった第一高等学校の生徒三名は七日（八月）上高地《かみこうち》の温泉へ着した。一行は穂高山《ほたかやま》と槍《やり》が岳《たけ》との間に途《みち》を失い、かつ過日の暴風雨に天幕《テント》糧食等を奪われたため、ほとんど死を覚悟していた。しかるにどこからか黒犬が一匹、一行のさまよっていた渓谷に現われ、あたかも案内をするように、先へ立って歩き出した。一行はこの犬のあとに従い、一日余り歩いたのち、やっと上高地へ着することができた。しかし犬は目の下に温泉宿の屋根が見えると、一声うれしそうに吠えたきり、もう一度もと来た熊笹《くまざさ》の中へ姿を隠してしまったと言う。一行は皆この犬が来たのは神明の加護だと信じている。

時事新報。十三日（九月）名古屋市の大火は焼死者十余名に及んだが、横関《よこぜき》名古屋市長なども愛児を失おうとした一人である。令息武矩《たけのり》（三歳）はいかなる家族の手落ちからか、猛火の中の二階に残され、すでに灰燼《かいじん》となろうとしたところを、一匹の黒犬のために啣《くわ》え出された。市長は今後名古屋市に限り、野犬撲殺《ぼくさつ》を禁ずると言っている。

読売新聞。小田原町《おだわらまち》城内公園に連日の人気を集めていた宮城《みやぎ》巡回動物園のシベリヤ産大狼は二十五日（十月）午後二時ごろ、突然巌乗《がんじょう》な檻《おり》を破り、木戸番二名を負傷させたのち、箱根《はこね》方面へ逸走した。小田原署はそのために非常動員を行ない、全町に亘る警戒線を布《し》いた。すると午後四時半ごろ右の狼は十字町《じゅうじまち》に現われ、一匹の黒犬と噛み合いを初めた。黒犬は悪戦すこぶる努め、ついに敵を噛み伏せるに至った。そこへ警戒中の巡査も駈《か》けつけ、直ちに狼を銃殺した。この狼はルプス・ジガンティクスと称し、最も兇猛《きようもう》な種族であるという。なお宮城動物園主は狼の銃殺を不当とし、小田原署長を相手どった告訴を起こすといきまいている。等、等、等。

五

ある秋の真夜中です。体も心も疲れ切った白は主人の家へ帰って来ました。もちろんお嬢さんや坊ちゃんはとうに床へはいっています。いや、今は誰一人起きているものもありますまい。ひっそりした裏庭の芝生の上にも、ただ高い棕櫚の木の梢《こずえ》に白い月が一輪浮かんでいるだけです。白は昔の犬小屋の前に、露《つゆ》に濡《ぬ》れた体を休めました。それから寂しい月を相手に、こういう独語《ひとりごと》を始めました。

「お月様！　お月様！　わたしは黒君を見殺しにしました。わたしの体のまっ黒になったのも、おおかたそのせいかと思っています。しかしわたしはお嬢さんや坊ちゃんにお別れ申してから、あらゆる危険と戦って来ました。それは一つには何かの拍子に煤《すす》よりも黒い体を見ると、臆病を恥じる気が起こったからです。けれどもしまいには黒いのがいやさに、——この黒いわたしを殺したさに、あるいは火の中へ飛びこんだり、あるいはまた狼と戦ったりしました。が、不思議にもわたしの命はどんな強敵にも奪われません。死もわたしの顔を見ると、どこかへ逃げ去ってしまうのです。わたしはとうとう苦しさのあまり、自殺しようと決心しました。ただ自殺をするにつけても、ただ一目会いたいのはかわいがってくだすったご主人です。もちろんお嬢さんや坊ちゃんはあしたにもわたしの姿を見ると、きっとまた野良犬と思うでしょう。ことによれば坊ちゃんのバットに打ち殺されてしまうかも知れません。しかしそれでも本望です。お月様！　お月様！　わたしはご主人の顔を見るほかに、何も願うことはありません。そのため今夜ははるばるともう一度ここへ帰って来ました。どうか夜の明けしだい、お嬢さんや坊ちゃんに会わしてください」

白は独語を言い終わると、芝生に腭《あご》をさしのべたなり、いつかぐっすり寝入ってしまいました。

×　　×　　×

「驚いたわねえ、春夫さん」

「どうしたんだろう？　姉さん」

白は小さい主人の声に、はっきりと目を開きました。見ればお嬢さんや坊ちゃんは犬小屋の前に佇んだまま、不思議そうに顔を見合わせています。白は一度挙げた目をまた芝生の上へ伏せてしまいました。お嬢さんや坊ちゃんは白がまっ黒に変わった時にも、やはり今のように驚いたものです。あの時の悲しさを考えると、――白は今では帰って来たことを後悔する気さえ起こりました。するとそのとたんです。坊ちゃんは突然飛び上がると、大声にこう叫びました。

「お父さん！　お母さん！　白がまた帰って来ましたよ！」

白が！　白は思わず飛び起きました。すると逃げるとでも思ったのでしょう。お嬢さんは両手を延ばしながら、しっかり白の頸を押えました。同時に白はお嬢さんの目へ、じっと彼の目を移しました。お嬢さんの目には黒い瞳《ひとみ》にありありと犬小屋が映っています。高い棕櫚の木のかげになったクリイム色の犬小屋が、――そんなことは当然に違いありません。しかしその犬小屋の前には米粒ほどの小ささに、白い犬が一匹坐《すわ》っているのです。清らかに、ほっそりと。――白はただ恍惚《こうこつ》とこの犬の姿に見入りました。

「あら、白は泣いているわよ」

お嬢さんは白を抱きしめたまま、坊ちゃんの顔を見上げました。坊ちゃんは――ご覧なさい、坊ちゃんの威張っているのを！

「へっ、姉さんだって泣いているくせに！」

（大正十二年七月）

子供の病気

――一游亭《いちゆうてい》*に――

夏目《なつめ》先生は書の幅《ふく》を見ると、独語《ひとりごと》のように「旭窓《きょくそう》だね」と言った。落款《らっかん》はなるほど旭窓外史《がいし》*だった。自分は先生にこう言った。「旭窓は淡窓《たんそう》*の孫でしょう。淡窓の子はなんと言いましたかしら?」先生は即座に「夢窓《むそう》だろう」と答えた。

――すると急に目がさめた。蚊帳《かや》の中には次の間《ま》にともした電灯の光がさしこんでいた。妻は二つになる男の子*のおむつを取り換えているらしかった。子供はもちろん泣きつづけていた。自分はそちらに背を向けながら、もう一度眠りにはいろうとした。すると妻がこう言った。

「いやよ。多加《たか》ちゃん。また病気になっちゃあ」自分は妻に声をかけた。「どうかしたのか?」「ええ、お腹が少し悪いようなんです」この子供は長男に比べると、何かに病気をしがちだった。それだけに不安も感じれば、反対にまた馴《な》れっこのように等閑《なおざり》にする気味もないではなかった。「あした、Sさんに見ていただけよ」「ええ、今夜見ていただこうと思ったんですけれども」自分は子供の泣きやんだのち、もとのようにぐっすり寝入ってしまった。

翌朝目をさました時にも、夢のことははっきり覚えていた。淡窓は広瀬《ひろせ》淡窓の気だった。しかし旭窓だの夢窓だのというのは全然架空の人物らしかった。そういえば確か講釈師に南窓《なんそう》というのがあったなどと思った。しかし子供の病気のことはあまり心にもかからなかった。それが多少気になり出したのはSさんから帰って来た妻の言葉を聞いた時だった。「やっぱり消化不良ですって。先生ものちほどいらっしゃいますって」妻は子供を横抱きにしたまま、怒ったようにものを言った。「熱は?」「七度六分ばかり、――ゆうべはちっともなかったんですけれども」自分は二階の書斎へこもり、毎日の仕事にとりかかった。仕事は相変わらず捗《はか》どらなかった。が、それは必ずしも子供の病気のせいばかりではなかった。そのうちに、庭木を鳴らしながら、蒸暑い雨が降り出した。自分は書きかけの小説を前に、何本も敷島《しきしま》へ火を移した。

Sさんは午前に一度、日の暮れに一度診察に見えた。日の暮れには多加志《たかし》の洗腸をした。多加志は洗腸されながら、まじまじ電灯の火を眺めていた。洗腸の液はしばらくすると、淡黒《うすぐろ》い粘液をさらい出した。自分は病を見たように感じた。「どうでしょう? 先生」「なに、たいしたことはありません。ただ氷を絶やさずに十分頭を冷やしてください。――ああ、それからあまりおあやしにならんように」先生はそう言って帰って行った。

自分は夜も仕事をつづけ、一時ごろやっと床へはいった。その前に後架から出て来ると、誰かまっ暗な台所に、こつこつ音をさせているものがあった。「誰?」「わたしだよ」返事をしたのは母の声だった。「何をしているんです?」「氷を壊しているんだよ」自分は迂闊《うかつ》を恥じながら、「電灯をつければいいのに」と言った。「だいじょうぶだよ。手探りでも」自分はかまわずに電灯をつけた。細帯一つになった母は無器用に金槌《かなづち》を使っていた。その姿はなんだか家庭に見るには、あまりにみすぼらしい気のするものだった。氷も水に洗われた角には、きらりと電灯の光を反射していた。

けれども翌朝の多加志の熱は九度よりも少し高いくらいだった。Sさんはまた午前中に見え、ゆうべの洗腸を繰り返した。自分はその手伝いをしながら、きょうは粘液の少ないようにと思った。しかし便器をぬいてみると、粘液はゆうべよりもずっと多かった。それを見た妻は誰にともなしに、「あんなにあります」と声を挙げた。その声は年の七つも若い女学生になったかと思うくらい、はしたない調子を帯びたものだった。自分は思わずSさんの顔を見た。「疫痢《えきり》ではないでしょうか？」「いや、疫痢じゃありません。疫痢は乳離《ちばな》れをしないうちには、――」Sさんは案外落ち着いていた。

自分はSさんの帰ったのち、毎日の仕事にとりかかった。それは「サンデー毎日」の特別号に載せる小説だった。しかも原稿の締切りはあしたの朝に迫っていた。自分は気乗りのしないのを、無理にペンだけ動かしつづけた。けれども多加志の泣き声はとかく神経にさわりがちだった。のみならず多加志が泣きやんだと思うと、今度は二つ年上の比呂志《ひろし》も思い切り、大声に泣き出したりした。

神経にさわることはそればかりではなかった。午後には見知らない青年が一人、金の工面を頼みに来た。「僕は筋肉労働者ですが、C先生から先生に紹介状を貰《もら》いましたから」

青年は無骨そうにこう言った。自分は現在蟇口《がまぐち》に二、三円しかなかったから、不用の書物を二冊渡し、これを金に換え給えと言った。青年は書物を受け取ると、丹念に奥付を検《しら》べ出した。「この本は非売品と書いてありますね。非売品でも金になりますか？」自分は情けない心もちになった。が、とにかく売れるはずだと答えた。「そうですか？　じゃ失敬します」青年はただ疑わしそうに、ありがとうともなんとも言わずに帰って行った。

Sさんは日の暮れにも洗腸をした。今度は粘液もずっと減っていた。「ああ、今晩は少のうございますね」手洗いの湯をすすめに来た母はほとんど手柄顔にこう言った。自分も安心をしなかったにしろ、安心に近い寛《くつろ》ぎを感じた。それには粘液の多少のほかにも、多加志の顔色や挙動などのふだんに変わらないせいもあったのだった。「あしたは多分熱が下がるでしょう。幸い吐き気も来ないようですから」Sさんは母に答えながら、満足そうに手を洗っていた。

翌朝自分の眼をさました時、伯母《おば》はもう次の間に自分の蚊帳を畳んでいた。それが蚊帳の環《かん》を鳴らしながら、「多加ちゃんが」なんとか言ったらしかった。まだ頭のぼんやりしていた自分は「多加志が？」といいかげんに問い返した。「多加ちゃんが悪いんだよ。入院させなければならないんだとさ」自分は床《とこ》の上に起き直った。きのうのきょうだけに意外な気がした。

「Sさんは？」「先生ももう来ていらっしゃるんだよ、さあさあ、早くお起きなさい」伯母は感情を隠すように、妙にかたくなな顔をしていた。自分はすぐに顔を洗いに行った。

相変わらず雲のかぶさった、気色の悪い天気だった。風呂場《ふろば》の手桶《ておけ》には山百合《やまゆり》が二本、むぞうさにただ抛《ほう》りこんであった。なんだかその匂《におい》や褐色の花粉がべたべた皮膚にくっつきそうな気がした。

多加志はたった一晩のうちに、すっかり眼が窪《くぼ》んでいた。今朝妻が抱き起こそうとすると、頭を仰向けに垂らしたまま、白い物を吐いたとかいうことだった。欠伸《あくび》ばかりしているのもいけないらしかった。自分は急にいじらしい気がした。同時にまた無気味な心もちもした。Sさんは子供の枕もとに黙然《もくねん》と敷島を啣《くわ》えていた。それが自分の顔を見ると、「ちとお話したいことがありますから」と言った。自分はSさんを二階に招じ、火のない火鉢をさし挟んで坐《すわ》った。「生命に危険はないと思いますが」Sさんはそう口を切った。多加志はSさんの言葉によれば、すっかり腸胃を壊していた。この上はただ二、三日の間、断食をさせるほかにしかたはなかった。「それには入院おさせになったほうが便利ではないかと思うんです」自分は多加志の容体はSさんの言っているよりも、ずっと危《あや》ういのではないかと思った。あるいはもう入院させても、手遅れなのではないかとも思った。しかしもとよりそんなことにこだわっているべき場合ではなかった。自分はさっそくSさんに入院の運びを願うことにした。「じゃU病院にしましょう。近いだけでも便利ですから」Sさんはすすめられた茶も飲まずに、U病院へ電話をかけに行った。自分はその間に妻を呼び、伯母にも病院へ行ってもらうことにした。

その日は客に会う日だった。客は朝から四人ばかりあった。自分は客と話しながら、入院の支度を急いでいる妻や伯母を意識していた。すると何か舌の先に、砂粒に似たものを感じ出した。自分はこのごろ齲歯《むしば》につめたセメントがとれたのではないかと思った。けれども指先に出して見ると、ほんとうの歯の欠けたのだった。自分は少し迷信的になった。しかし客とは煙草《たばこ》をのみのみ、売り物に出たとか噂のある抱一《ほういつ》*の三味線の話などをしていた。

そこへまた筋肉労働者と称する昨日の青年も面会に来た。青年は玄関に立ったまま、昨日貰った二冊の本は一円二十銭にしかならなかったから、もう四、五円くれないかという掛け合いをはじめた。のみならずいかに断わっても、容易に帰るけしきを見せなかった。自分はとうとう落ち着きを失い、「そんなことを聞いている時間はない。帰ってもらおう」と怒鳴りつけた。青年はまだ不服そうに、「じゃ電車賃だけください。五十銭貰えばいいんです」などと、さもしいことを並べていた。が、その手も利かないのを見ると、手荒に玄関の格子戸をしめ、やっと門外に退散した。自分はこの時こういう寄付には今後断然応ずまいと思った。

四人の客は五人になった。五人めの客は年の若いフランス文学の研究者だった。自分はこの客と入れ違いに、茶の間の容子《ようす》を窺《うかが》いに行った。するともう支度のできた伯母は着肥《きぶと》った子供を抱きながら、縁側をあちこち歩いていた。自分は色の悪い多加志の額へ、そっと唇を押しつけてみた。額はかなり火照っていた。しおむきもぴくぴく動いていた。「車は？」自分は小声にほかのことを言った。「車？　車はもう来ています」伯母はなぜか他人のように、ていねいな言葉を使っていた。そこへ着物を更《あらた》めた妻も羽根布団やバスケットを運んで来た。「では行って参ります」妻は自分の前へ両手をつき、妙にまじめな声を出した。自分はただ多加志の帽子を新しいやつに換えてやれと言った。それはつい四、五日前、自分の買って来た夏帽子だった。「もう新しいのに換えておきました」妻はそう答えたのち、簞笥《たんす》の上の鏡を覗《のぞ》き、ちょいと襟もとを掻《か》き合わせた。自分は彼らを見送らずに、もう一度二階へ引き返した。

自分は新たに来た客とジョルジュ・サンドの話などをしていた。その時庭木の若葉の間に二つの車の幌《ほろ》が見えた。幌は垣の上にゆらめきながら、たちまち目の前を通り過ぎた。「いったい十九世紀の前半の作家はバルザックにしろサンドにしろ、後半の作家*よりは偉いですね」客は——自分ははっきり覚えている。客は熱心にこう言っていた。

午後にも客は絶えなかった。自分はやっと日の暮れに病院へ出かける時間を得た。曇天はいつか雨になっていた。自分は着物を着換えながら、女中に足駄を出すように言った。そこへ大阪のN君が原稿を貰いに顔を出した。N君は泥まみれの長靴をはき、外套《がいとう》に雨の痕《あと》を光らせていた。自分は玄関に出迎えたまま、これこれの事情のあったために、何も書けなかったという断わりを述べた。N君は自分に同情した。「じゃ今度はあきらめます」とも言った。自分はなんだかN君の同情を強いたような心もちがした。同時に体のいい口実に瀕死《ひんし》の子供を使ったような気がした。

N君の帰ったか帰らないのに、伯母も病院から帰って来た。多加志は伯母の話によれば、その後も二度ばかり乳を吐いた。しかし幸い脳にだけは異状も来ずにいるらしかった。伯母はまだこのほかに看護婦は気立てのよさそうなこと、今夜は病院へ妻の母が泊まりに来てくれることなどを話した。「多加ちゃんがあすこへはいるとすぐに、日曜学校の生徒からだって、花を一束《ひとたば》貰ったでしょう。さあ、お花だけにいやな気がしてね」そんなことも話していた。自分はけさ話をしているうちに、歯の欠けたことを思い出した。が、なんとも言わなかった。

家を出た時はまっ暗だった。その中に細かい雨が降っていた。自分は門を出ると同時に、日和下駄《ひよりげた》をはいているのに心づいた。しかもその日和下駄は左の前鼻緒がゆるんでいた。自分はなんだかこの鼻緒が切れると、子供の命も終わりそうな気がした。しかしはき換えに帰るのはとうてい苛立《いらだ》たしさに堪えなかった。自分は足駄《あしだ》を出さなかった女中の愚を怒りながら、うっかり下駄を踏み返さないように、気をつけ気をつけ歩いて行った。

病院へ着いたのは九時過ぎだった。なるほど多加志の病室の外には姫百合《ひめゆり》や撫子《なでしこ》が五、六本、洗面器の水に浸されていた。病室の中の電灯の玉に風呂敷《ふろしき》か何か懸《かか》っていたから、顔も見えないほど薄暗かった。そこに妻や妻の母は多加志を中に挟んだまま、帯を解かずに横になっていた。多加志は妻の母の腕を枕に、すやすや寝入っているらしかった。妻は自分の来たのを知ると一人だけ布団の上に坐り、小声に「どうもご苦労さま」と言った。妻の母もやはり同じことを言った。それは予期していたよりも、気軽い調子を帯びたものだった。自分は幾分かほっとした気になり、彼らの枕もとに腰を下《おろ》した。妻は乳を飲ませられぬために、多加志は泣くし、乳は張るし、二重に苦しい思いをすると言った。「とてもゴムの乳っ首くらいじゃ駄目なんですもの。しまいには舌を吸わせましたわ」「今はわたしの乳を飲んでいるんですよ」妻の母は笑いながら、萎《しな》びた乳首を出して見せた。「いっしょうけんめいに吸うんでね、こんなにまっ赤になってしまった」自分もいつか笑っていた。「しかし存外よさそうですね。僕はもう今ごろは絶望かと思った」「多加ちゃん？多加ちゃんはもうだいじょうぶですとも。なあに、ただのお腹下しなんですよ。あしたはきっと熱が下がりますよ」「御祖師様のご利益ででしょう？」妻は母をひやかした。しかし法華経《ほけきよう》信者の母は妻の言葉も聞こえないように、悪い熱をさますつもりか、いっしょうけんめいに口を尖《とが》らせ、ふうふう多加志の頭を吹いた。――

×　　×　　×

多加志はやっと死なずにすんだ。自分は彼の小康を得た時、入院前後の消息を小品《しようひん》にしたいと思ったことがある。けれどもうっかりそういうものを作ると、また病気がぶり返しそうな、迷信じみた心もちがした。そのためにとうとう書かずにしまった。今は多加志も庭木に吊《つ》ったハンモックの中に眠っている。自分は原稿を頼まれたのを機会に、とりあえずこの話を書いてみることにした。読者にはむしろ迷惑かも知れない。

（大正十二年七月）

お時儀

保吉《やすきち》は三十になったばかりである。その上あらゆる売文業者のように、めまぐるしい生活を営んでいる。だから「明日《みようにち》」は考えても「昨日《さくじつ》」はめったに考えない。しかし往来を歩いていたり、原稿用紙に向かっていたり、電車に乗っていたりする間にふと過去の一情景を鮮《あざ》やかに思い浮かべることがある。それは従来の経験によると、たいてい嗅覚《きゆうかく》の刺戟《しげき》から聯想《れんそう》を生ずる結果らしい。そのまた嗅覚の刺戟なるものも都会に住んでいる悲しさには悪臭と呼ばれる匂ばかりである。たとえば汽車の煤煙《ばいえん》の匂は何人《なんぴと》も嗅《か》ぎたいと思うはずがない。けれどもあるお嬢さんの記憶、……五、六年前に顔を合わせたあるお嬢さんの記憶などはあの匂を嗅ぎさえすれば、煙突から迸《ほとばし》る火花のようにたちまちよみがえって来るのである。

　このお嬢さんに遇《あ》ったのはある避暑地の停車場である。あるいはもっと厳密に言えば、あの停車場のプラットフォオムである。当時その避暑地に住んでいた彼は、雨が降っても、風が吹いても、午前は八時発の下り列車に乗り、午後は四時二十分着の上り列車を降りるのを常としていた。なぜまた毎日汽車に乗ったかと言えば、——そんなことはなんでも差《さし》支《つか》えない。しかし毎日汽車になど乗れば、一ダズンぐらいの顔馴染《かおなじ》みはたちまちのうちにできてしまう。お嬢さんもそのうちの一人である。けれども午後には七草から三月の二十同日かまで、一度も遇ったという記憶はない。午前もお嬢さんの乗る汽車は保吉には縁のない上り列車である。

お嬢さんは十六か十七であろう。いつも銀鼠《ぎんねずみ》の洋服に銀鼠の帽子をかぶっている。背はむしろ低いほうかも知れない。けれども見たところはすらりとしている。ことに脚は、――やはり銀鼠の靴下に踵《かかと》の高い靴をはいた脚は鹿の脚のようにすらりとしている。顔は美人というほどではない。しかし、――保吉はまだ東西を論ぜず、近代の小説の女主人公に無条件の美人を見たことはない。作者は女性の描写になると、たいてい「彼女は美人ではない。しかし……」とかなんとか断わっている。按《あん》ずるに無条件の美人を認めるのは近代人の面目《めんもく》に関るらしい。だから保吉もこのお嬢さんに「しかし」という条件を加えるのである。――念のためにもう一度繰り返すと、顔は美人というほどではない。しかしちょいと鼻の先の上がった、愛敬《あいきょう》の多い円顔である。

お嬢さんは騒がしい人ごみの中にぼんやり立っていることがある。人ごみを離れたベンチの上に雑誌などを読んでいることがある。あるいはまた長いプラットフォオムの縁《へり》をぶらぶら歩いていることもある。

保吉はお嬢さんの姿を見ても、恋愛小説に書いてあるような動悸《どうき》などの高ぶった覚えはない。ただやはり顔馴染みの鎮守府《ちんじゅふ》*司令長官や売店の猫を見た時の通り、「いるな」と考えるばかりである。しかしとにかく顔馴染みに対する親しみだけは抱いていた。だから時たまプラットフォオムにお嬢さんの姿を見ないことがあると、何か失望に似たものを感じた。何か失望に似たものを、――それさえ痛切には感じた訣《わけ》ではない。保吉は現に売店の猫が二、三日行くえを晦《くら》ました時にも、全然変わりのない寂しさを感じた。もし鎮守府司令長官も頓死《とんし》か何か遂げたとすれば、――この場合はいささか疑問かも知れない。が、まず猫ほどではないにしろ、勝手の違う気だけは起こったはずである。

　ところが三月の二十何日か、生暖かい曇天の午後のことである。保吉はその日も勤め先から四時二十分着の上り列車に乗った。なんでもかすかな記憶によれば、調べ仕事に疲れていたせいか、汽車の中でもふだんのように本を読みなどはしなかったらしい。ただ窓べりによりかかりながら、春めいた山だの畠《はたけ》だのを眺めていたように覚えている。いつか読んだ横文字の小説*に平地を走る汽車の音を「Tratata tratata tratata」と写し、鉄橋を渡る汽車の音を「Trararach trararach」と写したのがある。なるほどぼんやり耳を貸していると、ああいうふうにも聞こえないことはない。――そんなことを考えたのも覚えている。

　保吉は物憂い三十分ののち、やっとあの避暑地の停車場へ降りた。プラットフォオムには少し前に着いた下り列車も止まっている。彼は人ごみに交じりながら、ふとその汽車を降りる人を眺めた。すると――意外にもお嬢さんだった。保吉は前にも書いたように、午後にはまだこのお嬢さんと一度も顔を合わせたことはない。それが今不意に目の前へ、日の光を透かした雲のような、あるいは猫柳の花のような銀鼠の姿を現わしたのである。彼はもちろん「おや」と思った。お嬢さんも確かにその瞬間、保吉の顔を見たらしかった。

と同時に保吉は思わずお嬢さんへお時儀《じぎ》をしてしまった。

お時儀をされたお嬢さんはびっくりしたのに相違あるまい。が、どういう顔をしたか、あいにくもう今では忘れている。いや、当時もそんなことは見定める余裕を持たなかったのであろう。彼は「しまった」と思うが早いか、たちまち耳の火照り出すのを感じた。けれどもこれだけは覚えている。――お嬢さんも彼に会釈をした！

やっと停車場の外へ出た彼は彼自身の愚に憤りを感じた。なぜまたお時儀などをしてしまったのであろう？　あのお時儀は全然反射的である。ぴかりと稲妻の光るとたんに瞬きをするのも同じことである。すると意志の自由にはならない。意思の自由にならない行為は責任を負わずともよいはずである。けれどもお嬢さんはなんと思ったであろう？　なるほどお嬢さんも会釈をした。しかしあれは驚いた拍子にやはり反射的にしたのかも知れない。今ごろはずいぶん保吉を不良少年と思っていそうである。いっそ「しまった」と思った時に無躾《ぶしつけ》を詫《わ》びてしまえばよかった。そういうことにも気づかなかったというのは……

保吉は下宿へ帰らずに、人影の見えない砂浜へ行った。これは珍しいことではない。彼は一月五円の貸間と一食五十銭の弁当とにしみじみ世の中が厭《いや》になると、必ずこの砂の上へグラスゴオのパイプをふかしに来る。この日も曇天の海を見ながら、まずパイプへマッチの火を移した。今日のことはもうしかたがない。けれどもまた明日になれば、必ずお嬢さんと顔を合わせる。お嬢さんはその時どうするであろう？　彼を不良少年と思っていれば、一瞥《いちべつ》を与えないのは当然である。しかし不良少年と思っていなければ、明日もまた今日のように彼のお時儀に答えるかも知れない。彼のお時儀に？　彼は――堀川《ほりかわ》保吉はもう一度あのお嬢さんに恬然《てんぜん》とお時儀をする気であろうか？　いや、お時儀をする気はない。けれども一度お時儀をした以上、何かの機会にお嬢さんも彼も会釈をし合うことはありそうである。もし会釈をし合うとすれば、……保吉はふとお嬢さんの眉《まゆ》の美しかったことを思い出した。

爾来《じらい》七、八年を経過した今日、その時の海の静かさだけは妙に鮮やかに覚えている。保吉はこういう海を前に、いつまでもただ茫然《ぼうぜん》と火の消えたパイプを啣《くわ》えていた。もっとも彼の考えはお嬢さんの上にばかりあった訣《わけ》ではない。たとえば近々とりかかるはずの小説のことも思い浮かべた。その小説の主人公は革命的精神に燃え立った、あるイギリス語の教師である。鯁骨《こうこつ》の名の高い彼の頸《くび》はいかなる権威にも屈することを知らない。ただし前後にたった一度、ある顔馴染みのお嬢さんへうっかりお時儀をしてしまったことがある。お嬢さんは背は低いほうかも知れない。けれども見たところはすらりとしている。ことに銀鼠の靴下の踵の高い靴をはいた脚は――とにかく自然とお嬢さんのことを考えがちだったのは事実かも知れない。……

翌朝の八時五分前である。保吉は人のこみ合ったプラットフォオムを歩いていた。彼の心はお嬢さんと出会った時の期待に張りつめている。出会わずにすましたい気もしないではない。が、出会わずにすませるのは不本意のことも確かである。いわば彼の心もちは強敵との試合を目前に控えた拳闘家の気組みと変わりはない。しかしそれよりも忘れられないのはお嬢さんと顔を合わせたとたんに、何か常識を超越した、ばかばかしいことをしはしないかという、妙に病的な不安である。昔、ジァン・リシュパン*は通りがかりのサラア・ベルナアル*へ傍若無人の接吻《せっぷん》をした。日本人に生まれた保吉はまさか接吻はしないかも知れないけれどもいきなり舌を出すとか、あかんべいをするとかはしそうである。彼は内心ひやひやしながら、捜すように捜さないようにあたりの人々を見まわしていた。

するとたちまち彼の目は、悠々とこちらへ歩いて来るお嬢さんの姿を発見した。彼は宿命を迎えるように、まっすぐに歩みをつづけて行った。二人は見る見る接近した。十歩、五歩、三歩、——お嬢さんは今目の前に立った。保吉は頭を擡《もた》げたまま、まともにお嬢さんの顔を眺めた。お嬢さんもじっと彼の顔へ落ち着いた目を注いでいる。二人は顔を見合わせたなり、何ごともなしに行き違おうとした。

ちょうどその刹那《せつな》だった。彼は突然お嬢さんの目に何か動揺に似たものを感じた。同時にまたほとんど体じゅうにお時儀をしたい衝動を感じた。けれどもそれは懸け値なしに、一瞬の間の出来事だった。お嬢さんははっとした彼を後ろにしずしずともう通り過ぎた。日の光を透かした雲のように、あるいは花をつけた猫柳のように。……

二十分ばかりたったのち、保吉は汽車に揺られながら、グラスゴオのパイプを啣えていた。お嬢さんは何も眉毛《まゆげ》ばかり美しかった訣ではない。目もまた涼しい黒瞳がちだった。心もち上を向いた鼻も、……しかしこんなことを考えるのはやはり恋愛というのであろうか？——彼はその問いにどう答えたか、これもまた記憶には残っていない。ただ保吉の覚えているのは、いつか彼を襲い出した、薄明るい憂鬱《ゆううつ》ばかりである。彼はパイプから立ち昇る一すじの煙を見守ったまま、しばらくはこの憂鬱の中にお嬢さんのことばかり考えつづけた。汽車はもちろんそういう間も半面に朝日の光を浴びた山々の峡《かい》を走っている。

「Tratata tratata tratata trarach」

（大正十二年九月）

あばばばば

保吉《やすきち》はずっと以前からこの店の主人を見知っている。

ずっと以前から、——あるいはあの海軍の学校へ赴任した当日だったかも知れない。彼はふとこの店へマッチを一つ買いにはいった。店には小さい飾り窓があり、窓の中には大将旗を掲げた軍艦三笠《ぐんかんみかさ》*の模型のまわりにキュラソオの罎《びん》だのココアの缶だの干《ほ》し葡萄《ぶどう》の箱だのが並べてある。が、軒先に「たばこ」と抜いた赤塗りの看板が出ているから、もちろんマッチも売らないはずはない。彼は店を覗《のぞ》きながら、「マッチを一つくれ給え」と言った。店先には高い勘定台の後ろに若い眇《すがめ》の男が一人、つまらなそうに佇《たたず》んでいる。それが彼の顔を見ると、算盤《そろばん》を竪《たて》に構えたまま、にこりともせずに返事をした。

「これをお持ちなさい。あいにくマッチを切らしましたから」

お持ちなさいというのは煙草に添えるいちばん小型のマッチである。

「貰《もら》うのはきのどくだ。じゃ朝日《あさひ》を一つくれ給え」

「なに、かまいません。お持ちなさい」

「いや、まあ朝日をくれ給え」

「お持ちなさい。これでよろしけりゃ、――いらぬ物をお買いになるには及ばないです」

眇の男の言うことは親切ずくなのには違いない。が、その声や顔色はいかにも無愛想を極めている。すなおに貰うのはいまいましい。といって店を飛び出すのは多少相手にきのどくである。保吉はやむを得ず勘定台の上へ一銭の銅貨を一枚出した。

「じゃそのマッチを二つくれ給え」

「二つでも三つでもお持ちなさい。ですが代はいりません」

そこへ幸い戸口に下げた金線サイダアのポスタアの蔭《かげ》から、小僧が一人首を出した。これは表情の朦朧《もうろう》とした、面皰《にきび》だらけの小僧である。

「檀那《だんな》、マッチはここにありますぜ」

保吉は内心凱歌《がいか》を挙げながら、大型のマッチを一箱買った。代はもちろん一銭である。しかし彼はこの時ほど、マッチの美しさを感じたことはない。ことに三角の波の上に帆前《ほまえ》船《せん》を浮かべた商標は額縁へ入れてもいいくらいである。彼はズボンのポケットの底へちゃんとそのマッチを落としたのち、得々とこの店を後ろにした。

保吉は爾来《じらい》半年ばかり、学校へ通う往復にたびたびこの店へ買い物に寄った。もう今では目をつぶっても、はっきりこの店を思い出すことができる。天井の梁《はり》からぶら下がったのは鎌倉《かまくら》のハムに違いない。欄間《らんま》の色硝子《いろガラス》は漆喰《しっくい》塗《ぬ》りの壁へ緑色の日の光を映している。板張りの床に散らかったのはコンデンスド・ミルクの広告であろう。正面の柱には時計の下に大きい日暦《ひごよみ》がかかっている。そのほか飾り窓の中の軍艦三笠も、金線サイダアのポスタアも、椅子も、電話も、自転車も、スコットランドのウイスキイも、アメリカの乾《ほ》し葡《ぶ》萄《どう》も、マニラの葉巻も、エジプトの紙巻も、燻製《くんせい》の鰊《にしん》も、牛肉の大和煮《やまとに》も、ほとんど見覚えのないものはない。ことに高い勘定台の後ろに仏頂面を曝《さら》した主人は、飽《あ》き飽きするほど見慣れている。いや、見慣れているばかりではない。彼はいかに咳《せき》をするか、いかに小僧に命令をするか、ココアを一缶買うにしても、「Fry*よりはこちらになさい。これはオランダのDroste*です」などと、いかに客を悩ませるか、――主人の一挙一動さえことごとく、とうに心得ている。心得ているのは悪いことではない。しかし退屈なことは事実である。保吉は時々この店へ来ると、妙に教師をしているのも久しいものだなと考えたりした。（そのくせ前にも言った通り、彼の教師の生活はまだ一年にもならなかったのである！）

けれども万法《ばんぽう》を支配する変化はやはりこの店にも起こらずにはすまない。保吉はある初夏の朝、この店へ煙草を買いにはいった。店の中はふだんの通りである。水を撒《う》った床の上にコンデンスド・ミルクの広告の散らかっていることも変わりはない。が、あの眇の主人の代りに勘定台の後ろに坐《すわ》っているのは西洋髪に結った女である。年はやっと十九くらいであろう。En face*に見た顔は猫に似ている。日の光にずっと目を細めた、一筋もまじり毛のない白猫に似ている。保吉はおやと思いながら、勘定台の前へ歩み寄った。

「朝日を二つくれ給え」

「はい」

女の返事は羞《はず》かしそうである。のみならず出したのも朝日ではない。二つとも箱の裏側に旭日旗《きょくじつき》を描《えが》いた三笠《みかさ》*である。保吉は思わず煙草から女の顔へ目を移した。同時にまた女の鼻の下に長い猫の髭《ひげ》を想像した。

「朝日を、——こりゃ朝日じゃない」

「あら、ほんとうに、——どうもすみません」

猫——いや、女は赤い顔をした。この瞬間の感情は正真正銘に娘じみている。それも当世のお嬢さんではない。五、六年来迹《あと》を絶った硯友社趣味《けんゆうしゃしゅみ》の娘*である。保吉はばら銭を探りながら、「たけくらべ」、乙鳥口《つばくろぐち》の風呂敷《ふろしき》包み、*燕子花《かきつばた》、両国《りょうごく》、鏑木清方《かぶらぎきよかた》*、——そのほかいろいろのものを思い出した。女はもちろんこの間も勘定台の下を覗きこんだなり、いっしょうけんめいに朝日を捜している。

すると奥から出て来たのは例の眇の主人である。主人は三笠を一目見ると、たいてい容《よう》子《す》を察したらしい。きょうも相変わらず苦り切ったまま、勘定台の下へ手を入れるが早いか、朝日を二つ保吉へ渡した。しかしその目にはかすかにもしろ、頬笑みらしいものが動いている。

「マッチは？」

女の目もまた猫とすれば、喉を鳴らしそうに媚《こび》を帯びている。主人は返事をする代りにちょいとただ点頭した。女はとっさに（！）勘定台の上へ小型のマッチを一つ出した。それから——もう一度羞《はず》かしそうに笑った。

「どうもすみません」

すまないのは何も朝日を出さずに三笠を出したばかりではない。保吉は二人を見比べながら、彼自身もいつか微笑したのを感じた。

女はその後いつ来てみても、勘定台の後ろに坐っている。もっとも今では最初のように西洋髪などには結っていない。ちゃんと赤い手絡《てがら》をかけた、大きい円髷《まるまげ》に変わっている。しかし客に対する態度は相変わらず妙にういういしい。応対はつかえる。品物は間違える。おまけに時々は赤い顔をする。——全然お上《かみ》さんらしい面影は見えない。保吉はだんだんこの女にある好意を感じ出した。と言っても恋愛に落ちた訣《わけ》ではない。ただいかにも人慣れないところに気軽い懐しみを感じ出したのである。

ある残暑の厳しい午後、保吉は学校の帰りがけにこの店へココアを買いにはいった。女はきょうも勘定台の後ろに講談倶楽部《こうだんくらぶ》*か何かを読んでいる。保吉は面皰の多い小僧にVan Houten*はないかと尋ねた。

「ただいまあるのはこればかりですが」

小僧の渡したのはFryである。保吉は店を見渡した。すると果物の缶詰めの間に西洋の尼さんの商標をつけたDrosteも一缶まじっている。

「あすこにDrosteもあるじゃないか?」

小僧はちょいとそちらを見たきり、やはり漠然とした顔をしている。

「ええ、あれもココアです」

「じゃこればかりじゃないじゃないか？」

「ええ、でもまあこれだけなんです。――お上さん、ココアはこれだけですね？」

保吉は女をふり返った。心もち目を細めた女は美しい緑色の顔をしている。もっともこれは不思議ではない。全然欄間の色硝子を透かした午後の日の光の作用である。女は雑誌を肘《ひじ》の下にしたまま、例の通りためらいがちな返事をした。

「はあ、それだけだったと思うけれども」

「実は、この Fry のココアの中には時々虫が湧いているんだが、――」

保吉はまじめに話しかけた。しかし実際虫の湧いたココアに出合った覚えのある訣ではない。ただなんでもこう言いさえすれば、Van Houten の有無を確かめさせる上に効能のあることを信じたからである。

「それもずいぶん大きいやつがあるもんだからね。ちょうどこの小指くらいある、……」

女はいささか驚いたように勘定台の上へ半身をのばした。

「そっちにもまだありゃしないかい？　ああ、その後ろの戸棚の中にも」

「赤いのばかりです。ここにあるのも」

「じゃこっちには？」

女は吾妻下駄《あづまげた》を突っかけると、心配そうに店へ捜しに来た。ぼんやりとした小僧もやむを得ず缶詰めの間などを覗いて見ている。保吉は煙草へ火をつけたのち、彼らへ拍車を加えるように考え考えしゃべりつづけた。

「虫の湧いたやつを飲ませると、子供などは腹を痛めるしね。（彼はある避暑地の貸し間にたった一人暮らしている）。いや、子供ばかりじゃない。家内も一度ひどい目に遇《あ》ったことがある。（もちろん妻などを持ったことはない）。なにしろ用心に越したことはないんだから。……」

保吉はふと口をとざした。女は前掛けに手を拭《ふ》きながら、当惑そうに彼を眺めている。

「どうも見えないようでございますが」

女の目はおどおどしている。口もとも無理に微笑している。ことに滑稽《こっけい》に見えたのは鼻もまたつぶつぶ汗をかいている。保吉は女と目を合わせた刹那《せつな》に突然悪魔の乗り移るのを感じた。この女はいわば含羞草《おじぎそう》である。一定の刺戟《しげき》を与えさえすれば、必ず彼の思う通りの反応を呈するのに違いない。しかし刺戟は簡単である。じっと顔を見つめてもいい。あるいはまた指先にさわってもいい。女はきっとその刺戟に保吉の暗示を受けとるであろう。受けとった暗示をどうするかはもちろん未知の問題である。しかし幸いに反撥《はんぱつ》しなければ、――いや、猫は飼ってもいい。が、猫に似た女のために魂を悪魔に売り渡すのはどうも少し考えものである。保吉は吸いかけた煙草といっしょに、乗り移った悪魔を抛《ほう》り出した。不意を食《く》った悪魔はとんぼ返る拍子に小僧の鼻の穴へ飛びこんだのであろう。小僧は首を縮めるが早いか、つづけさまに大きい嚔《くさめ》をした。

「じゃしかたがない。Drosteを一つくれ給え」

保吉は苦笑を浮かべたまま、ポケットのばら銭を探り出した。

その後も彼はこの女とたびたび同じような交渉を重ねた。が、悪魔に乗り移られた記憶はしあわせとほかには持っていない。いや、一度などはふとしたはずみに天使の来たのを感じたことさえある。

ある秋も深まった午後、保吉は煙草を買ったついでにこの店の電話を借用した。主人は日の当たった店の前に空気ポンプを動かしながら、自転車の修繕に取りかかっている。小僧もきょうは使いに出たらしい。女は相変わらず勘定台の前に受け取りか何か整理している。こういう店の光景はいつ見ても悪いものではない。どこか阿蘭陀《オランダ》の風俗画じみた、もの静かな幸福に溢《あふ》れている。保吉は女のすぐ後ろに受話器を耳へ当てたまま、彼の愛蔵する写真版のDe Hooghe*の一枚を思い出した。

しかし電話はいつになっても、容易に先方へ通じないらしい。のみならず交換手もどうしたのか、一、二度「何番へ？」を繰り返したのちは全然沈黙を守っている。保吉は何度もベルを鳴らした。が、受話器は彼の耳へぶつぶつ言う音を伝えるだけである。こうなればもうDe Hoogheなどを思い出している場合ではない。保吉はまずポケットからSpargo*の「社会主義早わかり」を出した。幸い電話には見台のように蓋《ふた》のなぞえになった箱もついている。彼はその箱に本を載せると、目は活字を拾いながら、手はできるだけゆっくり強情にベルを鳴らし出した。これは横着な交換手に対する彼の戦法の一つである。いつか銀座《ぎんざ》尾張町《おわりちょう》の自動電話へはいった時にはやはりベルを鳴らし鳴らし、とうとう「佐《さ》橋甚五《はしじんご》郎《ろう》*」を完全に一篇《いっぺん》読んでしまった。きょうも交換手の出ないうちは断じてベルの手をやめないつもりである。

　さんざん交換手と喧嘩《けんか》したあげく、やっと電話をかけ終わったのは二十分ばかりののちである。保吉は礼を言うために後ろの勘定台をふり返った。するとそこには誰もいない。女はいつか店の戸口に何か主人と話している。主人はまだ秋の日向《ひなた》に自転車の修繕をつづけているらしい。保吉はそちらへ歩き出そうとした。が、思わず足を止めた。女は彼に背を向けたまま、こんなことを主人に尋ねている。

「さっきね、あなた、ゼンマイ珈琲《コオヒイ》とかってお客があったんですがね、ゼンマイ珈琲ってあるんですか？」

「ゼンマイ珈琲？」

　主人の声は細君にも客に対するような無愛想である。

「玄米珈琲の聞き違えだろう」

「ゲンマイ珈琲？　ああ、玄米から拵《こしら》えた珈琲。――なんだかおかしいと思っていた。ゼンマイって八百屋にあるものでしょう？」

　保吉は二人の後ろ姿を眺めた。同時にまた天使の来ているのを感じた。天使はハムのぶら下がった天井のあたりを飛揚したまま、なんにも知らぬ二人の上へ祝福を授けているのに違いない。もっとも燻製の鯡《にしん》の匂《におい》に顔だけはちょいとしかめている。――保吉は突然燻製の鯡を買い忘れたことを思い出した。鯡は彼の鼻の先にあさましい形骸《けいがい》を重ねている。

「おい、君、この鯡をくれ給え」

女はたちまち振り返った。振り返ったのはちょうどゼンマイの八百屋にあることを察した時である。女はもちろんその話を聞かれたと思ったのに違いない。猫に似た顔は目を挙げたかと思うと見る見る羞《はず》かしそうに染まり出した。保吉は前にも言う通り、女が顔を赤めるのには今までにもたびたび出合っている。けれどもまだこの時ほど、まっ赤になったのは見たことはない。

「は、鮓を?」

女は小声に問い返した。

「ええ、鮓を」

保吉も前後にこの時だけははなはだ殊勝に返事をした。

こういう出来事のあったのち、二月ばかりたったころであろう、確か翌年の正月のことである。女はどこへどうしたのか、ぱったり姿を隠してしまった。それも三日や五日ではない。いつ買い物にはいってみても、古いストオヴを据えた店には例の眇の主人が一人、退屈《たいくつ》そうに坐っているばかりである。保吉はちょいともの足らなさを感じた。また女の見えない理由にいろいろ想像を加えなどもした。が、わざわざ無愛想な主人に「お上《かみ》さんは?」と尋ねる心もちにもならない。また実際主人はもちろんあのはにかみ屋の女にも、「何々をくれ給え」と言うほかには挨拶《あいさつ》さえ交《かわ》したことはなかったのである。

そのうちに冬ざれた路《みち》の上にも、たまに一日か二日ずつ暖い日かげがさすようになった。けれども女は顔を見せない。店はやはり主人のまわりに荒涼とした空気を漂わせている。

保吉はいつか少しずつ女のいないことを忘れ出した。……

すると二月の末のある夜、学校のイギリス語講演会をやっと切り上げた保吉は生暖い南風に吹かれながら、格別買い物をする気もなしにふとこの店の前を通りかかった。店には電灯のともった中に西洋酒の罎《びん》や缶詰めなどがきらびやかに並んでいる。これはもちろん不思議ではない。しかしふと気がついて見ると、店の前には女が一人、両手に赤子を抱えたまま、多愛《たわい》もないことをしゃべっている。保吉は店から往来へさした、幅の広い電灯の光にたちまちその若い母の誰であるかを発見した。

「あばばばばばば、ばあ！」

女は店の前を歩き歩き、おもしろそうに赤子をあやしている。それが赤子を揺《ゆす》り上げる拍子に偶然保吉と目を合わした。保吉はとっさに女の目の逡巡《しゅんじゅん》する容子を想像した。それから夜目にも女の顔の赤くなる容子《ようす》を想像した。しかし女は澄ましている。目も静かに頬笑んでいれば、顔も嬌羞《きょうしゅう》などは浮かべていない。のみならず意外な一瞬間ののち、揺り上げた赤子へ目を落とすと、人前も羞《は》じずに繰り返した。

「あばばばばばば、ばあ！」

保吉は女を後ろにしながら、我知らずにやにや笑い出した。女はもう「あの女」ではない。度胸のいい母の一人である。一たび子のためになったが最後、古来いかなる悪事をも犯した、恐ろしい「母」の一人である。この変化はもちろん女のためにはあらゆる祝福を与えてもいい。しかし娘じみた細君の代りにずうずうしい母を見出《みいだ》したのは、……保吉は歩みつづけたまま、茫然《ぼうぜん》と家々の空を見上げた。空には南風の渡る中に円《まる》い春の月が一つ、白じろとかすかにかかっている。……

（大正十二年十一月）

一塊の土

お住《すみ》の倅《せがれ》に死に別れたのは茶摘《ちゃつ》みのはじまる時候だった。倅の仁太郎《にたろう》は足かけ八年、腰ぬけ同様に床に就いていた。こういう倅の死んだことは「後生《ごしょう》よし」*といわれるお住にも、悲しいとばかりは限らなかった。お住は仁太郎の棺《かん》の前へ一本線香を手向《たむ》けた時には、とにかく朝比奈《あさひな》の切通し*か何かをやっと通り抜けたような気がしていた。

仁太郎の葬式をすましたのち、まず問題になったものは嫁のお民《たみ》の身の上だった。お民には男の子が一人あった。その上寝ている仁太郎の代りに野良仕事もたいていは引き受けていた。それを今出すとすれば、子供の世話に困るのはもちろん、暮らしさえとうてい立ちそうにはなかった。かたがたお住は四十九日でもすんだら、お民に婿を当てがった上、倅のいた時と同じように働いてもらおうと思っていた。婿には仁太郎の従弟《いとこ》に当たる与吉《よきち》を貰《もら》えばとも思っていた。

それだけにちょうど初七日の翌朝、お民の片づけものをし出した時には、お住の驚いたのも格別だった。お住はその時孫の広次《ひろじ》を奥部屋の縁側に遊ばせていた。遊ばせる玩具《おもちゃ》は学校のを盗んだ花盛りの桜の一枝だった。

「のう、お民、おらあきょうまで黙っていたのは悪いけんど、お前はよう、この子とおらとを置いたまんま、はえ、出て行ってしまうのかよう?」

お住は詰《なじ》るというよりは訴えるように声をかけた。が、お民は見向きもせずに、「何を言うじゃあ、おばあさん」と笑い声を出したばかりだった。それでもお住はどのくらいほっとしたことだか知れなかった。

「そうずらのう。まさかそんなことをしやあしめえのう。……」

お住はなおくどくどと愚痴まじりの歎願《たんがん》を繰り返した。同時にまた彼女自身の言葉にだんだん感傷を催し出した。しまいには涙も幾すじか皺《しわ》だらけの頬を伝わりはじめた。

「はいさね。わしもお前さんさえよけりゃ、いつまでもこの家《うち》にいる気だわね。――こういう子供もあるだものう、すき好んでほかへ行くもんじゃよう」

お民もいつか涙ぐみながら、広次を膝《ひざ》の上へ抱き上げたりした。広次は妙に羞《はずか》しそうに、奥部屋の古畳へ投げ出された桜の枝ばかり気にしていた。……


お民は仁太郎の在世中と少しも変わらずに働きつづけた。しかし婿をとる話は思ったよりも容易に片づかなかった。お民は全然この話に何の興味もないらしかった。お住はもちろん機会さえあれば、そっとお民の気を引いてみたり、あらわに相談を持ちかけたりした。けれどもお民はそのたびごとに、「はいさね、いずれ来年にでもなったら」といいかげんな返事をするばかりだった。これはお住には心配でもあれば、うれしくもあるのに違いなかった。お住は世間に気を兼ねながら、とにかく嫁の言うなりしだいに年の変わるのでも待つことにした。

けれどもお民は翌年になっても、やはり野良へ出かけるほかにはなんの考えもないらしかった。お住はもう一度去年よりはいっそう願をかけたように婿をとる話を勧め出した。それは一つには親戚《しんせき》には叱られ、世間にはかげ口をきかれるのを苦に病んだせいもあるのだった。

「だがのう、お民、お前今の若さでさ、男なしにゃいられるもんじゃなえよ」

「いられなえたって、しかたがなえじゃ。この中へ他人でも入れてみなせえ。広《ひろ》もかわいそうだし、お前さんも気兼ねだし、第一わしの気骨の折れることせったら、ちっとやそっとじゃなかろうわね」

「だからよ、与吉を貰うことにしなよ。あいつもお前このごろじゃ、ぱったり博奕《ばくち》を打たなえというじゃあ」

「そりゃおばあさんには身内でもよ、わしにはやっぱし他人だわね。なに、わしさえ我慢すりゃ……」

「でもよ、その我慢がさあ、一年や二年じゃなえからよう」

「いいわね。広のためだものう。わしが今苦しんどきゃ、ここの家の田地《でんじ》は二つにならずに、そっくり広の手へ渡るだものう」

「だがのう、お民、（お住はいつもここへ来ると、まじめに声を低めるのだった。）なにしろはたの口がうるせえからのう。お前今おらの前で言ったことはそっくり他人にも聞かせてくんなよ。……」

こういう問答は二人の間に何度出たことだかわからなかった。しかしお民の決心はそのために強まることはあっても、弱まることはないらしかった。実際またお民は男手も借りずに、芋《いも》を植えたり麦を刈ったり、以前よりも仕事に精を出していた。のみならず夏には牝牛《めうし》を飼い、雨の日でも草刈りに出かけたりした。この烈《はげ》しい働きぶりはいまさら他人を入れることに対する、それ自身強い抗弁だった。お住もとうとうしまいには婿を取る話を断念した。もっとも断念することだけは必ずしも彼女には不愉快ではなかった。

お民は女の手一つに一家の暮らしを支えつづけた。それにはもちろん「広《ひろ》のため」という一念もあるのに違いなかった。しかしまた一つには彼女の心に深い根ざしを下《お》ろしていた遺伝の力もあるらしかった。お民は不毛の山国からこの界隈《かいわい》へ移住して来たいわゆる「渡りもの」の娘だった。「お前さんとこのお民さんは顔に似合わなえ力があるねえ。この間も陸稲《おかぼ》の大束を四把ずつも背負《しょ》って通ったじゃなえかね」――お住は隣の婆さんなどからそんなことを聞かされるのもたびたびだった。

お住はまたお民に対する感謝を彼女の仕事に表わそうとした。孫を遊ばせたり、牛の世話をしたり、飯を炊いたり、洗濯をしたり、隣へ水を汲《く》みに行ったり、――家の中の仕事も少なくはなかった。しかしお住は腰を曲げたまま、何かと楽しそうに働いていた。

ある秋も暮れかかった夜、お民は松葉束を抱えながら、やっと家へ帰って来た。お住は広次をおぶったなり、ちょうど狭苦しい土間の隅に据風呂《すえぶろ》の下を焚《た》きつけていた。

「寒かっつらのう。晩《おそ》かったじゃ？」

「きょうはちっといつもよりゃ、余計な仕事をしていたじゃあ」

お民は松葉束を流しもとへ投げ出し、それから泥だらけの草鞋《わらじ》も脱がずに、大きい炉側《ろばた》へ上がりこんだ。炉の中には櫟《くぬぎ》の根っこが一つ、赤あかと炎を動かしていた。お住はすぐに立ち上がろうとした。が、広次をおぶった腰は風呂桶《ふろおけ》の縁につかまらない限り、容易に上げることもできないのだった。

「すぐと風呂へはえんなよ」

「風呂よりもわしは腹が減ってるよ。どら、さきに藷《いも》でも食うべえ。――煮てあるらあねえ？　おばあさん」

お住はよちよち流し元へ行き、惣菜《そうざい》に煮《に》た薩摩藷《さつまいも》を鍋《なべ》ごと炉側へぶら下げて来た。

「とうに煮て待ってたせえにの、はえ、冷たくなってるよう」

二人は藷を竹串《たけぐし》へ突き刺し、いっしょに炉の火へかざし出した。

「広はよく眠ってるじゃ。床の中へ転がしておきゃいいに」

「なあん、きょうはばか寒いから、下じゃとても寝つかなえよう」

お民はこう言う間にも煙の出る藷を頬張りはじめた。それは一日の労働に疲れた農夫だけの知っている食いかただった。藷は竹串を抜かれる側から、一口にお民に頰張られていった。お住は小さい鼾《いびき》を立てる広次の重みを感じながら、せっせと藷を炙《あぶ》りつづけた。

「なにしろお前のように働くんじゃ、人一倍腹も減るらなあ」

お住は時々嫁の顔へ感歎《かんたん》に満ちた眼を注いだ。しかしお民は無言のまま、煤《すす》けた榾火《ほたび》の光の中にがつがつ薩摩藷を頰張っていた。

お民はいよいよ骨身を惜しまず、男の仕事を奪いつづけた。時には夜もカンテラの光に菜などをうろ抜いて廻《まわ》ることもあった。お住はこういう男まさりの嫁にいつも敬意を感じていた。いや、敬意というよりもむしろ畏怖《いふ》を感じていた。お民は野や山の仕事のほかはなんでもお住に押しつけ切りだった。このごろではもう彼女自身の腰巻きさえめったに洗ったことはなかった。お住はそれでも苦情を言わずに、曲がった腰を伸ばし伸ばし、いっしょうけんめいに働いていた。のみならず隣の婆さんにでも遇《あ》えば、「なにしろお民があいうふうだからね、はえ、わたしはいつ死んでも、家に苦労はいらなえよう」と、真顔に嫁のことを褒めちぎっていた。

しかしお民の「稼《かせ》ぎ病《びょう》」は容易に満足しないらしかった。お民はまた一つ年《とし》を越すと、今度は川向こうの桑畑へも手を拡げると言いはじめた。なんでもお民の言葉によれば、あの五段歩《たんぶ》に近い畑を十円ばかりの小作に出しているのはどう考えてもばかばかしい。それよりもあすこに桑を作り、養蚕を片手間にやるとすれば、繭相場《まゆそうば》に変動の起こらない限り、きっと年に百五十円は手取りにできるとかいうことだった。けれども金《かね》は欲しいにもしろ、この上忙しい思いをすることはとうていお住には堪えられなかった。ことに手間のかかる養蚕などはできない相談も度を越していた。お住はとうとう愚痴まじりにこうお民に反抗した。

「いいかの、お民。おらだって逃げる訣《わけ》じゃねえ。逃げる訣じゃなえけどもの、男手はなえし、泣きっ児《こ》はあるし、今のまんまでせえ荷が過ぎてらあの。それをお前とんでもなえ、なんで養蚕ができるもんじゃ？　ちっとはお前おらのことも考えてみてくんなよう」

お民も姑《しゅうとめ》に泣かれてみると、それでもとは言われた義理ではなかった。しかし養蚕は断念したものの、桑畑を作ることだけは強情に我意《がい》を張り通した。「いいわね。どうせ畑へはわし一人出りゃすむんだから」――お民は不服そうにお住を見ながら、こんな当っこすりも呟《つぶや》いたりした。

お住はまたこの時以来、婿を取る話を考え出した。以前にも暮らしを心配したり、世間をかねたりしたために、婿をと思ったことはたびたびあった。しかし今度は片時《かたとき》でも留守居役の苦しみを逃れたさに、婿をと思いはじめたのだった。それだけに以前に比べれば、今度の婿を取りたさはどのくらい痛切だか知れなかった。

ちょうど裏の蜜柑畠《みかんばたけ》のいっぱいに花をつけるころ、ランプの前に陣取ったお住は大きい夜なべの眼鏡越しに、そろそろこの話を持ち出してみた。しかし炉側に胡坐《あぐら》をかいたお民は塩豌豆《しおえんどう》を嚙《か》みながら、「また婿話かね、わしは知らなえよう」と相手になる気色《けしき》も見せなかった。以前のお住ならば、これだけでもたいていあきらめてしまうところだった。が、今度は今度だけに、お住もねちねち口説き出した。

「でもの、そうばかり言っちゃいられなえじゃ。あしたの宮下の葬式にゃの、ちょうど今度はおらの家もお墓の穴掘り役に当たってるがの。こういう時に男手のなえのは、……」

「いいわね。掘り役にはわしが出るわね」

「まさか、お前、女のくせに、——」

お住はわざと笑おうとした。が、お民の顔を見ると、うっかり笑うのも考えものだった。

「おばあさん、お前さん隠居でもしたくなったんじゃあるまえね?」

お民は胡坐の膝を抱いたなり、冷ややかにこう釘《くぎ》を刺した。突然急所を衝《つ》かれたお住は思わず大きい眼鏡を外した。しかしなんのために外したかは彼女自身にもわからなかった。

「なあん、お前、そんなことを!」

「お前さん広のお父《とっ》さんの死んだ時に、自分でも言ったことを忘れやしまえね? ここの家の田地を二つにしちゃ、ご先祖様にもすまなえって、……」

「ああさ。そりゃそう言ったじゃ。でもの、まあ考えてみば。時世時節ということもあるら。こりゃどうにもしかたのなえこんだの。……」

お住はいっしょうけんめいに男手のいることを弁じつづけた。が、とにかくお住の意見は彼女自身の耳にさえもっともらしい響きを伝えなかった。それは第一に彼女の本音、——つまり彼女の楽になりたさを持ち出すことのできないためだった。お民はまたそこを見つけどころに、相変わらず塩からい豌豆を噛み噛み、ぴしぴし姑をきめつけにかかった。のみならずこれにはお住の知らない天性の口達者も手伝っていた。

「お前さんはそれでもよかろうさ。先に死んでってしまうだから。——だがね、おばあさん、わしの身になりゃ、そう言ってふて腐っちゃいられなえじゃあ。わしだって何も晴れや自慢で、後家を通してる訣じゃなえよ。骨節の痛んで寝られなえ晩なんか、ばか意地を張ったってしかたがなえと、しみじみ思うこともなえじゃなえ。そりゃなえじゃなえけんどね。これもみんな家のためだ、広のためだと考え直して、やっぱり泣き泣きやってるだあよ。……」

お住はただ茫然《ぼうぜん》と嫁の顔ばかり眺めていた。そのうちにいつか彼女の心ははっきりとある事実を捉《とら》え出した。それはいかにあがいてみても、とうてい眼をつぶるまでは楽はできないという事実だった。お住は嫁のしゃべりやんだのち、もう一度大きい眼鏡をかけた。それから半ば独語《ひとりごと》のようにこう話の結末をつけた。

「だがの、お民、なかなかお前世の中のことは理窟《りくつ》ばっかしじゃいかなえせえに、とっくりお前も考えてみてくんなよ。おらはもうなんとも言わなえからの」

二十分ののち、誰か村の若衆《わかしゅ》が一人、中音の唄《うた》をうたいながら、静かにこの家の前を通りすぎた。「若い小母《おば》さんきょうは草刈りか。草よ靡《なび》けよ。鎌《かま》切れろ」——唄の声の遠のいた時お住はもう一度眼鏡越しに、ちらりとお民の顔を眺めた。が、お民はランプの向こうに長ながと足を伸ばしたまま、生欠伸《なまあくび》をしているばかりだった。

「どら、寝べえ。朝が早えに」

お民はやっとこう言ったと思うと、塩豌豆《しおえんどう》を一掴《ひとつか》みさらったのち、大儀そうに炉側を立ち上がった。……

お住はその後三、四年の間、黙々と苦しみに堪えつづけた。それはいわばはやり切った馬と同じ軛《くびき》を背負わされた老馬の経験する苦しみだった。お民は相変わらず家を外にせっせと野良仕事にかかっていた。お住ははた目には相変わらず小まめに留守居役を勤めていた。しかし見えない鞭《むち》の影は絶えず彼女を脅《おびや》かしていた。ある時は風呂を焚かなかったために、ある時は籾《もみ》を干し忘れたために、ある時は牛の放れたために、お住はいつも気の強いお民に当てこすりや小言を言われがちだった。が、彼女は言葉も返さず、じっと苦しみに堪えつづけた。それは一つには忍従に慣れた精神を持っていたからだった。また二つには孫の広次が母よりもむしろ祖母の彼女に余計なついていたからだった。

お住は実際はた目にはほとんど以前に変わらなかった。もし少しでも変わったとすれば、それはただ以前のように嫁のことを褒めないばかりだった。けれどもこういう些細《ささい》の変化は格別人目を引かなかった。少なくとも隣のばあさんなどにはいつも「後生《ごしょう》よし」のお住だった。

ある夏の日の照りつけた真昼、お住は納屋《なや》の前を覆った葡萄棚《ぶどうだな》の葉の陰に隣のばあさんと話していた。あたりは牛部屋の蠅《はえ》の声のほかになんの物音も聞こえなかった。隣のばあさんは話をしながら、短い巻煙草を吸ったりした。それは倅の吸い殻を丹念に集めて来たものだった。

「お民さんはえ？　ふうん、干し草刈りにの？　若えのにまあ、なんでもするのう」

「なあん、女にゃ外へ出るよか、うちの仕事がいちばんいいだよう」

「いいえ、畠仕事の好きなのは何よりだよう。わしの嫁なんか祝言《しゅうげん》から、はえ、これもう七年が間、畠へはおろか草むしりせえ、ただの一日も出たことはなえわね。子供の物の洗濯だあの、自分の物の仕直しだあのって、毎日永の日を暮らしてらあね」

「そりゃそのほうがいいだよう。子供のなりも見よくしたり、自分も小綺麗《こぎれい》になったりするはやっぱし浮世《うきよ》の飾りだよう」

「でもさあ、今の若え者はいったいに野良仕事が嫌いだよう。――おや、なんずら、今の音は？」

「今の音はえ？　ありゃお前さん、牛の屁《へ》だわね」

「牛の屁かえ？　ふんとうにまあ。――もっとも炎天に甲羅を干し干し、粟《あわ》の草取りをするのなんか、若え時にゃ辛《つら》いからね」

二人の老婆はこういうふうにたいてい平和に話し合うのだった。

仁太郎の死後八年余り、お民は女の手一つに一家の暮らしを支えつづけた。同時にまたいつかお民の名は一村の外へも弘《ひろ》がり出した。お民はもう「稼ぎ病」に夜も日も明《あ》けない若後家ではなかった。いわんや村の若衆《わかしゅ》などの「若い小母さん」ではなおさらなかった。その代りに嫁の手本だった。今の世の貞女の鑑《かがみ》だった。「沢向こうのお民さんを見ろ」──そういう言葉は小言といっしょに誰の口からも出るくらいだった。お住は彼女の苦しみを隣の婆さんにさえ訴えなかった。訴えたいともまた思わなかった。しかし彼女の心の底に、はっきり意識しなかったにしろ、どこか天道《てんどう》を当てにしていた。その頼みもとうとう水の泡になった。今はもう孫の広次よりほかに頼みにするものは一つもなかった。お住は十二、三になった孫へ必死の愛を傾けかけた。けれどもこの最後の頼みも途絶えそうになることはたびたびだった。

ある秋晴れのつづいた午後、本包みを抱えた孫の広次は、あたふた学校から帰って来た。お住はちょうど納屋の前に器用に庖丁《ほうちょう》を動かしながら、蜂屋柿《はちやがき》*を吊《つる》し柿に拵《こしら》えていた。広次は粟の籾を干した筵《むしろ》を身軽に一枚飛び越えたと思うと、ちゃんと両足を揃えたまま、ちょっと祖母に挙手の礼をした。それからなんの次穂《つぎほ》もなしに、こうまじめに尋ねかけた。

「ねえ、おばあさん。おらのお母さんはうんと偉い人かい？」

「なぜや？」

お住は庖丁の手を休めるなり、孫の顔を見つめずにはいられなかった。

「だって先生がの、修身の時間にそう言ったぜ。広次のお母さんはこの近在に二人とない偉い人だって」

「先生がの？」

「うん、先生が。嘘だのう？」

お住はまず狼狽《ろうばい》した。孫さえ学校の先生などにそんな大嘘を教えられている、――実際お住にはこのくらい意外な出来事はないのだった。が、一瞬の狼狽ののち、発作的に怒りに襲われたお住は別人のようにお民を罵《ののし》り出した。

「おお、嘘だとも、嘘の皮だわ。お前のお母さんという人はな、外でばっか働くせえに、人前《ひとまえ》は偉くいいけんどな、心はうんと悪な人だわ。おばあさんばっか追い廻してな、気ばっかむやみと強くってな、……」

広次はただ驚いたように、色を変えた祖母を眺めていた。そのうちにお住は反動の来たのか、たちまちまた涙をこぼしはじめた。

「だからな、このおばあさんはな、われ一人を頼みに生きているだぞ。わりゃそれを忘れるじゃなえぞ。われもやがて十七になったら、すぐに嫁を貰ってな、おばあさんに息をさせるようにするんだぞ。お母さんは徴兵がすむ*まじゃあなんか、気の長えことを言ってるがな、どうしてどうして待てるもんか！　いいか？　わりゃおばあさんにお父さんと二人分孝行するだぞ。そうすりゃおばあさんも悪いようにゃしなえ。なんでもわれにくれてやるからな。……」

「この柿も熟《う》んだら、おらにくれる？」

広次はもうもの欲しそうに籠《かご》の中の柿をいじっていた。

「おおさえ。くれなえで。わりゃ年はいかなえでも、なんでもよくわかってる。いつまでもその気をなくすじゃなえぞ」

お住は涙を流し流し、吃逆《しゃくり》をするように笑い出した。……

こういう小事件のあった翌晩、お住はとうとうちょっとしたことから、お民とも烈しいいさかいをした。ちょっとしたこととはお民の食う藷をお住の食ったとかいうことだけだった。しかしだんだん言い募るうちに、お民は冷笑を浮かべながら、「お前さん働くのが厭《いや》になったら、死ぬよりほかはなえよ」と言った。するとお住は日ごろに似合わず、気違いのように吼《たけ》り出した。ちょうどこの時孫の広次は祖母の膝を枕にしたまま、とうにすやすや寝入っていた。が、お住はその孫さえ、「広、こう、起きろ」と揺すり起こした上、いつまでもこう罵りつづけた。

「広、こう、起きろ。広、こう、起きて、お母さんの言い草を聞いてくよう。お母さんはおらに死ねって言っているぞ。な、よく聞け。そりゃお母さんの代になって、銭は少しは殖《ふ》えつらけんど、一町三段の畠はな、ありゃみんなおじいさんとおばあさんとの開墾したもんだぞ。そりょうどうだ？　お母さんは楽《らく》がしたけりゃ死ねって言ってるぞ。――お民、おらは死ぬべえよう。なんの死ぬことが怖いもんじゃ。いいや、手前の指図なんか受けなえ。おらは死ぬだ。どうあっても死ぬだ。死んで手前にとっ着いてやるだ。……」

お住は大声に罵り罵り、泣き出した孫と抱き合っていた。が、お民は相変わらずごろりと炉側へ寝ころんだなり、そら耳を走らせているばかりだった。

けれどもお住は死ななかった。その代りに翌年の土用明け前、じょうぶ自慢のお民は腸チブスに罹《かか》り、発病後八日目に死んでしまった。もっとも当時腸チブス患者はこの小さい一村《いっそん》の中にも何人出たかわからなかった。しかもお民は発病する前に、やはりチブスのために倒れた鍛冶屋《かじや》の葬式の穴掘り役に行った。鍛冶屋にはまだ葬式の日にやっと避病院へ送られる弟子の小僧も残っていた。「あの時にきっと移ったずら」——お住は医者の帰ったのち、顔をまっ赤にした患者のお民にこう非難を仄《ほの》めかせたりした。

お民の葬式の日は雨降りだった。しかし村のものは村長をはじめ、一人も残らず会葬した。会葬したものはまた一人も残らず若死《わかじ》にしたお民を惜しんだり、大事の稼ぎ人を失った広次やお住を憐《あわれ》んだりした。ことに村の総代役《そうだいやく》は郡でも近々にお民の勤労を表彰するはずだったということを話した。お住はただそういう言葉に頭を下げるよりほかはなかった。

「まあ運だとあきらめるだよ。わしらもお民さんの表彰についちゃ、去年から郡役所へ願い状を出すしさ、村長さんやわしは汽車賃を使って五度も郡長さんに会いに行くしさ、やさしい骨を折ったことじゃなえ。だがの、わしらもあきらめるだから、お前さんも一つあきらめるだ」――人のいい禿《は》げ頭の総代役はこう常談などもつけ加えた。それをまた若い小学教員は不快そうにじろじろ眺めたりした。

お民の葬式をすました夜、お住は仏壇《ぶつだん》のある奥部屋の隅に広次と一つ蚊帳《かや》へはいっていた。ふだんはもちろん二人ともまっ暗にした中に眠るのだった。が、今夜は仏壇にはまだ灯明もともっていた。その上妙な消毒薬の匂も古畳にしみこんでいるらしかった。お住はそんなこんなのせいか、いつまでも容易に寝つかれなかった。お民の死は確かに彼女の上へ大きい幸福をもたらしていた。彼女はもう働かずともよかった。小言を言われる心配もなかった。そこへ貯金は三千円もあり、畠は一町三段ばかりあった。これからは毎日孫といっしょに米の飯を食うのもかってだった。日ごろ好物の塩鱒《しおます》を俵《たわら》で取る*のもまたかってだった。お住はまだ一生のうちにこのくらいほっとした覚えはなかった。このくらいほっとした？――しかし記憶ははっきりと九年前のある夜を呼び起こした。あの夜も一息ついたことをいえば、ほとんど今夜に変わらなかった。あれは現在血をわけた倅の葬式のすんだ夜だった。今夜は？――今夜も一人の孫を産んだ嫁の葬式のすんだばかりだった。

お住は思わず目を開いた。孫は彼女のすぐ隣に他愛《たわい》のない寝顔を仰向けていた。お住はその寝顔を見ているうちにだんだんこういう彼女自身を情けない人間に感じ出した。同時にまた彼女と悪縁を結んだ倅の仁太郎や嫁のお民も情けない人間に感じ出した。その変化は見る見る九年間の憎しみや怒りを押し流した。いや、彼女を慰めていた将来の幸福さえ押し流した。彼ら親子は三人ともことごとく情けない人間だった。が、そのうちにたった一人生き恥を曝《さら》した彼女自身は最も情けない人間だった。「お民、お前なぜ死んでしまっただ？」――お住は我知らず口のうちにこう新仏《しんぼとけ》へ話しかけた。すると急にとめどもなしにぽたぽた涙がこぼれはじめた。……

お住は四時を聞いたのち、やっと疲労した眠りにはいった。しかしもうその時にはこの一家《いっか》の茅屋根《かややね》の空も冷ややかに暁を迎え出していた。……

（大正十二年十二月）

注釈

トロッコ

五＊トロッコ　湯河原《ゆがわら》出身で当時金星堂の校正係りをしていた力石《りきいし》という人の少年期の体験に取材した作品。

＊軽便《けいべん》鉄道　小型の汽車を使用する鉄道。小田原《おだわら》—熱海《あたみ》間には最初人車《じんしゃ》鉄道が開通していたが、明治四十一年（一九〇八）八月、大日本軌道《きどう》会社が軽便鉄道の敷設工事を開始した。

一〇＊岩村《いわむら》　神奈川県足柄下《あしがらしも》郡にある地名。小田原と熱海の中間で真鶴《まなづる》より少し東。

一一＊日金山《ひがねやま》　熱海市の西北にある高さ七七四メートルの山。

報恩記

一三＊阿媽港《あまかわ》　中国広東《カントン》省澳門《マカオ》。十六、七世紀ごろ西洋商人の居留地であった。

＊聚楽《じゅらく》の御殿《ごてん》　豊臣秀吉《とよとみひでよし》が一五八七年（天正《てんしょう》十五年）京都に建築した聚楽第《じゅらくだい》をさす。

＊呂宋助左衛門《るそんすけざえもん》　泉州堺《せんしゅうさかい》の人。当時の大貿易商。本姓は納屋《なや》氏。南方諸国との交易に

より巨富《きよふ》を得、豪奢《ごうしゃ》をきわめた。

*甲比丹《カピタン》 Capitão （ポルトガル語）。南蛮船《なんばんせん》の船長。また江戸時代、平戸《ひらど》および長崎《ながさき》のオランダ東インド会社の日本支店の商館長の日本における呼称。

一四*いんへるの inferno （ポルトガル語）。地獄。

一五*摩利伽《まりか》 マラッカ。マラヤの南西部にある港。

*北条屋弥三右衛門《ほうじようややそうえもん》 作者の虚構した人物。

*角倉《かどくら》 角倉氏。京都嵯峨《さが》の人。当時の大貿易商の一人。

*沙室《しゃむろ》 いまのタイ国。

*呂宋《るそん》 ルソン島。いまのフィリピン国の一部。

一六*究理の学問 物理学のこと。

*凩《こがらし》の茶 凩の吹く夜しみじみと茶を堪能《たんのう》する風流事。

一八*抛《な》げ銀《ぎん》 船やその積荷を担保《たんぽ》として金を貸すこと。海難の場合借り手は返済の義務を負わないから貸し主のまる損となる。

二一*根来寺《ねごろでら》 和歌山県岩手《いわで》市にある新義真言宗《しんぎしんごんしゅう》の大本山。

*殺生関白《せっしょうかんぱく》 豊臣秀次《とよとみひでつぐ》のこと。残酷な行動が多かったので当時こうあだ名された。

*呂宋の太守 フィリピンのマニラの日本人町に置かれた領事のような役人をさすか。

二二*「ふすた」船 fusta （ポルトガル語）。朱印船《しゅいんせん》の免状を得て南洋諸国と交易した小型の帆船。また小型の南蛮船。

二六＊瘧《おこり》　マラリヤの古名。
二九＊「はらいそ」　paraiso（ポルトガル語）。天国。
三一＊沙室屋《しやむろや》　岡地勘兵衛《おかじかんべえ》。近江《おうみ》の人。当時の大貿易商の一人。サラサ染めを日本で創始。
＊備前宰相《びぜんさいしよう》　池田輝政《いけだてるまさ》のこと。
＊参河侍《みかわざむらい》　三河国《みかわのくに》（愛知県）の侍。
三三＊「えそぽ」　イソップ物語のこと。キリシタン版。"Esopo no Fabulas"は、一五九三年（文禄《ぶんろく》二年）天草《あまくさ》の学林《がくりん》（コレジョ）で出版された。

仙人

三九＊麝香獣《じやこうじゆう》　芳香《ほうこう》を出す獣の総称。ジャコウジカ、ジャコウネコなど。
四三＊淀屋辰五郎《よどやたつごろう》　江戸《えど》時代元禄《げんろく》期の大坂の豪商。生活は豪奢《ごうしや》をきわめ、専横な行為が多く、遊女のために家産を傾け、謀書《ぼうしよ》などの罪により三都を追放された。芝居などに脚色され有名。

庭

四四＊本陣《ほんじん》　江戸時代、宿駅《しゆくえき》に設けられ、参勤交替《さんきんこうたい》の大名や貴人が宿泊した。
＊和《かず》の宮様《みやさま》ご下向《げこう》　徳川《とくがわ》十四代将軍家茂《いえもち》の妻。孝明《こうめい》天皇の妹。宮号《みやごう》は和宮《かずのみや》。一八六二年（文久《ぶんきゆう》二年）家茂に降嫁し、一八六六年（慶応《けいおう》二年）家茂没後落髪し静寛院宮《せいかんいんのみや》と

称した。

四五 *表徳《ひようとく》 雅号《がごう》。

*井月《せいげつ》 天保《てんぽう》ごろの俳人。長野県伊那《いな》地方の人。信州《しんしゅう》各地を放浪した。

*付合《つけあい》 連歌《れんが》・俳諧《はいかい》で句を付けること。井月の前句《まえく》に文室が付けたのである。

四七 *紙石板《かみせきばん》 ボール紙に軽石の粉などを塗装して作った石盤の代用品。

四八 *このたび諏訪《すわ》の戦いに…… 元治《げんじ》元年（一八六四）十一月二十日、信州和田峠《わだとうげ》で、上洛《じょうらく》せんとする水戸《みと》浪士《ろうし》武田《たけだ》耕雲斎《こううんさい》の一党を和田・松本《まつもと》両藩《りようはん》が迎え撃った戦い。松本藩の死者中に吉江《よしえ》衛門太郎《えもんたろう》などの名があり、その墓は和田峠近くの慈雲寺《じうんじ》にある。

*大津絵《おおつえ》 大津絵節の略。一種の俗謡。大津絵の戯画の画題をよみ並べて節付けしたものに始まり、江戸末期から明治《めいじ》初年にかけて替え唄《うた》が流行した。

*せんげ 堰《せき》。小流。信州の方言。

一夕話

五三 *陶々亭《とうとうてい》 千代田区有楽町《ゆうらくちょう》一丁目にあった中華料理店。大正八年（一九一九）創業。

*賄征伐《まかないせいばつ》 旧制高校の寮生が食器を故意に破壊するなどして炊事係りをこらしめたり、待遇改善をせまったりしたこと。

五四 *松花《スンホア》（中国語）。松花蛋《スアホアダン》。家鴨《あひる》の卵を泥・灰・塩の混合物で密封凝固した料理。

五六 *魚翅《イウツウ》（中国語）。フカ・サメなどのヒレ。

二五八＊花を折り……　芸者と遊ぶことをいう。

二五九＊占城《チャンパ》「チャンパ縞《じま》」の略。紬《つむぎ》風の太糸で、さまざまな色をまじえた絹織物《きぬおりもの》。紙入れや茶入れの袋などに多く用いられた。

二六〇＊千蔭流《ちかげりゅう》　加藤《かとう》千蔭《ちかげ》を始祖とする和様書道の流派。

六の宮の姫君

二六四＊六《ろく》の宮《みや》の姫君《ひめぎみ》　「今昔《こんじやく》物語集」巻十九第五「六宮姫君夫出家語《ろくのみやのひめぎみのおっとしゅっけせること》」に取材した作品。

＊兵部大輔《ひょうぶのたいふ》　諸国の兵馬など軍事を職掌《しょくしょう》する役所の次官《すけ》（輔《すけ》）。輔には大小がある。

二六五＊前司《ぜんじ》　前の国司《こくし》。丹波国《たんばのくに》は京都府北西部の辺。

＊受領《ずりょう》　各地方に赴任して政務を執る国司。国司の別名。

＊上達部《かんだちめ》　三位《さんみ》以上の殿上人《てんじょうびと》。公卿《くげ》の称。

二六六＊気味の悪い話　「今昔物語集」巻二十六第十九「東《あづま》に下る者、人の家に宿りて産に値《あ》ふものがたり」による。

二六七＊除目《じもく》　県召《あがためし》の除目。一月十一日より三日間宮中で行なわれ国司を新しく任ずる年中行事。

二六八＊典薬之《てんやくの》助《すけ》　宮中の医科・薬園・茶園・乳牛などをつかさどる典薬寮の次官。

二七〇＊四つ足の門　円形の大柱の前後に方形の四本の袖柱《そでばしら》を立てた門。総門。

七三＊たまくらの……　「今昔物語集」「拾遺《しゅうい》和歌集」（恋）にある歌。以前はすきま風も寒かったが、今はこのようにしていても平気だ、もう習慣としてならされてしまったからの意。

＊乳母は……　以下は「今昔物語集」巻十五第四十七「造悪業人最後唱念仏《あくごうをつくりしひとさいごにねんぶつをとなえて》往生語《おうじょうせること》」などによったか。病人の目に「火の車」「金色《こんじき》したる大きなる蓮華《れんげ》」などが見えることが記されている。

七四＊それから……　以下は「今昔物語集」にない。

七五＊内記《ないき》の上人《しょうにん》　「宇治拾遺《うじしゅうい》物語」巻十二の四などにその名が見える。内記は、宮中のことを記録した職掌。大・中・小に分かれる。上人《しょうにん》は高僧の称。

＊慶滋《よししげ》の保胤《やすたね》　承平《じょうへい》四年？—長平《ちょうへい》四年（九三四？—一〇〇二）。菅原文時《すがわらのふみとき》に師事した平安中期の文人。大内記《だいないき》になりのち出家した。「池亭記《ちていき》」「日本往生極楽記《にほんおうじょうごくらくき》」などを著わした。

＊空也上人《くうやしょうにん》　延喜《えんぎ》三年—天禄《てんろく》三年（九〇三—九七二）。平安《へいあん》中期の高僧。踊念仏《おどりねんぶつ》の祖。諸国を遍歴し、道路、橋などを修復、阿弥陀仏《あみだぶつ》を誦名《しょうみょう》し、市聖《いちひじり》・阿弥陀聖《あみだひじり》と呼ばれた。

魚河岸

七六＊保吉《やすきち》　芥川《あくたがわ》の身辺小説の主人公に共通して用いられている名。

＊魚河岸《うおがし》　日本橋川《にほんばし》に臨《のぞ》んで中央区本船町《ほんふねちょう》にあった魚河岸。築地《つきじ》に移ったのは大正十二年（一九二三）。

＊露柴《ろさい》　小沢碧童《おざわへきどう》氏（大正十一年八月三十一日付吉田東周《よしだとうしゅう》宛書簡による）。

＊風中《ふうちゅう》　小穴隆一《おあなりゅういち》氏をさす（同）。

＊如丹《じょたん》　遠藤古原草《えんどうこげんそう》氏をさす（同）。

＊蜀山《しょくさん》　大田南畝《おおたなんぽ》。寛延《かんえん》二年—文政《ぶんせい》六年（一七四九—一八二三）。江戸時代の代表的な狂歌師《きょうかし》。

＊文晁《ぶんちょう》　谷《たに》文晁。宝暦《ほうれき》十三年—天保《てんぽう》十一年（一七六三—一八四〇）。江戸末期の画家。

七六＊日本橋　お孝・清葉《きよは》という二人の芸者の達引《たてひき》を中心とした脂粉《しふん》の香の強い長編小説。大正三年（一九一四）作。

お富の貞操

八一＊酒筵《さかむしろ》　酒樽《さかだる》を包装してあるこも。乞食《こじき》などがこれを雨具や夜具のかわりに着る。

八三＊新公《しんこう》　「小説の中に村上新三郎という乞食が出てくる。幕末に村上新五郎という奇傑がいたが同一人かと尋ねられた人もある。しかしあの小説は架空の談だから、いうところのモデルを用いたのではない」（続野人生計事十一暗合）

八七＊金切《きんぎ》れ　官軍の印としてつけた錦のつづれの切れ。

九三＊竹の台　現在の上野《うえの》国立博物館前の広場。

＊第三回内国博覧会　明治二十三年（一八九〇）三月二十六日から上野竹の台で開催された、第三回内国勧業博覧会。

＊黒門《くろもん》　もと上野《うえの》東叡山寛永寺《とうえいざんかんえいじ》の総門だった黒塗《くろぬ》りの門。上野公園入口左の歩道にその跡がある。

＊前田正名《まえだまさな》　嘉永《かえい》三年―大正十年（一八五〇―一九二一）。鹿児島藩士《かごしまはんし》。フランス留学後山梨県知事。当時農商務次官。のち元老院議員。

＊田口卯吉《たぐちうきち》　嘉永四年―明治三十四年（一八五一―一九〇一）。幕臣。維新後大蔵省に出仕《しゅっし》。『東京経済雑誌』を主宰。当時区会議員。経済学・国史の権威者。著に「日本開化小史」「支那《しな》開化小史」がある。

＊辻新次《つじしんじ》　天保《てんぽう》三年―大正四年（一八三二―一九一五）。信州松本《しんしゅうまつもと》藩士。江戸で洋学を修め、文部行政に尽力。当時文部次官、のち帝国教育会会長。

＊岡倉覚三《おかくらかくぞう》　文久《ぶんきゅう》二年―大正二年（一八六二―一九一三）美術批評家。号は天心《てんしん》。当時東京美術学校校長。

＊下条正雄《しもじょうまさお》　万延《まんえん》元年―大正九年（一八六〇―一九二〇）。米沢《よねざわ》藩士。この時海軍士官、のち海軍主計大監《しゅけいたいかん》・帝室《ていしつ》博物館評議員。

おぎん

九六＊さん・じょあん・ばちすた　San Joan Bautista　洗礼者聖ヨハネのこと。神の国の近きことを予言し、ヨルダン川でキリストはじめ多くの人に洗礼を施した。

＊みげる　Miguel　クリスチャン・ネーム。

＊網代《あじろ》の乗り物　網代（竹・葦《あし》・檜《ひのき》などをうすく削り、斜めに編んだもの）製の籠《かご》。罪人の護送に用いられた。

九七＊ジェスウィット　Jesuit　ジェスウィット会（一五四〇年、新教の勢力に対抗してローマ旧教の発展をはかるためにロヨラらの創始した教団。イエズス会。ヤソ会）に属する宣教師。

＊ジァン・クラッセ　Jean Crasset　一六一八年—一六九二年。フランスのカトリック神学者、史家。イエズス会士。日本では、日本キリシタン史家として知られ、「日本教会史」が明治時代に翻訳された。

＊ばぷちずも　baptismo（ポルトガル語）。洗礼。

＊獅子吼《ししく》　仏教において仏が説法によって悪魔・外道《げどう》を排撃し正道を宣揚することを、獅子《しし》が吼《ほ》えて百獣を恐れさせる威力にたとえたもの。

＊「深く御柔軟《ごにゅうなん》、……」　聖母マリアを称讃《しょうさん》する語。十六世紀の日本のキリシタンが用いたカトリックの祈禱《きとう》の訳文体。「さるべれじな」という聖母マリアへの祈禱の一節（「どちりな・きりしたん」第五）。

＊「十字架《くるす》に懸《かか》り死し給い、……」　やはり当時のキリシタンが用いたことば。「どちりな・きりしたん」第六「けれど」にあるものとほぼ同じ。

＊ぜすす　Jesus（ラテン語）。イエス。
＊御糺明《ごきゆうめい》の喇叭《らつぱ》　キリスト教における「最後の審判」の到来をいう。
＊「おん主、大いなる御威光、……」　最後の審判のありさま。
九八＊「御言葉《みことば》の御聖徳《ごしようとく》により、……」「どちりな・きりしたん」第十「サンタエケレジヤの七つのサカラメントの事」の第三のサカラメントに当たる。コムニアンまたはエウカリスチャ（聖体拝領《せいたいはいりよう》）といわれるもの。
＊さがらめんと　sacramento（ポルトガル語）。聖典。秘蹟《ひせき》。サカラメント。
＊「憐《あわれ》みのおん母、……」「さるべれじな」（「どちりな・きりしたん」第五）の祈禱を簡略化したもの。「さるべれじな」はこのことばをもって始まる、聖母マリアにデウスへの仲介をたのむ祈禱。
＊えわ　Eua（ギリシャ語）。エバ。イブのこと。
＊あんめい　amen（ヘブライ語で「確かに」の意で、後に「かくあれ」の意）。アーメン。
＊なたら　natal（ポルトガル語）。誕生《たんじよう》の意。キリシタンでは、クリスマスの意に用いる。
九九＊べれん　Belem（ポルトガル語）。ユダヤの国ベツレヘム。キリストの降誕地。
一〇〇＊大天使がぶりえる　San Gabriel　大天使（天使の首長、七人いるという）の名。聖書においてマリアにキリストの受胎を告げに来る天使（ルカ伝第一章）。

百合

一〇五＊良平《りょうへい》「トロッコ」の主人公と同じ。滝井孝作《たきいこうさく》によれば、モデルは神奈川県湯河原出身の力石という人。

＊薄暗いロシアを夢みている　一九一七年（大正六年）の革命前後、しばらく国内情勢の不安定であったソビエト連邦をさしている（在来の境地に安住し得なくなった作者自身の姿勢が感じとられる）。

一〇六＊あゆびょう　未詳。あゆびはあゆぶ（歩く）の転か。

一〇七＊中生十文字《なかてじゅうもんじ》　桑の品種。葉の出かたによって十文字の名がある。

雛

一三〇＊塩瀬《しおぜ》　羽二重に似た厚地の絹織物。

＊石帯《せきたい》　束帯の時、袍《ほう》（上衣《うえのきぬ》）の腰にまとう帯。

＊加州様《かしゅうさま》　加賀藩《かがはん》（石川県）。藩主は前田家。百万石といわれ江戸時代には全国最高の大藩だった。

＊因州様《いんしゅうさま》　因幡《いなば》藩（鳥取県）。藩主は池田家。三十二万石。

一三一＊陳皮《ちんぴ》　蜜柑《みかん》の皮をかわかして薬用に供するもの。鎮咳《ちんがい》・発汗などに効能がある。

＊大黄《だいおう》　タデ科の多年生草本で、黄色い根茎の外皮をとり去り乾燥させたもの。チベ

ットおよび中国西北部産。健胃剤・瀉下《しゃか》剤として効能がある。
＊やっと散切《ざんぎ》りになった　散切りは髪を切り乱したまま結ばないこと。従来の男子の結髪《けっぱつ》の風習を廃させるため、明治四年（一八七一）五月斬髪廃刀令《ざんぱつはいとうれい》が公布されたが、散切り頭にはなかなか改まらなかった。
一三四＊振り出しの袋　薬を布の袋に入れて湯に浸し、振り動かして薬気を出すもの。薬屋で売った。
一三八＊薬研《やげん》　漢方の薬種を細かい粉にする金属製の器具。薬おろしのこと。
一四三＊会津《あいづ》っ原《ぱら》　千代田区大手町《おおてまち》あたり。もと会津藩《あいづはん》の屋敷があり、それが明治五年（一八七二）の大火で焼原となっていた。
＊煉瓦通《れんがどお》り　明治五年（一八七二）の大火後、新橋《しんばし》—銀座《ぎんざ》間に西洋風市街が建築され煉瓦街ができた。
一四九＊滝田《たきた》氏　滝田哲太郎《てつたろう》　明治十五年—大正十四年（一八八二—一九二五）。号は樗陰《ちょいん》。東大を中退。『中央公論』の記者・主幹として活躍。名編集者と謳《うた》われた。

猿蟹合戦

一五一＊流行の危険思想　大正から昭和にかけて盛んになった社会主義および共産主義思想をさす。
一五三＊国粋会《こくすいかい》　皇室中心主義、国粋主義を奉ずる思想団体。大正八年（一九一九）西村伊《にしむらい》

三郎《さぶろう》などの首唱で成立した大日本国粋会あたりをさす。

一五三＊相互扶助論《そうごふじょろん》　社会を進化発達せしめる最大要因が相互扶助にあると主張し、ダーウィン主義の進化論思想が搾取を正当化しているとして攻撃を加えたクロポトキンの著書。正しい書名は「相互扶助論即《すなわ》ち進化の一要因」（Mutual Aid, a Factor of Evolution）（一九〇二）。

二人小町

一五四＊小野《おの》の小町《こまち》　平安《へいあん》前期の女流歌人。六歌仙《ろっかせん》および三十六歌仙の一人。出羽《でわ》の郡司《ぐんじ》小野良実《おののよしざね》（篁《たかむら》の子）の娘という。絶世の美女として名高く、その生涯は種々伝説化されて、謡曲《ようきょく》その他後世の文芸に多くの題材を与えた。仁明《にんみょう》・文徳《もんとく》両朝の後宮《こうきゅう》に仕え、八七六年ごろ致仕《ちし》したとも伝えるが、生没その他未詳。

＊深草《ふかくさ》の少将《しょうしょう》　小野の小町のもとに百夜《ももよ》通ったと伝えられる人。僧正遍昭《そうじょうへんじょう》の在俗の時のことともいうが不詳。謡曲「通小町《かよいこまち》」の主人公。

一五六＊玉造《たまつくり》の小町《こまち》　「玉造小町子壮衰書《たまつくりこまちしそうすいしょ》」の主人公。美人であったが、晩年容色が衰えておちぶれ乞食《こじき》をして歩いていたという。小野小町のことともいう。謡曲「卒都婆小町《そとばこまち》」などは、この話から取材されている。

一五七＊安倍《あべ》の晴明《せいめい》　平安中期の人。天文博士・陰陽師《おんみょうじ》として名高く種々の伝説がある。

一六〇＊火鼠《ひねずみ》の裘《かわごろも》　「竹取《たけとり》物語」のかぐや姫が求婚者の一人に探すように命じた、この世にありえない宝物の一つ。絶対火に焼けないという。

＊蓬萊《ほうらい》の玉の枝　同右。蓬萊（南方の海中にあるという仙境《せんきょう》）にある美しい玉の枝。

＊燕《つばめ》の子安貝　同右。燕がお産をする時生むという。

一六一＊三十番神《さんじゅうばんじん》　月の三十日を一日ずつ分担して法華経《ほけきょう》を護り給う三十体の神々。

おしの

一六七＊南蛮寺《なんばんじ》　永禄《えいろく》十一年（一五六八）織田信長《おだのぶなが》が、京都と安土《あづち》に建設を許したキリスト教会堂。

＊硝子画《ガラスえ》　ステンド・グラス。

＊レクトリウム　不詳。あるいは中世の教会用語か。おそらく読書室の意味であろうか。

＊あびと　habito（ポルトガルト語）。僧侶《そうりょ》などの着用する長くゆるやかな衣服。

＊こんたつ　contas（ポルトガル語）。じゅず。

一六九＊カテキスタのファビアン　カテキスタ　catechist（ポルトガル語・ラテン語）は、カテキシモ（キリシタンの教義）を教える人。すなわち伝道士の意。伝道士ファビアン（Fabian）。ここは日本人であろう。

一七〇＊「すぐれて御愛憐《ごあいれん》、……天上《てんじょう》の妃《きさき》」　聖母マリアのこと。このことばは、十六世紀の日本のキリシタンによって用いられた、カトリック祈禱《きとう》の、当時の訳文体である。

一七一＊ジュデア　Judea　ユダヤ。

一七三＊佐佐木家《ささきけ》　佐佐木義賢《よしかた》。六角《ろっかく》と称す。近江源氏《おうみげんじ》。代々近江国蒲生《がもう》郡に居住す。しばしば信長と争ったが元亀《げんき》元年（一五七〇）降伏《こうふく》する。

＊長光寺《ちょうこうじ》の城攻め　近江国蒲生郡にあった。柴田勝家《しばたかついえ》が守っていたのを、元亀元年佐佐木義賢が攻め、柴田は城中の最後の飲料水のかめをうちわって討って出、佐佐木を討ち破った。

＊若衆《わかしゅ》　ここでは、男色《だんしょく》関係の相手の少年の意。

保吉の手帳から

一七五＊学校　芥川《あくたがわ》は大正五年（一九一六）十二月から同八年三月まで横須賀《よこすか》の海軍機関学校の英語教官をした。この間、六年の冬に横須賀に下宿した以外は鎌倉《かまくら》に住んでいた。

＊土岐《とき》哀果《あいか》　明治十八年—昭和五十五年（一八八五—一九八〇）。歌人。本名は善麿《ぜんまろ》。早大英文科卒。三行書きの短歌を作り「生活と芸術」を主宰、生活派運動の中心をなした。この歌は歌集『佇《たたず》みて』（大正二年十月東雲堂刊）にある。ただし第四句は「かじらんとする」。

一七六＊ストリントベルグ　strindberg　一八四九年—一九一二年。スウェーデンの小説家、劇作家。芥川に最も影響のあった一人。

一七七＊エサウ　Easu　旧約聖書創世記に出てくるイサクの子。ヤコブと双生児。家督権も嫡子としての父よりの祝福もその弟に奪われた。

一七八＊De gustibus……　ラテン語。「たべる趣味（味わうこと）は議論してもはじまらない」の意。

一八〇＊セオソフィスト　theosophist（英語）。神智《しんち》学者。

＊occult sciences　オカルト・サイエンス（英語）。神秘学。

一八一＊ロバアト・ルイズ・スティヴンソン　Robert Louis Stevenson　一八五〇年―一八九四年。イギリスの小説家。「宝島」など。

一八三＊ラマルク　Lamarck　一七四四年―一八二九年。フランスの動物学者。生物はおのずから発達する本性をもつと主張し進化論を唱えた。

＊ラマルキァン　Lamarckian（英語）。ラマルク学派。進化論を受けついだ人。

＊第一の毛虫　この数行はルナール「博物誌」の模倣。

一八四＊ファウスト　書斎で悪魔メフィストフェレスがファウストの身がわりの姿になり学生にいう教訓。第一部第二〇三八・二〇三九行。

一八五＊Cat's paw（英語）。普通の意味は「猫の足」。海上用語としての意は「微風《びふう》」。

＊ハッチ　hatch（英語）。船の甲板の昇降口。

一八六＊テンス　tense（英語）。文法上の時制。

一八七＊タイフウン　typhoon（英語）。台風。

子供の病気

二〇五＊一游亭《いちゆうてい》　小穴隆一。画家。芥川の親友。
＊旭窓外史《きよくそうがいし》　淡窓《たんそう》の孫にこういう名の人はいない。弟に旭荘《きよくそう》というのがいる。
＊淡窓《たんそう》　広瀬《ひろせ》淡窓。天明《てんめい》二年―安政《あんせい》三年（一七八二―一八五六）。江戸末期の漢詩人。
＊二つになる男の子　芥川の次男多加志《たかし》。大正十一年十一月生まれ。のち戦死した。
二一〇＊抱一《ほういつ》　江戸末期の画家酒井《さかい》抱一。宝暦《ほうれき》十一年―文政《ぶんせい》十一年（一七六一―一八二八）。光琳《こうりん》の画風に私淑した。華麗なうちに俳味をおびる。
二一一＊後半の作家　いわゆる世紀末の頽廃《たいはい》的作風の作家。ボードレールなど。

お時儀

二一五＊鎮守府《ちんじゆふ》　各海軍区の軍政上の機関。ここは横須賀《よこすか》のそれ。
二一六＊横文字の小説　未詳。大正二年八月十二日付書簡に「このごろよみし小説（アルチバアセフ―〔注〕ロシアの小説家―か何かなりしと思い候）の中に」と書いて、これと同じことをひいている。
二一九＊ジァン・リシュパン　Jean Richepin　一八四九年―一九二六年。フランスの詩人。社会の伝統や習慣に反抗し奇矯《ききよう》異常を好んだ。
＊サラア・ベルナアル　Sarah Bernahardt　一八四五年―一九二三年。フランスの女

優。悲劇を得意とした。

あばばばば

三一＊軍艦《ぐんかん》三笠《みかさ》　日露《にちろ》戦争の日本海海戦における連合艦隊《かんたい》の旗艦《きかん》の名。大正十二年艦籍《かんせき》から除かれ、同十五年、記念艦として横須賀白浜海岸に固定保存された。

三三＊Fry　フライ。未詳。アメリカのココアか。

＊Droste　ドロステ。有名なオランダのココアの一。

＊En face　アンファース（仏語）。正面から真向に。

＊三笠《みかさ》　煙草の名。

三四＊硯友社《けんゆうしゃ》趣味の娘　硯友社は尾崎紅葉《おざきこうよう》を中心とした明治中期の文学結社。江戸文学とくに元禄《げんろく》調の趣味、情緒《じょうちょ》が強く、遊里の女を書いたものが少なくない。大正初めに至るまで広く大衆ことに女性に読まれた。

＊乙鳥口《つばくろぐち》の風呂敷《ふろしき》包み　口を開くと燕《つばめ》の尾のような形になる手さげの布袋。

＊鏑木清方《かぶらぎきよかた》　明治十一年—昭和四十七年（一八七八—一九七二）東京生まれ。日本画家。情緒的な風俗画・美人画をかいた。「元禄女」「隅田川舟遊《すみだがわふなあそび》」「築地明石町《つきじあかしちょう》」などが有名。

三五＊講談倶楽部《こうだんくらぶ》　明治四十四年（一九一一）十一月創刊の大衆娯楽雑誌。

＊Van Houten　バン・ホーテン。オランダ産のココア最上品。一八二八年バン・ホ

ーテンによって発明され特許を得た。

二三八＊De Hooghe　デ・ホーホ　一六二九年―一六七七年？　オランダの画家。レンブラントの影響を受け、主として市民の日常生活の情景や肖像画を描いた。もの静かな情緒に満たされている。

＊Spargo　ジョン・スパルゴー　一八七六年―一九六六年。アメリカ（イギリス生まれ）の社会民主主義者。

＊佐《さ》橋甚五《ばしじんご》郎《ろう》　森鷗外《もりおうがい》の短編歴史小説。大正二年四月『中央公論』に発表。

一塊の土

二三三＊後生《ごしょう》よし　この世でよく働き苦労したり、またよく働く跡継ぎがあるのであの世でしあわせにあう者。

＊朝比《あさひ》奈《な》の切通し　鎌倉《かまくら》市内にある切通し。切通しは丘などを切り開いた通路。

二四四＊蜂屋《はちや》柿《がき》　渋柿の一種。干柿として優良。岐阜県の蜂屋《はちや》村の原産。

二四五＊徴兵《ちょうへい》がすむ　戦前は兵役法により男子は満二十歳になると強制的に徴兵検査を受け一定期間（普通一年間）軍事訓練に服さねばならなかった。

二四八＊俵《たわら》で取る　切り身とか一匹《ぴき》で買うのでなく俵につめたものを大量に買うこと。

作品解説

三好行雄

本巻は大正十一年と十二年に書かれた小説を主体に編まれている。十―二十枚程度の短い作品がめだつが、これは中国旅行（大正十年）でそこなった健康の回復がはかばかしくなく、しばしば病臥や転地を強いられたことからくる創作意欲の低下を示すものであろう。大正十一年の暮れには真野友彦にあてて〈神経衰弱、胃痙攣《いけいれん》、腸カタル、ピリン症、心悸《しんき》昂進《こうしん》〉など四百四病に悩まされるさまを自嘲ふうに書き送っているし、翌十二年の夏に鎌倉の平野屋に滞在して病を養っていたころの幽鬼のような風貌は、たまたまおなじ宿に泊まりあわせた岡本かの子の「鶴は病みき」に彷彿《ほうふつ》と写されている。

他方、大正十年の『種蒔く人』の創刊を端緒としてプロレタリア文学運動が擡頭するなど、文壇の動向もようやくあわただしさを加えつつあった。大正十一年度の文壇を展望した宮島新三郎は既成文壇のゆきづまりと、プロレタリア文芸の出現を主要なメルクマールとして、〈小説壇は、現在の社会状態と同じく、明らかに過渡期にあったといってよかろう〉と評している。大正期の市民文学が、拠《よ》ってたつ基盤の検討をしいられた政治的季節の到来である。大正十二年六月の有島武郎の自裁は動揺する市民文学の苦悩をいちはやく体現した悲劇にほかならぬ。

市民文学の生粋《きっすい》のにない手だった芥川龍之介にとって、芸術が階級と無縁であること、〈芸術の本体〉が〈階級と関係なしに、一定不変である〉ことは自明の理であった。が、同時に、芥川の聡明な頭脳と鋭敏な感受性とは〈プロレタリアの勃興なるものは、現在では何人もが否定しがたい事実〉であり、非情な歴史的必然であることを承認しなければならなかった。

《何ものよりも精神の自由を尊重するなり。独逸国民は——あるいは欧羅巴州国民は——さらにまた人類は、ベルネに負うところなきにあらず。されどゲーテに負うところは啻《ただ》に数倍のみにあらざるべし。しかもベルネはゲーテをののしるに、民衆の幸福を顧みざる冷血動物をもってしたり》(「プロレタリア文芸の可否」)

という強気の発言にもかかわらず、「宣言一つ」を書いて自己の階級的敗北を宣言した有島武郎の良心——あるいは、弱気は——芥川のまた避けてとおれぬアキレスの腱《けん》であった。時代にさきんじて、時潮のゆくえを見てしまう見えすぎる眼の悲劇である。マルクスの落とし子をはらんだ現実のおもい意味が、現実の侮蔑《ぶべつ》のうえに築かれた芸術至上の城をおびやかしはじめ、作家的停滞の自覚がいっそうきびしいものとなる。健康の衰えがそれに拍車をかけたのはいうまでもない。有島の死に一年ほどさきだって、我孫子《あびこ》に志賀直哉をおとずれた芥川は〈自分は小説など書ける人間ではない〉といった意味の苦悩をもらしたと伝えられる(志賀直哉「沓掛にて」)。意識の昼と心情の夜の境界にたたずんで、好むと好まぬとにかかわらず、自己の文学的世界とその方法の再検討を余儀なくされたのである。大正十二年七月には、意識的創作活動の否定という形で、初期の歴史小説をささえた方法論をさりげなく訂正している（『文芸春秋』所収「侏儒の言葉・創作」）。ふたたび歴史から現代へ下降して、同時代の現実とのいやおうない対決を選ばねばならなかったのである。

　大正十一年から十二年にかけては時代の過渡期だっただけでなく、それとほぼ正確に見あうかたちで、芥川文学の転換を告げる過渡期でもあった。固有の文学的世界をいぜんとしてまもりながら、他方ではそれを超えようとする新しい文学傾向がようやく顕在化してくる。具体的にいえば、「トロッコ」だとか「六の宮の姫君」だとかいう、いかにも芥川的な傑作のかたわらで、たとえば保吉物と通称されるような一種の私小説――私小説という言葉に語弊があれば、〈身辺小説〉と呼んでもよい――が出現してきたのである。

　「トロッコ」。滝井孝作によれば、湯河原出身のジャーナリスト力石平三の原稿にもとづいた短編。力石は当時、金星堂の校正係をつとめていた男で、後出の「百合」や「一塊の土」の題材も提供したという。三島由紀夫のいわゆる〈日本独特の、作文的短編〉で、〈トロッコという物象にまつわる記憶を描いて、それを徐々に人生の象徴へもってゆき、最後に現在の心境に仮託させる〉手ぎわはまことにみごとである。彫琢《ちょうたく》のゆきとどいた名文で、つとに〈写実の奥を掻《か》きさぐっている〉文章という室生犀星の激賞がある。

　力石平三の回想という意味でなら、良平はいぜんとして芥川の他者だといえるが、にもかかわらず、良平と作者との距離はない。ゆきくれて道遠い良平のせつなさはそのまま芥川の追憶にゆらぐ真実であって、彼は少年とともに息をきらして駆けている。小説の終章で、遠い思い出に二重写しされた娑婆苦の哀感に、ほとんど芥川自身の肉声を聞くに似た感傷のただようゆえんである。

《塵労に疲れた彼の前には今ではやはりその時のように、薄暗い藪や坂のある路が、細々と一筋断続している。……》

この細々とした一筋の道と、のちの「少年」（大正十三年）で、保吉の回想に現われる〈薄白い道のつづいた向こうへ、永遠そのもののように通じている〉わだちの跡と、はたしてどれほどの差があるだろうか？

「トロッコ」は保吉物の先蹤《せんしょう》で、保吉物よりはるかにすぐれた佳作である。

「報恩記」。登場人物の陳述（ないし独白）を対照して、ひとつの事件に対するさまざまな心理的必然性を描きわけている。おなじ形式の作品でもっとも有名なのは「藪の中」（大正十一年）だが、「報恩記」は小説の質からいえば、「藪の中」よりもたとえば「袈裟と盛遠」（大正七年、袈裟御前の惨殺という悲劇の表と裏に、被害者と加害者の交錯する独白をおいた短編）にちかい。大盗の身代わりにたった弥三郎の意図が、報恩と復讐という両極端の心理で説明され、それなりの妥当性を読者に納得させるが、事態の推移そのものについてはなぞをのこさない。知的遊戯にいっそう徹底して、逆に、認識のあやうさに醒《さ》めた作者の冷眼を彷彿させる。

「庭」。旧家の滅亡史という、ほんらいなら長編にふさわしい主題を、荒廃してゆく庭に焦点をしぼって首尾のはっきりした短編にまとめている。無用の屈折をぎりぎりまで刈りこんだ簡潔な表現に、次男と廉一の心的交渉だけがあざやかに象眼《ぞうがん》され、効果をあげている。むろん、旧家の軛《くびき》にしばられて滅びてゆく人間群像という、芥川によって切りすてられた別な小説的可能性を惜しむ批評も自由であろう。良かれ悪しかれ、短編作家としての芥川の本領と限界を示す作である。友人の画家・小穴隆一の直話にもとづいて構想されたもので、事実関係でいえば、旧家の命運からただひとりのがれでた廉一が小穴にあたる。

「六の宮の姫君」。王朝物の最後の傑作。数奇な運命にもてあそばれた女のはかなさが惻々《そくそく》とにじんでいるが、この作の成功は実は原典に負うところが多い。「今昔物語」巻十九所収の「六宮姫君夫出家語第五」に拠ったものだが、原作自体が一種の創作であり、今昔にはめずらしい哀切な悲劇として定評がある。芥川の小説に近代的な抒情のよりふかいのは確かだが、さりとて、原作をはるかに超えているとはいいがたいようである。

原作でも姫は男に再会してすぐに死ぬが、男はそのあと出家することになる。芥川の小説では女が死にのぞんで火の車や金色の蓮華《れんげ》を見るくだりがあるが、これはおなじく「今昔物語」巻十五の「造悪業人寂後唱念仏往生語第四十七」の挿話を借りたもの。小説の章数でいえば最後の「六」だけが芥川の創作である。この創作の成功、不成功は論のわかれるところだろう。内記上人の唐突な出現はいかにも取ってつけたような収束だともいえるが、高徳の聖者をもちだすことで、その合掌によってもついに救えなかった女の哀れが強調される。彼岸往生の信仰が生きている原作の思想が否定され、しかも、〈極楽も地獄も知らぬ、ふがいない女〉を作者はなかば愚かと思いながら、彼女の運命のたよりなさを哀惜している、というより、ほとんどなつかしんでいる。その心情を過不足なく表現するために、内記の存在があるいは必要だったのかもしれない。朱雀殿の曲殿の空をさまよう〈ふがいない女の魂〉は、いうまでもなく、芥川自身の心象の闇にもたしかに棲《す》んでいた。

「お富の貞操」。女性心理の不可解な陰影をとらえようとした作。心理描写に観念のさきどりや逆説ふうの構えがすくなく、芥川の作にはめずらしい素直で生き生きした女人像を描いている。

「おぎん」。おぎんは地獄へおちた実の父母のために教えを捨て、おすみは夫の供をするために死をえらぶ。信仰よりも人間をえらんだこれらの棄教者たちに、作者は〈「流人となれるえわの子供」、あらゆる人間の心〉を見ている。彼らは天上へひたむきに登りつめる殉教者の光栄を捨てて、あまりにも地上的な日常の哀歓に執しつづけたわけだが、芥川はあえてそれを、良しとする。のちの「西方の人」（昭和二年）に通じるモチーフの端緒である。キリシタン物の最後の傑作とはいえないが、異色作であることはまちがいない。たとえば「奉教人の死」（大正七年）とのはるかな距離に、芥川の確実な変貌が示されている。

「雛」。大正五年に構想され、未定稿のままで放置された「明治」を改稿し、結構をととのえた短編。初稿に比して、小説的造作に凝りすぎたため印象がかえって散漫になったとの評もあるが、雛と別れる少女の心情に託して、ほとんど感傷的といってよいほどの作者自身の白鳥の歌が歌われている。それは仮面のかげに隠されていた芥川の優しさである。その優情がすなおに流露することで、「お富の貞操」とともに、開化物の最後の傑作となった。こうした最後の残照をきらめかせて、芥川の歴史小説はやがてその命脈を閉じてゆくのである。

「保吉の手帳から」。前述のように、大正十一年にあらわれた芥川文学の新しい傾向。堀川保吉は芥川の作中の仮名で、海軍機関学校の教官時代の遭遇に題材をとっている。「お時儀」「あばばばば」なども同系列の短編で、身辺の些事《さじ》をとらえてコントふうなまとまりをつけたもの。事件の脈絡よりも、事件に対処する保吉の皮肉な眼に対象化の中心がおかれている。小説の首尾そのものは作者の体験を踏まえて構想されたと見ていいし、そのかぎりでは一種の私小説にほかならぬが、むろん、作品の質を品騭《ひんしつ》すれば、普通の意味での私小説とは似ても似つかぬ。まず第一に、描くべき対象に〈私〉をえらびとりながら、つきつめた告白の姿勢がない。小説の方法も、私的な体験の断面を切りとって物語的わく組みにはめこむという、基本的には歴史小説のそれの延長上にある。私小説の根源的なモチーフが実生活の事件、ないしは事件のもたらす危機感にうながされて成立するのに対して、芥川の保吉物には、その種の作品と実生活の密着性がなお稀薄である。モチーフのさきどりされたコントを構成するために、逆に私生活の事件を選択する作家の眼が優先している。だから、多くの私小説のように、小説が実生活の事件を追跡し、作者が小説的時間と実生活の時間を自在に往復する可逆関係もはじめから断たれている。

こう見ると、保吉物を条件ぬきで私小説と同一視するわけにはゆかない。しかし、告白を拒否し、私生活を読者の眼から隠蔽《いんぺい》しつづけてきた含羞《がんしゅう》の美学の一角がはじめてくずれたこと、作者の素顔らしきものが――たとえ仮面の下のそれでしかないにしても――作中にはじめて現われてきたことの意味は大きい。大正八年の作家的停滞の自覚が「あのころの自分の事」という私小説を生んだのとおなじく、みずから作風を変えようとする意図だけははっきりと推測できる。すくなくとも、後期の作風の端緒にはまぎれもない。

「一塊の土」。ある意味で、保吉物の出現以上に、芥川文学の転機を明らかにする農民小説。芥川のはじめて成功した写実小説といってもよい。貞女の鑑を裏返してみせるという偶像破壊にだけ焦点をあわせれば、冷眼の人間認識者である芥川にとってきわめて手なれたモチーフということになるが、この小説は単にそこにとどまらず、もっと突きつめた家族的エゴイズムを抉《えぐ》っている。エゴイズムというより、人間関係のどうにもならぬひずみに近いが、しかも、作者はそうした業のからみあいに性急な批判を避け、やりきれない人間模様をそのままに写しだそうとしている。最終章のお住の涙は例によって、葛藤の叙情的な処理を思わせるが、それも感傷的なうわすべりが注意ぶかく抑えられ、決していやみではない。発表当時から好評で、たとえば正宗白鳥に、芥川文学の最高峰に推す評価がある。

同時代人の批評

「庭」評2

七月月評 (六) 芥川氏の「庭」は傑作

藤森淳三

渋くって錆のある日本画を愛好し、いやが上にも気品を尊び、その上常に新しい試みに生きようと努める芥川龍之介氏は、今月面白いものを書いた、中央公論の「庭」がそれだ、「庭」は題の示す如く庭を描いた、この宿の本陣だった旧家の庭が、その立派さを失う頃から漸次荒廃して、中頃一時旧態に復したが、遂に全くその家ぐるみ取払われて、そこへ鉄道の停車場ができたという驚くべき変遷を描きその影へ持ってきて、その旧家の人々の生き死を静かに描いた、まことに暗示的な作品である。

この、庭の荒廃を主として人間の生き死を影にした方法——この変ったやり方は、恐らく作者自身も予期しなかっただろうと思われるほどの効果を上げている。また、一字一句をいやしくもしないようなあの文章も、ようやく今までの窮屈さを脱け出し、あの古淡な趣きも本物になって来た。全くこの作品には私は文句なしに感服してしまった。——不可抗的な自然の推移、時代の変遷というようなものが恐ろしいくらい迫って来る。そして、それ以上に人間というものがさらにさらにあわれであり、運命づけられているというようなことも深く考えさせられる、なるほどこういう具合に、社会は変り家は滅びて行くものだ、とつくづく私は思わせられた。

（大正一一・七・一三「時事新報」）

「お富の貞操」評2

九月号の創作から（一）

生田長江

芥川龍之介氏の「お富の貞操」は、芥川氏のものとしてもあまり上出来の方ではないように思う。

お富という女中の『野蛮な美しさ』を描いているところ、また特に彼女の『殺気を帯びてもいれば同時にまた妙に艶かしい』興奮の中に『荒神の棚の上に背を高めた猫と似たもの』を見出すところなど断片的には、さすがにこの作者だけあると感心もしたけれど、一体に少しひねり過ぎたせいか、何だか葛湯《くずゆ》をとき損《そこ》ねた時のような気持悪さが全体を支配しており、生きの悪くなった魚のように、テエマの眼球からいきいきとした光が消えてしまっている。

お富が彼女の貞操を、三毛猫の命と引換えに、乞食の新公へ渡そうとした時の心理を彼女自ら説明して（或は説明しようとして）「何と言えばいいんだろう？　ただあの時はああしないと、何だかすまない気がしたのさ」とだいぶ文学者らしい口の利《き》き方をするところ、それから最後に、二頭立ての馬車の中の新公と目を見合わせたお富が、まるで突然に二十年前の記憶を、しかも「はっきり目の前へ浮」べるところなどは、非常に悪い意味で抽象的であり、概念的であり、拵《こしら》え物であると思う。

（大正一一・九・六「読売新聞」）

「おぎん」評2

九月号の創作から（五）

生田長江

芥川龍之介氏の『おぎん』（中央公論）は西教史上に名の高い、浦上郷の童女おぎんが、亡き父母を「いんへるの」へ残しておいて、自分ひとり「はらいそ」へ赴くことの悲しさから、ありがたき天主のおん教に背いて終い、またその良人《おっと》に従うためばっかりに天主にも従っていたおぎんの養母にも、並びにその養父にもおん教を背かせてしまったという、世にも意味深く読まれるところの物語である。

作者の様式がその題材にぴたりとはまっているのは無論のこと、珠玉の如き小品の上をやさしく包んでいる、純粋に加特力《カトリック》的な哀愁はただ神々しく美しい物に対した場合にのみこぼれるような涙をこぼさせる。

これほどの作品を強いても軽視しようとするのは恐らく、この作者がいい物を書けば書くほどいよいよ気に入らないような人々にだけ限られているだろう。


（大正一一・九・一〇「読売新聞」）

「雛」評1

三月文壇創作評

藤森淳三

「雛」（中央公論）芥川龍之介氏
これは「トロッコ」や「庭」なぞから見れば、かなり劣る作品ではないかと思う。
今さら言うまでもないが、この作も形式から言えば、すっかり出来上った、精巧を極めた、まことに申分ない出来栄えのものではあるが、しかしなんだか物足らぬ気がする。明治維新前後のことだろう――なるほど、そうした時代の空気やだんだん傾きかかった旧家の趣なぞ、よく窺《うかが》われるように描けてはいる。ただ難を言えば、娘が江戸見物だと言って俥《くるま》で市内を乗り廻すところは、全体から見て大した意味がないらしい。あすこが蛇足だと言えば蛇足である。が、そんな些細《ささい》なことは別として、とにかくそうした家にふさわしい口数の少ない父、開化かぶれの兄、それから面疔《めんちょう》で苦しんでいるおとなしい母親、すべてなかなか用意周到に描き出されている。が、しかもそれでいてなんだか物足らぬ気がするのはどうしたことか。

芸術批評をする場合、便宜上形式と内容とを別けることを許されるなら、この作は、形式の方が内容より重くなっていやしないだろうか。形式の精巧さに比べて、否むしろ形式が精巧であればあるだけ、内容の貧弱さが目につかないだろうか。恐らく聡明なるこの作者は、自身それに気がついているに違いないと思う。

芥川氏は当然出なければならぬ新年号にも出ず、ようやく三月号になって中央公論にこれを書いたのは何を意味するか。私が想うのでは彼は今あるいは創作上の転換期にでも立って苦しんでいるのではなかろうか。いや、そう見るのは臆断に過ぎるかも知れぬ。がとにかく、今や芥川氏が行詰っていることはまず疑いなき事実である。彼が現在その行詰った状態をいかに打開するか。私をして率直に言わしめよ――芥川氏ももういい加減裸になってはいかが、と。

「雛」には感心できなかったが、ふと婦人公論で「猿蟹合戦」という文章を見、芥川氏これある哉と思わず私は卓を叩いて感服したのであった。これは小説ではない。ある種の諷刺文である。実に機知縦横、才気溢るるばかりの、皮肉と諷刺に富む名文である。この一文に諷刺された筆者の思想は、長いものには巻かれろというか、強者は常に正者だというか、つまりそういった意味らしく見られたが、それが果してどれだけ深い内容と暗示とを持っているいないにかかわらず、とにかく文章として立派であり且《か》つ面白く読めるというだけでも、この一文の存在価値は十分あると言っていい。けだしこういう文章を書かせたら、芥川氏の如き、まず当代随一であろうと思った。

（大正一二・三・八「時事新報」）

「一塊の土」評2

新年号から

渡辺　清

芥川龍之介氏作「一塊の土」

この作は深く私を動かした。

確か芥川氏の最初の創作集「羅生門」の巻頭に「看君雙眼色　不語似無愁」という二言《ママ》絶句があったように思うが、事実心なく読まば、芥川氏が題材を歴史上に取扱った諸作は、伝奇的興味を読者に唆《そそ》る以上の何物でもあるまい。そしてその取扱われた題材から芥川氏を目して巧緻なるロマンチストと思惟しがちであるが、しかし、眼光紙背に徹して読む者には、人生観において、その深き人性への洞察において、芥川氏がいかに鏞鋭《せんえい》なるリアリストであるかを感得せずにはいられまい。

しかるに私がしばしば怪訝《けげん》に堪えなかったのは、歴史上の題材を取扱うに当ってあんなにも生彩変々たる「リアリスト」芥川氏が、ひとたび現実的題材を創作の対象とした場合に、甚だ見劣りがしたことである。もとよりそこにも芥川氏独自の深い機知とエスプリとは確かに蔵されてはいた。しかし人物の描かれ方が驚くべきほど浅い。いう意味は、人間の味が作品の底から深く滲《にじ》み出しては来ずに常に表面に浮動しているに過ぎなかった。さらにいわば描かれている人間が芥川氏の頭の中の題材的傀儡《かいらい》で、現実的存在としての影味とに乏しかった。これは常に青眼隙もない芥川氏の構えに、どことなく胴が空いていたような憾みである。

しかし、今「一塊の土」一篇は、明らかに芥川氏のこの隙を埋めた。みじめな農民の生活に凝乎と据えた芥川氏の澄んだ眼は、お住やお民はもとより、ただわずか数行出て来る「人の好い禿げ頭の総代役」も、点綴《てんてつ》された「若い小学教員」の「不快そうにじろじろ眺め」る眼つきまで描き尽されて、一分の隙もない。さらに泣くにも泣かれない人性の悲しさをも、作者は眼瞬き一つしないほど凝乎と打見守りながら、作品の底深くちゃんと裏打ちしている。

明らかに「一塊の土」一篇はさらにぴたりと隙なく芥川氏の構え直した観がある。そして今は、その構えのまま、じりじりと詰め寄りつつ、芥川氏にリアリズムの真正面から大胆に深く迫って行って欲しいと思う願いを掛ける。衷心より掛ける。

（大正一三・一・一二「時事新報」）

年譜

明治二五年（一八九二）

三月一日、東京市京橋区（現中央区）入船町八丁目一番地で新原敏三（山口県人、牛乳業）の長男として生まれた。辰年辰月辰日辰刻の生まれだったので龍之介と命名された。龍之介の上に二姉があって、長姉ハツは夭折、次姉ヒサはは じめ葛巻義定と結婚し、一男一女をあげたが、夫の死後西川豊と再婚し、豊の死後葛巻家に復縁した。生後七か月ごろ実母フクが発狂したため、龍之介は母の実家、本所区（現墨田区）小泉町一五番地の芥川家に引き取られた。養父芥川道章は母の実兄で、東京府の土木課長を勤めていた。芥川家は下町にかなり広い土地を持つ旧家で、代々徳川家のお数寄屋坊主を勤め、行儀作法のやかましい反面には、通人的・文人的趣味も濃く、一家そろって遊芸に親しむ気風もあった。道章は南画・俳句をよくし、盆栽を愛玩するような人だった。

明治二六年（一八九三）　一歳

実父新原敏三は入船町を引き払い芝区（現港区）新銭座町一六番地に移転した。

明治三〇年（一八九七）　五歳

回向院の隣にあった江東小学校付属幼稚園に通った。

明治三一年（一八九八）　六歳

四月、本所元町の江東小学校に入学。神経質でおびえやすく、ひよわな体質の子供だったが、学業成績は優秀で、「落葉焚いて野守の神を見し夜かな」という俳句が小学生時代の作として伝わるなど、つとに早熟の文才も示している。

明治三五年（一九〇二）　一〇歳

一一月二八日実母フクが死んだ。四月ごろ野口真造ら同級生たちと回覧雑誌『日の世界』を発刊、みずから編集し、表紙やカットまでも自分で書いた。早くから読書を好み、徳富蘆花の「自然と人生」、泉鏡花の「化銀杏」などを読み、馬琴の「八犬伝」をはじめ三馬・一九・近松などの江戸文学にも親しみ、「西遊記」「水滸伝」も愛読した。

明治三七年（一九〇四）　一二歳

実母の妹フユが実父敏三との間に異母弟得二を明治三二年に生んでいたので、この年七月の裁判判決によりフユの新原家入籍を条件に龍之介は八月芥川家と正式に養子縁組を結んだ。

明治三八年（一九〇五）　一三歳

江東小学校を卒業し、本所柳原の東京府立第三中学校に入学した。中学時代も学業成績は優秀で、特に漢文の力は抜群だった。読書欲もますます旺盛で、紅葉・露伴・一葉・樗牛・蘆花・漱石・鷗外などの小説を濫読した。外国作家ではイプセン、アナトール・フランスに関心を持っている。愛好した学科は歴史で、将来は歴史家になろうと思ったこともある。中学校時代の作品に「義仲論」があり、校友会雑誌第一五号（明治四三年二月）に掲載された。

明治四三年（一九一〇）　一八歳

三月、府立第三中学校を卒業。九月、第一高等学校一部乙（文科）に成績優秀のため無試験で入学した。同級生に久米正雄・菊池寛・松岡譲・山本有三・土屋文明・成瀬正一・恒藤恭・石田幹之助、独法科に秦豊吉・藤森成吉、一級上の文科に豊島与志雄・山宮允・近衛文麿らがいた。この秋一家は府下内藤新宿町二丁目七一番地にあった実父敏三の持ち家を借りて移転した。

明治四四年（一九一一）　一九歳

本郷の一高寮に入り、一年間の寮生活をした。潔癖な龍之介とは肌の合わぬ生活だった。当時の龍之介は秀才肌のまじめな学生で、読書欲・知識欲も依然として旺盛だった。ボードレール、ストリンドベリイ、アナトール・フランス、ベルグソン、オイケンなどを愛読した。クラスでも超然とした存在だった。

大正二年（一九一三）　二一歳

七月、第一高等学校卒業。卒業成績は文科二七名中二番（一番は恒藤）だった。九月、東京帝国大学英文科入学。高校在学中最も親しかった恒藤恭は東大法科に去り、以後久米正雄、やや遅れてから菊池寛らと親交が始まる。

大正三年（一九一四）　二二歳

二月、豊島与志雄・山宮允・久米正雄・菊池寛・松岡譲・成瀬正一・山本有三・土屋文明らとともに第三次『新思潮』を発刊、柳川隆之助のペンネームで、まずアナトール・フランス、およびイエーツの翻訳を発表した。五月、処女作「老年」を、九月、戯曲「青年の死」を『新思潮』に発表した。一〇月、第三次『新思潮』廃刊。この月末、一家は府下豊島郡滝野川町字田端四三五番地に転居した。

大正四年（一九一五）　二三歳

五月「ひょっとこ」を、一一月「羅生門」を『帝国文学』に発表したが、まだ無名の青年だった。一二月、漱石門下生であった級友林原耕三の紹介で、早稲田南町にあった漱石山房の木曜会に出席し、以後その門に入った。

大正五年（一九一六）　二四歳

一月、「松浦氏の『文学の本質』に就いて」を『読売新聞』に発表。二月、久米・松岡・成瀬・菊池らとともに第四次『新思潮』を発刊、創刊号に「鼻」を発表、漱石の賞賛を受けた。さらに漱石門下の鈴木三重吉の推薦によって『新小説』に執筆の機会が与えられ、文壇的出発の第一歩となった。七月、東京帝大英文科を卒業。卒論は「ウイリアム・モリス研究」、卒業成績は二〇名中二番であった。九月、「芋粥」を『新小説』に発表、この小説の好評と、一〇月、『中央公論』に発表した「手巾」の成功とによって、新進作家の地位を確立した。一一月、南蛮切支丹物の第一作「煙草」（のち「煙草と悪魔」と改題）を『新思潮』に発表、一二月、一高教授畔柳都太郎の紹介で海軍機関学校の嘱託教官となり、鎌倉に下宿した。月俸六〇円、同月九日、師夏目漱石が死去した。この年には、他に「孤独地獄」（新思潮　四月）、「父」（同　五月）、「虱」（希望）、「酒虫」（新思潮　六月）、「野呂松人形」（人文　八月）、「猿」（新思潮　九月）、「出帆」（同　一〇月）、「煙草と悪魔」（同一一月）、「煙管」（新小説　同）などの作品がある。

大正六年（一九一七）　二五歳

一月、「運」を『文章世界』に、「尾形了斎覚え書」を『新潮』に発表。三月、第四次『新思潮』廃刊。五月、第一短篇集『羅生門』を阿蘭陀書房から刊行。九月、鎌倉から横須賀市汐入尾鷲梅吉方に下宿先を移す。一一月第二短篇集『煙草と悪魔』（新潮社）を刊行。この年、「忠義」（黒潮　三月）、「葬儀記」（新思潮　同）、「偸盗」（中央公論　四・七月）、「さまよえる猶太人」（新潮　六月）、「或日の大石内蔵助」（中央公論　九月）、「戯作三昧」（大阪毎日新聞　一一月）などを発表した。

大正七年（一九一八）　二六歳

一月、「首が落ちた話」を『新潮』に、「西郷隆盛」を『新小説』に発表。二月二日、塚本文子と結婚した。文子は一九歳で跡見女学校に在学中であった。三月、鎌倉大町辻に居を定め、大阪毎日新聞社社友となる。五月ごろより高浜虚子に師事し、俳句に関心を寄せるようになった。四月、「世之助の話」を『新小説』に、「袈裟と盛遠」を『中央公論』に発表。五月、「蜘蛛の糸」を『赤い鳥』に、「地獄変」を『大阪毎日新聞』に。六月、『ホトトギス』に俳句が載った。七月に、「開化の殺人」を『中央公論』に。九月、「奉教人の死」を『三田文学』に発表。一〇月、「枯野抄」を『新小説』に、「邪宗門」を『大阪毎日新聞』に（一二月まで）。一一月、「るしへる」を『雄弁』などに発表した。

大正八年（一九一九）　二七歳

一月、第三短篇集「傀儡師」（新潮社）を刊行した。三月一五日、実父新原敏三流行性感冒で死去。同月海軍機関学校嘱託を辞職し、大阪毎日新聞社社員となる。出勤の義務はなく、年何回かの小説を書くこと、他の新聞に執筆しないこと、原稿料はなしで月俸一三〇円などの条件であった。四月二八日、鎌倉から再び田端の自宅に引き揚げ、養父母と生活を共にした。その書斎を「我鬼窟」と号した。五月、このころより室生犀星・小島政二郎・南部修太郎・滝井孝作など新進作家の出入りがめだってきた。この年の創作には「毛利先生」（新潮　一月）、「あの頃の自分の事」（中央公論　一月）、「きりしとほろ上人伝」（新小説　三・五月）、「私の出遇った事──蜜柑・沼地」（新潮　五月）、「路上」（大阪毎日　六─八月）、「妖婆」（中央公論　九─一〇月）、評論に「芸術その他」（新潮　一一月）などがある。

大正九年（一九二〇）　二八歳

一月、第四短篇集「影燈籠」（春陽堂）を刊行。三月、長男比呂志誕生。菊池寛の「寛」をとって、万葉仮名で命名した。一一月、久米正雄・菊池寛・宇野浩二らとともに京阪を講演旅行した。この年には、「鼠小僧次郎吉」（中央公論　一月）、「舞踏会」（新潮　同）、「尾生の信」（中央文学　同）、「秋」（中央公論　四月）、「黒衣聖母」（文章倶楽部　五月）、「南京の基督」（中央公論　七月）、「杜子春」（赤い鳥　同）、「影」（改造　九月）、「お律と子等と」（中央公論　一〇─一一月）等がある。

大正一〇年（一九二一）　二九歳

三月、第五短篇集『夜来の花』（新潮社）を刊行。この月、大阪毎日海外視察員として中国に特派された。上海から杭州・西湖・蘇州・揚州・南京・蕪湖に遊び、長江を溯り廬山・漢口を訪い、洞庭湖を渡って、長沙に至り、鄭州・洛陽・竜門を経て北京に入った。七月末、朝鮮を経て帰国した。

この年、「秋山図」(改造　一月)、「往生絵巻」(国粋　四月)、「上海遊記」(大阪毎日　八—九月)、「好色」(改造　一〇月) などを発表した。

大正一一年（一九二二）　三〇歳

四月、このころ書斎の額を下島勲の書いた「澄江堂」に改めた。この号はこの年一月二一日小穴あて書簡にはじめて用いた。同月二五日から五月三〇日まで、長崎に再遊、途次一〇日間余り京都に寄った。七月九日、森鷗外死去。一一月、多加志誕生。健康衰え、「神経衰弱、ピリン疹、胃痙攣、腸カタル、心悸昂進」などを病んだ。この年の創作には「俊寛」(中央公論　一月)、「藪の中」(新潮　同)、「将軍」(改造　同)、「トロッコ」(大観　三月)、「報恩記」(中央公論　四月)、「六の宮の姫君」(表現　八月)、「魚河岸」(婦人公論　同)、「お富の貞操」(改造　五・九月)、「百合」(新潮　一〇月) などがある。

大正一二年（一九二三）　三一歳

一月、『文芸春秋』巻頭に「侏儒の言葉」を連載した。三月から四月にかけて、湯河原に湯治した。五月、第六短篇集『春服』(春陽堂) を刊行。八月、山梨県法光寺の夏期大学で、「文芸について」などと題して講演した。同月避暑のため鎌倉に転地、岡本一平・かの子夫妻と知り合った。一〇月、一高在学中の堀辰雄を知った。一一月、京都に旅行、「あばばばば」を『中央公論』に発表、作風に一転機を示した。この年の創作には、ほかに「三つの宝」(良婦之友　一月)、「保吉の手帳から」(改造　五月)、「子供の病気」(局外　八月)、「お時儀」(女性　一〇月) などがある。

大正一三年（一九二四）　三二歳

一月、「糸女覚え書」を『中央公論』に、「一塊の土」を『新潮』に発表、四月、「少年」を『中央公論』(四—五月) に、「寒さ」を『改造』に発表。七月、第七短篇集『黄雀風』(新潮社) を刊行。また七月から翌一四年三月まで"The Modern Series of English Literature"(全七巻) を編集し、興文社より刊行。九月、第二随筆集『百艸』(新潮社) を刊行。一〇月、叔父を失い、さらに義弟塚本八洲の喀血にあい、自身も感冒・神経性胃アトニー・痔疾・神経衰弱などを病み、健康も次第に衰えた。斎藤茂吉と知ったのも同じころである。

大正一四年（一九二五）　三三歳

三月、「泉鏡花全集」の編集に参加。四月、「現代小説全集」第一巻として『芥川龍之介』（新潮社）が刊行された。四月一〇日から五月六日まで湯治のため修善寺新井旅館に滞在。八月下旬より九月中旬まで軽井沢に滞在した。七月、三男也寸志が生まれた。一〇月、興文社の依頼による「近代日本文芸読本」全五巻の編集終わる。一一月、「支那遊記」（改造社）を刊行。この年の創作には「大導寺信輔の半生」（中央公論　一月）、「馬の脚」（新潮　一―二月）、「温泉だより」（女性　六月）、「海のほとり」（同　九月）などのほか、多少の詩作もあったが、健康の衰え激しく、創作活動は低調となった。

大正一五年・昭和元年（一九二六）　三四歳

一月、胃腸病・神経衰弱・痔疾等の療養のため湯河原中西屋に二月中旬まで滞在する。四月以降、妻の実家のある鵠沼に行き、妻子とともに滞在。不眠症がいよいよ高じる。七月上旬また鵠沼に行く。一〇月、随筆集『梅・馬・鶯』（新潮社）を刊行した。この年は、「湖南の扇」（中央公論　一月）、「年末の一日」（新潮　同）、「越びと」（旋頭歌二五首　明星　二月）、「追憶」（文芸春秋　四月―昭和二年二月）、「春の夜」（文芸春秋　九月）、「点鬼簿」（改造　一〇月）などがある。

昭和二年（一九二七）　三五歳

一月、田端に帰宅。年始早々に義兄西川豊宅が全焼し、莫大な保険金が掛けてあったため、不在中の豊に放火の嫌疑が掛けられ、豊は鉄道自殺をとげた。高利の借金を残して自殺したため、龍之介はその後始末と整理に奔走した。神経衰弱がいよいよ悪化する。四月以降「文芸的な、余りに文芸的な」を『改造』に連載し（七月まで）、谷崎潤一郎と小説の筋をめぐって論争を展開した。六月、第八短篇集「湖南の扇」（文芸春秋社）を刊行した。七月二四日未明、田端の自宅でヴェロナールおよび、ジャールの致死量をあおいで自殺した。枕もとには聖書があった。遺書は、夫人・小穴隆一・菊池寛・葛巻義敏・伯母・親戚の竹内氏あてなどで、そのほかに「或旧友へ送る手記」があった。この年、生前に発表された創作には「玄鶴山房」（中央公論　一―二月）、「蜃気楼」（婦人公論一月）、「彼」（女性　同）、「彼第二」（新潮　同）、「悠々荘」（サンデー毎日）、「河童」（改造　三月）、「誘惑」（改造　四年）、「歯車第一章」（大調和六月）、「三つの窓」（改造　七月）などがあり、また、遺稿として、「闇中問答」「侏儒の言葉」（文芸春秋　九月）、「歯車」（文芸春秋　一〇月）、「或阿呆の一生」（改造　同）、「西方の人」（同八月）、「続西方の人」（同　九月）などが残されている。

（三好行雄編）

本書は、角川文庫旧版（一九六九年七月三十日改版初版）を底本とし、ちくま文庫版『芥川龍之介全集』ほかを参照して、一部表記を改めました。

本文中には、気違い、白癩、黒ん坊、犬殺し、眇、唖といった、今日の人権擁護の見地に照らして、不適切と思われる語句や表現がありますが、作品舞台の時代背景や発表当時の社会状況、また、作品の文学性や著者が故人であることなどを考え合わせ、底本のままとしました。

（編集部）

トロッコ・一《いつ》塊《かい》の土《つち》

芥川《あくたがわ》龍《りゅう》之《の》介《すけ》

昭和33年 1月25日　初版発行
平成30年 10月25日　改版初版発行

発行者●郡司 聡

発行●株式会社KADOKAWA
〒102-8177　東京都千代田区富士見2-13-3
電話　0570-002-301(ナビダイヤル)

角川文庫 21232

印刷所●株式会社暁印刷
製本所●株式会社ビルディング・ブックセンター

表紙画●和田三造

Printed in Japan
ISBN 978-4-04-107585-2　C0193

◇◇◇

角川文庫発刊に際して

角川源義

第二次世界大戦の敗北は、軍事力の敗北であった以上に、私たちの若い文化力の敗退であった。私たちの文化が戦争に対して如何に無力であり、単なるあだ花に過ぎなかったかを、私たちは身を以て体験し痛感した。西洋近代文化の摂取にとって、明治以後八十年の歳月は決して短かすぎたとは言えない。にもかかわらず、近代文化の伝統を確立し、自由な批判と柔軟な良識に富む文化層として自らを形成することに私たちは失敗して来た。そしてこれは、各層への文化の普及滲透を任務とする出版人の責任でもあった。

一九四五年以来、私たちは再び振出しに戻り、第一歩から踏み出すことを余儀なくされた。これは大きな不幸ではあるが、反面、これまでの混沌・未熟・歪曲の中にあった我が国の文化に秩序と確たる基礎を齎らすためには絶好の機会でもある。角川書店は、このような祖国の文化的危機にあたり、微力をも顧みず再建の礎石たるべき抱負と決意とをもって出発したが、ここに創立以来の念願を果すべく角川文庫を発刊する。これまで刊行されたあらゆる全集叢書文庫類の長所と短所とを検討し、古今東西の不朽の典籍を、良心的編集のもとに、廉価に、そして書架にふさわしい美本として、多くのひとびとに提供しようとする。しかし私たちは徒らに百科全書的な知識のジレッタントを作ることを目的とせず、あくまで祖国の文化に秩序と再建への道を示し、この文庫を角川書店の栄ある事業として、今後永久に継続発展せしめ、学芸と教養との殿堂として大成せんことを期したい。多くの読書子の愛情ある忠言と支持とによって、この希望と抱負とを完遂せしめられんことを願う。

一九四九年五月三日

角川文庫ベストセラー

舞踏会・蜜柑
芥川龍之介

夜空に消える一閃の花火に人生を象徴させる「舞踏会」や、見知らぬ姉妹の情に安らぎを見出す「蜜柑」。表題作の他、「沼地」「竜」「疑惑」「魔術」など大正8年の作品計16編を収録。

藪の中・将軍
芥川龍之介

山中の殺人に、4人が状況を語り、3人の当事者が証言するが、それぞれの話は少しずつ食い違う。真理の絶対性を問う「藪の中」、神格化の虚飾を剝ぐ「将軍」。大正9年から10年にかけての計17作品を収録。

羅生門・鼻・芋粥
芥川龍之介

荒廃した平安京の羅生門で、死人の髪の毛を抜く老婆の姿に、下人は自分の生き延びる道を見つける。表題作「羅生門」をはじめ、初期の作品を中心に計18編。芥川文学の原点を示す、繊細で濃密な短編集。

蜘蛛の糸・地獄変
芥川龍之介

地獄の池で見つけた一筋の光はお釈迦様が垂らした蜘蛛の糸だった。絵師は愛娘を犠牲にして芸術の完成を追求する。両表題作の他、「奉教人の死」「邪宗門」など、意欲溢れる大正7年の作品計8編を収録する。

河童・戯作三昧
芥川龍之介

芥川が自ら命を絶った年に発表され、痛烈な自虐と人間社会への風刺である「河童」、江戸の戯作者に自己を投影した「戯作三昧」の表題作他、「或日の大石内蔵之助」「開化の殺人」など著名作品計10編を収録。

角川文庫ベストセラー

山の音　川端康成

会社社長の尾形信吾は、「山の音」を聞いて以来、死への恐怖に憑りつかれていた――。日本の家の閉塞感と老人の老い、そして生への渇望と老いや死を描く。戦後文学の最高峰に位する名作。

美しい日本の私　川端康成

ノーベル賞授賞式に羽織袴で登場した川端康成は、古典文学や芸術を紹介しながら日本の死生観を述べ、聴衆の深い感銘を誘った。その表題作を中心に、今、日本をとらえなおすための傑作随筆を厳選収録。

白痴・二流の人　坂口安吾

敗戦間近。かの耐乏生活下、独身の映画監督と白痴女の奇妙な交際を描き反響をよんだ「白痴」。優れた知略を備えながら二流の武将に甘んじた黒田如水の悲劇を描く「二流の人」等、代表的作品集。

堕落論　坂口安吾

「堕ちること以外の中に、人間を救う便利な近道はない」。第二次大戦直後の混迷した社会に、かつての倫理を否定し、新たな考え方を示した『堕落論』。安吾を時代の寵児に押し上げ、時を超えて語り継がれる名作。

不連続殺人事件　坂口安吾

詩人・歌川一馬の招待で、山奥の豪邸に集まった様々な男女。邸内に異常な愛と憎しみが交錯するうちに、血が血を呼んで、恐るべき八つの殺人が生まれた――。第二回探偵作家クラブ賞受賞作。

角川文庫ベストセラー